»Da sie doch sehn,
der Tod,
das Schicksal aller,
kommt,
wann er kommen
soll.«

Julius Cäsar -
William Shake-
speare

FSC
www.fsc.org
MIX
Papier aus verantwortungsvollen Quellen
FSC® C083411

Deutsche Erstausgabe

Originaltitel: A NECESSARY END

Cover und Umschlaggestaltung: Michael Potrafke
Übersetzung: Kalle Max Hofmann

ISBN: 978-3-95835-014-4

Printed in Germany

Bibliografische Information der Deutschen Nationalbibliothek:
Die Deutsche Nationalbibliothek verzeichnet diese Publikation in der Deutschen Nationalbibliografie; detaillierte bibliografische Daten sind im Internet über http://dnb.d-nb.de abrufbar.

Für Penn & Teller

Dienstag

Nigel

»Meinen Sie, das Zeug bringt überhaupt was, oder ist das nur Show, damit wir uns sicher fühlen? Ich kann es mir schon denken. Die Firmen, die diese Insektizide machen, verdienen sich an uns dumm und dusselig.«

Nigel nahm den Herrn im Nachbarsitz kaum wahr, er war viel zu beschäftigt damit, seinen Schweiß von der Klimaanlage kühlen zu lassen. Dieser Genuss verstärkte noch seine Erleichterung darüber, es überhaupt in das Flugzeug geschafft zu haben. Seine Kreditkarte hatte die dreitausend Pfund für ein Erste-Klasse-Ticket ausgehalten, auch wenn er sich diese Summe normalerweise niemals leisten konnte. Aber darüber würde er sich erst Sorgen machen, wenn er wieder zuhause war. Vielleicht würden ja die Daten auf dem USB-Stick in seiner Tasche Malcolm dazu bewegen, die Reisekosten über die Zeitung zu abzurechnen.

Egal, er saß jetzt im Flugzeug, und das war das Einzige, was zählte. British Airways Flüge aus dem todgeweihten Kairo waren selten geworden, und sie beförderten auch nur noch britische Staatsbürger. Obwohl die Stadt fast ausgestorben war, gab es weitaus mehr Wartende als freie Plätze. England galt schließlich als sicher, und alle wollten nach Hause. Er hatte wirklich Glück gehabt.

»Ist doch schließlich kein Geheimnis mehr«, fuhr der Mann fort, »dass das inzwischen ein weltweites Problem ist.«

Stewards mit Masken über ihren Gesichtern gingen im Gang auf und ab und versprühten großflächig Insektengift. Der Geruch war beißend, aber gleichzeitig beruhigend. Nigel schaute zu seinem Sitznachbarn herüber. Sein Hemd hatte große, feuchte Flecken, die sich nicht nur unter seinen Achseln ausbreiteten. Seine Wangen waren aufgeplustert. Die Nase ebenso rot vom Trinken wie von der ägyptischen Sonne. *Arschloch* war die Bezeichnung, die Nigel für solche Typen hatte.

Die Turbinen drehten auf und ein leichtes Zucken durchfuhr die Maschine, als der Pilot die Parkposition verließ.

»Ist doch klar, wer an der ganzen Sache schuld ist, oder?« Der Mann lehnte sich verschwörerisch über die Armlehne, nah genug, dass Nigel seinen würzigen Atem wahrnehmen konnte. »Sie wissen schon. Die *Schwarzen*.«

»Meinen Sie?«, fragte Nigel, nicht in der Lage, der Versuchung aus dem Weg zu gehen. Eigentlich wollte er es um jeden Preis vermeiden, in eine sinnlose, fünfstündige Diskussion verwickelt zu werden. Er hatte vorgehabt, zu schlafen, sobald sie über den Wolken waren. Schließlich war er von den letzten Tagen schwer übermüdet und fand auch etwas ziemlich Beruhigendes darin, zehntausend Meter über dem ganzen Wahnsinn zu schweben, den die Seuche da unten anrichtete.

»Natürlich«, wabbelten die Wangenlappen mit Nachdruck, »Genau wie AIDS. Kommt doch alles aus Afrika. Von den Schwarzen.«

Der Mann musste ein leichtes Glimmen von Amüsement in Nigels Augen gesehen haben, denn mit strengem Blick fügte er hinzu: »Nur Idioten können das leugnen.«

»Champagner, die Herren?«

Die Stewardess lächelte die beiden an und lockerte die Situation auf.

Nigel nahm ein Glas. Die ganze Welt stürzte ins Chaos, aber es gab immer noch Schampus zum Take-Off. Das war eben typisch britisch; um jeden Preis die Haltung bewahren. Manchmal war es fast zum Lachen. Oder zum Heulen. Man musste sich fragen, ob irgendjemand auf der Welt noch bei Verstand war.

Als sie auf die Runway einbogen, lehnte Nigel sich in seinem Sitz zurück und beobachtete die flirrende Luft über dem Asphalt. Im Westen verschandelte eine schwarze Rauchsäule den wolkenlosen, blauen Himmel. Kairo brannte. Schon wieder. Nigels Gedanken waren trotzdem immer noch bei dem Herrn neben ihm und den Millionen Anderen, die so waren, wie er. Vielleicht sollte er seinem Artikel noch eine Prise von dieser Hysterie beimengen. Malcolm würde das gefallen. Rassenhass. Wenn man die Schuld auf nichts anderes mehr schieben konnte, ging immer noch eine andere Hautfarbe.

»Paris soll ja das Werk eines Weißen gewesen sein«, sagte Nigel nach einer Pause, die er lange genug gelassen hatte, dass sein Nachbar es sich im Sitz gemütlich machen konnte. Er ließ seinen Blick auf dem endlosen, blauen Himmel ruhen, der sich über dem dunstigen Wüstenhorizont ausbreitete. Jetzt, wo er es sich bequem gemacht hatte, war es wohl Zeit, unbequem zu werden.

»Wie bitte?«

»Es war ein Spanier. Ein Katholik noch dazu. Ein Gotteskrieger. Ein Irrer.«

Jetzt wendete er sich dem Mann zu. Für eine Sekunde fragte er sich, wie dessen Name war – dann wurde ihm klar, dass er das nicht wirklich wissen wollte. Er wollte eigentlich gar nichts von diesem Herrn in Erinnerung behalten.

»Sie lügen.«

»Ich bin Journalist, da gibt es also schon ein gewisses Risiko.« Nigel bemühte sich, einen leichten, sachlichen Tonfall zu bewahren. »Aber nicht in diesem Fall. Ich könnte Ihnen ganz genau sagen, wie er sie reingeschmuggelt hat, wie er an den Sprays und Grenzkontrollen vorbei gekommen ist. Aber das würde Ihnen ja den ganzen Spaß vorwegnehmen, wenn die Story in die Zeitungen kommt. Jedenfalls war er ein Weißer und hat es nach eigener Aussage für seinen Gott getan. Und damit« – jetzt war er an der Reihe damit, sich demonstrativ nach vorne zu lehnen – »war Paris erledigt.«

Er lächelte und zog durchaus einen Hauch Befriedigung daraus, dass die aufgedunsene, rote Nase seines Gegenübers ein gutes Stück blasser wurde.

»Also, vielleicht haben Sie recht. Vielleicht sind die ganzen Sprays und Sprühflugzeuge nur reine Show. Weil Irre kann man damit nicht aufhalten.«

Nigel nahm noch einen Schluck von seinem Champagner. »Aber warum geben Sie die Schuld nicht einfach dem Allmächtigen? Scheint ja sonst auch jeder zu machen, auf die eine oder andere Art.«

Das Flugzeug schoss nun nach vorne, um den Take-Off einzuleiten. Nigel lehnte sich zurück und schloss die Augen. Tschüss, lieber Internationaler Flughafen Kairo, und vielen Dank. Er hatte das Gefühl, dass die nächsten Stunden jetzt schön ruhig werden würden.

Die Menschen konnten noch so viel von Gott oder Hautfarben reden, er war sich ziemlich sicher, dass er die Wahrheit in seiner Tasche verstaut bei sich trug. Sobald das Material in den Druck ging, würden es alle lesen und weinen.

Also, Abby jedenfalls. Was würde sie aus dieser

Geschichte für Schlüsse ziehen? Nachdem sie es gestern endlich geschafft hatten, eine Verbindung aufzubauen und ein zehnminütiges, knacksendes Gespräch zu führen, freute er sich tatsächlich darauf, nach Hause zu kommen. Sie klang genau wie die Abby seiner Erinnerung – warm, lieblich und gesund. Doch bei diesem Gedanken holte ihn die Realität auch schon wieder ein. Die Nadeln. Die Maschinen. Und die verdammte Fistel. Sein Magen rutschte ihm in die Kniekehlen, als das Flugzeug an Höhe gewann, doch das lag nicht nur an der Beschleunigung.

Er spürte die übliche Verkrampfung in seinen Schultern und zwang sich, an etwas anderes zu denken. Mehr Champagner, das war genau, was er brauchte. Champagner, und dann fünf Stunden himmlische Ruhe über dem ganzen Irrsinn, der da unten wütete.

NAVY ERÖFFNET FEUER AUF AFRIKANISCHE FLOTTE

GIBRALTAR *– Nachdem zahlreiche kleinere Flüchtlingsboote die Order, abzudrehen und in ihre afrikanischen Heimathäfen zurückzukehren, mehrfach ignoriert hatten, erhielt die Royal Navy den Feuerbefehl. »Sollen sie doch nach Spanien oder Frankreich fahren«, soll Zeugen zufolge ein Offizier gesagt haben, »auf Britischen Boden werden sie keinen Fuß setzen!« (The Times, London)*

Abby

Abby betrat den telefonzellengroßen Vorraum von ›Schnurr und Wuff‹ und schloss die Außentür hinter sich. Sie fand es ja draußen schon heiß – wirklich ungewöhnlich für September – aber diese Box hier war geradezu ein Backofen. Langsam drehte sie sich und kontrollierte die stickige Luft um sich herum.

Ein Lautsprecher in der Ecke knisterte.

»Alles sauber?«

»Sieht gut aus«, erwiderte sie.

Nach einem langgezogenen Summen ging die innere Tür auf. Sie zog sich die Sonnenbrille und Skimaske vom Gesicht, als sie den klimatisierten Verkaufsraum betrat.

»Oh Gott, ist das herrlich«, sagte sie.

Der Eigentümer, den sie nur als George kannte, trat hinter dem Tresen hervor. Dünn, blass, wilde Mähne, dicke Brille. Er trug ein ausgeblichenes, gelbes Hawaiihemd mit Karpfen darauf und zeigte auf einen gepolsterten Stuhl. »Werfen Sie Ihre Sachen einfach darüber. Und, wie ist es?«

»Draußen?«

Sie zog sich die wollenen Handschuhe und den langen Regenmantel aus. »Nicht übel. Also, nicht, dass ich wüsste. Heiß natürlich, aber alle, die draußen rumlaufen, sind dick angezogen. Davon abgesehen ist es ein ganz normaler Sommertag voller grenzenloser Paranoia im guten, alten London.«

Sie bemerkte ein Zucken in Georges Gesicht und erinnerte sich, dass sie ja gerade seine Zoohandlung durch eine Sicherheitsschleuse betreten hatte. Oh Gott, was hatte sie angerichtet?

»Sie, auf der anderen Seite«, fügte sie schnell hinzu, »haben schließlich etwas zu schützen. Also, abgesehen von Ihrer Gesundheit.«

Er nickte. »Tja, stimmt schon. Aber ich schätze, es ist auch keine Paranoia mehr, wenn wirklich jemand hinter einem her ist, oder?«

Jetzt lachte er ein wenig über seinen eigenen Scherz – ein irritierendes Geräusch.

»Und je mehr von denen nach London kommen, um so mehr muss ich meine Ware beschützen.«

»Ich weiß, es ist schlimm, aber es wird schon eine Lösung kommen.«

Er schaute sie misstrauisch an. »Wo haben Sie das denn her? Aus dem Fernsehen? Die plappern doch nur nach, was ihnen die Regierung erzählt. Propaganda, damit nicht die totale Panik ausbricht. Hier geht alles den Bach runter.«

»Man muss nur glauben«, sagte sie. »Mehr ist nicht nötig.«

Ihr war schon zu einem gewissen Grad klar, dass es eine ziemliche Diskrepanz zwischen dieser Aussage und dem Grund ihres Besuches hier gab.

Sie versuchte, ihren eigenen Widerwillen zu ignorieren. Ihre Schwäche.

Mit einem unverbindlichen Grunzen schlurfte George zurück hinter den Tresen.

»Ich habe Ihre Bestellung fertig.«

Er wühlte durch eine Ansammlung kleiner Schachteln neben der Kasse. In der Zwischenzeit schaute Abby sich um. ›Schnurr und Wuff‹ ... Sie versuchte, sich einen blöderen Namen für eine Zoohandlung auszudenken. Das musste doch möglich sein. Nö. Ging nicht.

Egal, sie hatte hier schon jahrelang Zubehör für ihr Aquarium gekauft und sich daran gewöhnt. Jetzt waren allerdings alle Fischtanks leer. Also, zumindest war kein Wasser mehr darin. Seidene Fäden waren an seine Stelle getreten. Was hatte er wohl mit den Fischen gemacht, fragte sie sich – Sushi?

Aus dem Hinterzimmer hörte sie ein paar Hunde kläffen. Wenigstens die lebten noch. Aber wenn George Koreaner wäre ... *Hör' auf, Abby!*

Aber im Ernst, wenn es mit dem Essensnachschub so schlecht laufen würde, wie angekündigt? Wer weiß.

»Alles klar«, sagte George und hielt ihr eine Schachtel entgegen. »Das sind sie.«

Er schob die kleine Schmuckschatulle über den Tresen, sie war rundum mit Faserband zugeklebt. Ursprünglich war sie sicher für einen Ring bestimmt gewesen. Abby konnte nicht anders, sie lehnte sich in seine Richtung und fragte: »Wollen Sie mir einen Antrag machen? In diesem Fall muss ich Ihnen leider sagen, dass ich bereits …«

Ihre Stimme versagte, als sie das Preisschild sah, das an der Schatulle klebte.

»Vierhundert? Wir hatten uns doch auf drei geeinigt!«

George fuhr verlegen mit dem Finger die Gravur der Arbeitsplatte nach. »Abgesehen von den wachsenden Schwärmen in London … aus Brighton hat man den ganzen Tag nichts mehr gehört.«

Abbys aufkeimender Ärger war sofort verflogen. »Nichts gehört? Was soll das heißen?«

George zuckte mit den Achseln und schaute ihr ins Gesicht. »Nur das, halt. Die Behörden, die Polizei, die Feuerwehr – niemand geht mehr ans Telefon.«

Ihr Brustkorb zog sich unwillkürlich zusammen. »Das ist doch nicht möglich! Da muss doch jemand sein! Und *Irgendjemand* muss doch ein Telefon haben!«

»Würde man denken, nicht wahr? Das lässt also nur einen Schluss zu: Sie sind alle tot, oder liegen im Sterben.«

»Das ist doch nicht möglich!«

»Wieso? Schließlich hat es dort angefangen.«

»Der Ärmelkanal …«

Ursprünglich hieß es, das Meer würde Schutz bieten … dass die Fliegen den Kanal nicht überqueren könnten.

»Das Wasser hat sie ja auch nicht davon abgehalten, von Tangier nach Gibraltar zu kommen. Dank dieser Irren …«

Abby hatte die Gerüchte gehört, dass die Mungus ganze Container voller Fliegen in Brighton losgelassen hatten, frisch von einer Fähre. Dort haben sie sich erst einmal eingenistet und sich dann noch Norden ausgebreitet. Wie eine Seuche.

»So schnell?«

»Auf jeden Fall schneller, als man uns weismachen will. Kriegen Sie denn nichts mit? Sie dürfen den Medien nichts glauben. Schauen Sie sich doch einfach mal da draußen um!«

Sie schüttelte den Kopf. »Ich war in letzter Zeit nicht wirklich fit.«

Das stimmte leider. Ihre Dialyse war lange überfällig. Sie hatte absichtlich gewartet, damit die Vorräte länger hielten, und fühlte sich beschissen.

»Egal was die da oben sagen, die Fliegen sind hier schon unterwegs. Und der Preis ist jetzt 400 Pfund.«

»Weil in Brighton alle tot sind?«

»Genau. Und weil es ganz so aussieht, als wäre auch hier das Geld bald nichts mehr wert.«

Sie schaffte es gerade so, nicht zu schreien. Ganz knapp. »Warum wollen Sie dann mehr von *meinem* Geld?«

»Wegen dem, was ich *jetzt* noch dafür bekomme. Schon bald wird es sowieso nichts mehr zu kaufen geben.«

Abby schaute an ihm vorbei und bemerkte zum erstem Mal die Lebensmittelkartons, die hinter ihm an der Wand gestapelt waren. Hamsterkäufe. Eigentlich überraschte sie der Anblick nicht. Wenn sie ehrlich war, hatte sie selbst einige Dosen mehr als nötig zuhause im Regal. Kaufte sie nicht unbewusst selbst schon für den Ernstfall ein?

»Tja, ich habe so oder so keine Vierhundert dabei.«

»Ich habe doch gesagt; Bargeld ...«

»Sie haben auch *Dreihundert* gesagt!«

Jetzt schrie sie. Und trat ganz dicht an den Tresen heran. »Ich bin hier wirklich seit langer, langer Zeit Stammkunde, George – und jetzt ziehen Sie so eine Scheiße mit mir ab? Was ist los mit Ihnen?«

Er zuckte zusammen.

»Okay, okay. Dreihundert.«

Sie hatte die Scheine schon abgezählt in der Hosentasche. Jetzt fischte sie sie heraus und schob sie über den Tresen. Dann hielt sie George die Schatulle entgegen.

»Jetzt zeigen Sie mir mal, was ich gerade gekauft habe.«

»Das ist doch extra versiegelt. Zu Ihrem Schutz!«

Das überraschte sie. »*Meinem* Schutz?«

Er rollte mit den Augen. »Wenn Sie den Beutel verlieren, gibt es keinen Ersatz vom mir.«

»Da wäre ich auch nie drauf gekommen – nicht nach dieser plötzlichen Preiserhöhung.«

»Jetzt warten Sie aber mal eine ...«

»Kein Warten.« Sie tippte auf die Schachtel. »Zeigen Sie mir die Ware.«

Er zögerte, dann entfuhr ihm ein dramatisches Stöhnen und er nahm ein Teppichmesser aus der Tresenschublade. Mit chirurgischer Präzision zerschnitt er das Klebeband.

Während Abby ihm zusah, überlegte sie, dass sie in Zukunft immer ihre Dialyse herauszögern sollte, wenn sie unangenehme Termine hatte. Denn ihr Unwohlsein machte sie reizbar und dadurch offensichtlich durchsetzungsfähiger. Zu jeder anderen Zeit hätte sie ihn wahrscheinlich angefleht, einen Scheck für die fehlenden hundert Pfund zu nehmen.

Sie unterdrückte die aggressiven Gedanken. *Sei nachsichtig mit Anderen. Das ist der rechte Weg.*

Als das Tape endlich durchschnitten war, klappte George den Deckel hoch. Statt einem Ring lag auf dem seidenen Innenfutter ein kleiner, fluffiger Ball, vielleicht so groß wie ein Wattestäbchen. Er war aber nicht weiß, sondern beige.

»Das ist es?«

»Das ist es«, sagte er stolz. »*T. Duellica.*«

»Tee…?«

»*Tegeneria Duellica.*« Er klappte die Schatulle zu. »Nehmen Sie sie mit nach Hause, machen Sie sie auf, und legen sie auf einen Teller. Irgendwo, wo er nicht im Weg ist. Aber nicht in direktes Sonnenlicht. Halten Sie ein Auge drauf. Sie sollten dann im Handumdrehen fünfzig Schlüpflinge haben.«

»Wenn Gott so will«, sagte sie.

»Und das beste daran«, fügte er hinzu. »Mutti wird nicht in der Nähe sein, um ihre kleinen Lieblinge aufzufressen.«

Sie unterdrückte ein Schaudern.

»Herzallerliebst.«

Anschließend packte sie zusammen, steckte die Schachtel ein, und ließ sich von George per Knopfdruck nach draußen entlassen. Sie trat aus der selbstgebauten Luftschleuse und stand blinzelnd in der Sonne. Die Luft musste ungefähr so warm sein, wie ihr Blut; und auch fast genauso feucht und klebrig. In London gab es nur alle Jubeljahre mal so einen September. Warum musste es ausgerechnet dieses Jahr so sein?

Gottes Wille, vermutete sie.

Abby fragte sich oft, was der Allmächtige mit all dem bezwecken wollte. Nigel würde natürlich sagen, dass es keinen Plan gäbe – ja sogar, dass es gar keinen Gott gäbe – aber sie wusste es besser. Sie betete jeden Tag, dass Nigel endlich das Licht sehen würde. So bald wie möglich.

Sie blickte um sich. Wo waren bloß all die Menschen? Mittagszeit an einem Donnerstag in London, und die Straßen waren wie ausgestorben. Das gleiche Bild heute Morgen in der Kirche. Sie ging jeden Tag zur heiligen Messe und konnte einen stetigen Rückgang der Besucherzahlen verfolgen. Hier auf dem Gehweg waren nur ein paar vereinzelte Personen unterwegs, alle genauso vermummt wie sie selbst. Nur ein Obdachloser war in dreckigen Shorts und einem ebenso dreckigen T-Shirt unterwegs. Er wühlte sich durch einen ziemlich leeren Müllkorb – da gab es nicht viel zu holen.

Abby setzte sich in Bewegung und sah durch das Schaufenster eines Sandwich-Ladens. Vielleicht vier Gäste dort drinnen. Der Dreadlock-tragende Lieferbursche war allerdings schwer bepackt, als er aus dem Laden trat. Das schien auch einleuchtend: Sollen sich doch lieber andere der Plage aussetzen, damit man selbst sein Mittagessen bekam. Aber wie lange würden die Vorräte halten?

Sie schüttelte den Kopf. Niemand kannte die Anzahl von Seuchenopfern in London. Die Nachrichten sprachen von Einzelfällen, aber Facebook, Twitter und die Blog-o-Sphäre straften solche Aussagen Lügen. Die Nutzer posteten lange Listen von Betroffenen aus dem Bekanntenkreis, und das Krankenhaus, in dem sie arbeitete, hatte definitiv eine ganze Menge von Fällen. Wie auch immer die genauen Zahlen waren, die Leute mieden die Öffentlichkeit. Die Seuche hatte schon gewonnen.

Abby drehte sich weg und setzte ihren Weg fort.

MODERNE VAMPIRE

MIAMI – Sie kommen nur nachts heraus. Nein, wir reden hier nicht über Gothic-Freaks, sondern den neuen, nachtaktiven Lebensstil, der seit dem Einfall der Fliegen in Südflorida populär geworden ist. Doch es ist keine Mode, sondern schiere Notwendigkeit.

Die Fliegen erwachen und beginnen ihr nimmermüdes Summen, sobald die Sonne über dem Horizont aufgetaucht ist – und so lange, bis sie wieder untergeht. In den Glanzzeiten von South Beach war es eine Frage des Lifestyle, ob man die Nacht zum Tag machen wollte, um die Verlockungen der Dunkelheit voll auszukosten. Heute ist es eine Maßnahme, um zu überleben. (Rolling Stone Daily)

Abby

In den alten Zeiten hatte sie es geliebt, die U-Bahn schon an der Station Angel zu verlassen und die ganze Upper Street entlang zu laufen. Es war immer eine Freude, an dem geschäftigen Treiben teilzuhaben. Die Straße wurde von erfolgreichen Kreativen bevölkert, die es sich leisten konnten, zur Mittagszeit entspannt ihren Kaffee oder auch schon einen Wein zu genießen – in einem der vielen Bistros und Restaurants, die sich nie über Kundenmangel beschweren konnten. Jetzt hingegen waren die Gehwege wie leergefegt und die zugenagelten Läden und Cafés deprimierten Abby eher. Trotzdem ließ sie sich nicht von ihrem traditionellen Spaziergang abhalten.

Drei oder vier Lokale versuchten immerhin tapfer, ein wenig Normalität in der ganzen Hysterie aufrecht zu erhalten – und sie kaufte jedes Mal mindestens einen Kaffee, wenn sie hier entlang kam. Manchmal trank sie den dann nicht mal, sondern nahm ihn einfach nur bis zum nächsten Mülleimer mit. Es kam ihr auf die Unterstützung an. Wie es sich für einen guten Menschen gehörte.

Heute konnte sie dieser Welle von Mutlosigkeit, die sie auf dem Heimweg überkam, leider nicht viel entgegensetzen. Nicht einmal die Gaslaternen, die vor der St. Marys Kirche brannten, wenn der Abend anbrach, konnten ihre Laune verbessern. Dabei schloss sie sich sonst oft der schwindenden Gemeinde an, um zu beten. Eigentlich mehr für Nigel und seinen Glauben, als für die Rettung der Menschheit. Das überließ sie den anderen. Gottes Wille war eben Gottes Wille. Sie musste ihm vertrauen.

Der Klang des Sprühfahrzeugs riss sie aus ihren Gedanken. Das laute, quäkende Tut-tut der Warnsirene hörte sie lange, bevor sie das Fahrzeug überhaupt sah. Sie kannte dieses Geräusch inzwischen nur allzu gut, trotzdem zog sich sofort ihr Magen zusammen und ihr Herz machte einen kleinen Satz. Sie schaute zurück und sah das Monster um eine Ecke biegen, es kam nun direkt auf sie zu. Die wenigen Autos und Busse dahinter bremsten sofort respektvoll ab, während die davor ordentlich Gas gaben. Das konnte man niemandem verübeln, und auch Abby selbst beschleunigte trotz aller Müdigkeit ihren Schritt. Sie kannte ein offenes Café, das noch etwa 100 Meter entfernt war, und das musste sie vor dem Sprühfahrzeug erreichen.

Das erste raue Zischen der Chemiekanone ließ sie zusammenzucken. Obwohl das Fahrzeug immer noch ein gutes Stück entfernt war, nahm sie sofort den beißenden Geruch war. Sie durfte sich auf keinen Fall von einer direkten Ladung treffen lassen. Gleichzeitig wusste sie, dass die Männer in dem Gefährt keinerlei Rücksicht auf vereinzelte Fußgänger nehmen würden. Das Spray sollte zwar die Öffentlichkeit beschützen, aber damit war eher die Gesamtheit gemeint als einzelne Personen. Das Individuum schien keinen besonderen Wert mehr zu haben. Irgendwie fand sie sogar die zur Gesichtslosigkeit maskierten Soldaten und das Chemiespray gruseliger als die Seuche selbst. Sie wirkten kalt. Gnadenlos.

Abbys Nase juckte schon von dem Gestank. Sie atmete flach ein und hielt die Luft an, dann fiel sie in einen Laufschritt, ohne auf die Schmerzen in ihren müden Beinen Rücksicht zu nehmen. Stattdessen konzentrierte sie sich auf den Eingang vor sich, der ruckhaft in ihrem Blickfeld auf und ab wackelte.

Das Tut-tut wurde lauter und sie konnte nun auch die Räder hören, die in gleichbleibender Geschwindigkeit vor sich hin rumpelten und näher kamen.

Sie biss die Zähne zusammen. Sahen die Arschgeigen denn nicht, dass sie versuchte, ihnen aus dem Weg zu gehen? Konnten sie nicht einfach einmal kurz vom Gas gehen, damit sie es in das Café schaffte? Sie hatte schon lange kein Lauftraining mehr gemacht und fand einfach kein richtiges Tempo. Sie besann sich ihrer Gläubigkeit und zog daraus die Energie, weiter zu rennen. Natürlich würden die nicht für sie bremsen. Sie war ihnen egal. Aber was, wenn das Gift in ihre Lungen kam?

Genau deswegen übte Gott jetzt seine Rache. Die Menschen hatten einfach verlernt, füreinander zu sorgen.

Sie stolperte genau in dem Moment durch die Tür des Mange Tout Cafés, als der Sprühlaster vorbei donnerte und eine weiße Wolke in ihre Richtung schoss. Abby schlug die Tür zu und lehnte sich entkräftet dagegen, wobei sie lange, tiefe Atemzüge nahm. Der Gestank quoll durch alle Spalten und Ritzen, aber die Tür war stabil und das Gebäude hatte dicke Steinmauern.

»Das war knapp«, sagte die junge Frau hinter dem Tresen, den Blick mit angespanntem Gesichtsausdruck nach draußen gerichtet.

Abby antwortete nicht, aber als sie wieder bei Atem war, drehte sie sich um und sah selbst nach draußen. Der dicke, weiße Nebel verhüllte die komplette Straße, und die Sirene klang jetzt wie das Horn eines Geisterschiffs, als der Laster weiterfuhr und der Gehweg im Nichts verschwand, wie ein unvollendeter Gedanke.

»Könnte ich bitte einen doppelten Espresso haben?«, fragte Abby.

Ihre Kehle war trocken und fühlte sich wund an. Sie fragte sich, ob das an dem Rennen lag, oder an dem Insektengift, das sie gerade eingeatmet hatte. Vielleicht beides. Eigentlich wollte sie gar nicht weiter darüber nachdenken. Ihr Körper hatte schließlich schon genug Probleme. Die Regierung behauptete natürlich, dass die Chemikalien nicht gesundheitsschädlich seien, aber das glaubte niemand. Wenn es so wäre, hatte ein Journalist der *Sunday Times* schon früh angemerkt, warum trugen dann die Fahrer sogar im Inneren der Laster noch Gasmasken?

»Das geht hier jetzt wirklich los, oder?«

Das Mädchen hatte sich noch kein Stück auf die Kaffeemaschine zubewegt. »So wie in Brighton.«

Abby antwortete nicht. Natürlich griff die Seuche um sich. Wie sollte man sie auch stoppen? Es war Gottes Wille.

Schließlich machte die junge Dame zwei Kaffee und die beiden Frauen saßen schweigend vor ihren Getränken, bis der Nebel draußen zu feinem Dunst wurde und sich schließlich ganz verzog.

Eine halbe Stunde später war Abby fast Zuhause. Jenseits der großen Durchgangsstraßen breitete sich der Bezirk Islington in ein Gemisch aus Mietwohnungen, einigen vereinzelten Plattenbauten, sowie Alleen mit georgianischen Reihenhäusern aus. Es störte sie viel weniger, dass es hier ebenfalls sehr ruhig war. Das fühlte sich natürlicher an. Jedenfalls konnte sie sich das selbst einreden.

Sie schüttelte den Kopf, als ihr Haus in Sichtweite kam. Es hatte so wohlgeformte Konturen, aber die blauen Gazen, die vor den Fenstern angebracht worden waren, an der Eingangstür herunterhingen und den Schornstein verstopften, beeinträchtigten das Bild doch sehr. Das Haus sah aus, als würde es einer umfangreichen Renovierung unterzogen – oder noch schlimmer; als wäre es zurück in die Klauen der Bank gefallen.

Sie stieg die Stufen hoch, lüftete die Netze und Folien und schlüpfte hinein. In dem Kokon aus blauem Plastik inspizierte sie die Luft. Da alles in Ordnung schien, schloss sie schnell die Tür auf und hetzte hindurch.

Die Fenstergitter machten es im Inneren ein wenig düster, aber nicht so dunkel, dass sie Licht machen müsste. Sie zog sich die Jeans und das langärmlige Shirt aus und ging in die Küche, wo sie die Instruktionen von George befolgte: Sie nahm einen Teller, öffnete die Schatulle, stellte sie mittig darauf und platzierte das Ganze auf einem kleinen Beistelltisch, den sie nie benutzten.

Sie starrte auf das kleine Knäuel, das im Samt eingebettet lag, und konnte kaum glauben, was sie da tat. »Normalerweise töte ich sie, und jetzt zahle ich hunderte Pfund, um sie hier im Haus anzusiedeln!«

Die Welt stand wirklich Kopf.

Da sie wusste, dass sie es nun wirklich nicht weiter aufschieben konnte, ging sie nach oben, in das zweite Schlafzimmer. Sie hatten es ›das Kinderzimmer‹ genannt, als sie eingezogen waren. Aber nachdem dieses Vorhaben gestorben war, wurde es ›das Büro‹. Jetzt war es eigentlich der Dialyseraum, aber wer wollte es schon so nennen? Nigel auf jeden Fall nicht. Er konnte ja nicht mal den Anblick der Maschine ertragen.

Sie entfernte die Abdeckung von dem Hämodialyse-Gerät. Es war über einen Meter hoch und hatte eine Menge Bildschirme, Knöpfe, Pumpen und Anzeigen, die sie am Anfang ganz schön einschüchternd fand. Die Beutel mit dem Dialysat einzuhängen und anzuschließen, den Druck zu kontrollieren und all die anderen Schritte brauchten ewig, selbst mit ihrer Erfahrung als Krankenschwester. Inzwischen konnte sie die Maschine aber mit geschlossenen Augen in Gang setzen.

Sie krempelte ihren linken Ärmel hoch, um die Fistel an ihrem Unterarm freizulegen. Dann sterilisierte sie den Bereich, steckte die Nadeln ein und ließ sich in den Liegesessel fallen. Normalerweise las sie während der Prozedur oder sah fern. Aber die Zeitungen bauschten die Seuche auf so gut sie konnten, und die Fernsehsender spielten sie herunter, so gut sie konnten. Zweifellos auf Drängen der Regierung. Wir können doch jetzt keine Panik gebrauchen, nicht wahr? Gingen die selbst eigentlich nie raus auf die Straße? Die Wahrheit war einfach nicht mehr zu verleugnen. Heute starrte Abby also einfach auf die Wand gegenüber, an der Nigels Schreibtisch stand.

Nigel ... jetzt war er schon fast eine Woche weg, aber heute Abend sollte er wiederkommen. Sie vermisste ihn – auf mehr als nur eine Art. Sie hatten sich voneinander entfremdet. Klar, sie war nicht mehr die Frau, die er vor acht Jahren geheiratet hatte – auch das konnte man nicht verleugnen –

aber auch er hatte sich verändert. Wann hatte das angefangen? Und warum?

Auf der Suche nach Antworten drehte sie sich im Kreis und landete immer wieder bei ihrer eigenen, ganz persönlichen Plage.

Mit den Veränderungen ging es los, als sie herausfand, dass sie Lupus hatte. Sie fragte sich, wie es wohl mit vertauschten Rollen gewesen wäre – wenn Nigel die Krankheit bekommen hätte – aber da Lupus in neun von zehn Fällen bei Frauen auftrat, war das sehr hypothetisch.

Es hatte alles mit geschwollenen Beinen angefangen. Da sie ja Krankenschwester war, hatte sie sich selbst Salzüberschuss diagnostiziert. Als aber die Diät keine Besserung brachte, bat sie einen befreundeten Arzt um eine Laboranalyse. Dann kam der Schock: Ihre Nieren waren zerstört. Weitere Tests ergaben, dass Lupus-Nephritis die Ursache war. Sie hatte keine anderen Symptome – keine Ausschläge, keine Schmerzen, überhaupt keinen Hinweis darauf, dass irgendwas nicht stimmte. Die Experten begannen sofort mit einer Immunsystem-Unterdrückungstherapie um das, was von ihren Nieren übrig war, zu retten.

Nigel kam damit gar nicht gut zurecht. Er wollte unbedingt einen Schuldigen finden – einen verbrecherischen Pharma-Konzern oder irgendwelche Umweltgifte.

Als Abby ihm sagte, dass es Gottes Wille sei, rastete er fast aus.

Aber so war es nun mal. Da war sie sich schon ganz früh sicher.

Trotz ihrer strengen katholischen Erziehung wurde sie zum Zweifler und rückte von ihrem Glauben ab. Angefangen hatte das alles während ihrer medizinischen Ausbildung. Die Konfrontation mit all diesem Schmerz und Tod ließ Zweifel am Vorhandensein einer göttlichen Fügung aufkommen. Die Zweifel schwelten eine Weile, bis sie schließlich ihren Glauben wie eine alte Hülle abwarf.

Aber Gott beobachtete sie dabei, so wie er es schon immer getan hatte, und schickte ihr einen Weckruf über ihr Immunsystem.

Der Lupus war also ihre eigene Schuld, und sie arrangierte sich damit, so gut es ging. Sie trat wieder in die Kirche ein, ging jeden Sonntag in die heilige Messe und versuchte, auch Nigel zu bekehren. Die ersten beiden Punkte waren einfach. Aber Nigel zum Katholiken zu machen – oder in ihm wenigstens einen Glauben *irgendeiner* Form zu erwecken – schien fast unmöglich. Aber ›fast‹ war hier das Wort, um das es ging. Denn keine Seele ist ohne Chance auf Vergebung. Und so betete sie jeden Abend für Nigel.

Langsam sollte sie vielleicht doch anfangen, für die ganze Welt zu beten. Doch jetzt erst einmal für Nigels sichere Rückkehr. Er war schließlich nach Afrika geschickt worden. Obwohl, ›geschickt‹ war vielleicht nicht ganz der richtige Ausdruck. Eigentlich hatte er Mal eher angebettelt, diese Story machen zu dürfen. Und Abby war dagegen gewesen.

Ja, ja, sie wusste natürlich, dass er ein investigativer Journalist war und das alles, und man konnte natürlich nicht erwarten, dass er die Geschichte des Jahrtausends einfach ignorierte. Aber wozu nach Afrika reisen, in die Höhle des Löwen, um eine "Wahrheit" zu finden, die sich doch hier genau vor seinen Augen befand.

Der heilige Sankt Markus brachte es auf den Punkt: *Ihr habt Augen, und sehet nicht, und habt Ohren, und höret nicht.*

Genau wie Gott ihr einen Weckruf geschickt hatte, richtete er nun einen an die gesamte Menschheit: *Mene, Mene, Tekel, Parsin* wurde in Form einer Seuche über den Planeten geschrieben. Der Sinn der Botschaft war für Abby vollkommen klar: Ändert euren Kurs und kommt zusammen, um gemeinsam zu kämpfen, oder ihr alle sollt meinen heiligen Zorn zu spüren bekommen.

Aber die Welt war entweder zu blind, um diese Nachricht wahrzunehmen, oder ignorierte sie mit voller Absicht. Statt Brüderlichkeit und Einheit gegen einen gemeinsamen Feind zu suchen, zersplitterte die Menschheit weiter, indem mit dem Finger auf andere gezeigt wurde und man sich wegschloss.

Abby fühlte sich müde. Sie wusste, dass sie nie gut schlief, wenn sie alleine Zuhause war. Eigentlich wollte sie auch gar nicht einnicken, nur ein bisschen die Augen zumachen … damit sie sich erholen konnten.

BRENNT PARIS?

PORT SAINT-OUEN – *Wütende islamische Randalierer laufen in den Straßen der französischen Hauptstadt Amok und zünden Fahrzeuge an, um dagegen zu protestieren, dass die Regierung ganze Schiffsladungen voller panischer algerischer Flüchtlinge blockiert. Die Nordafrikaner versuchen zur Zeit in allem, was halbwegs schwimmen kann, das Mittelmeer zu überqueren. Die Bemühungen, diese von der Seuche getriebene Völkerwanderung einzudämmen, hat Frankreichs Südküste mit Algeriern überflutet, die nun weder vor noch zurück können. (The Daily Express)*

Nigel

Mit Hilfe mehrere Gläser Champagner hatte Nigel es geschafft, mindestens die halbe Strecke nach London zu schlafen. Das war nicht schlecht, wenn man bedachte, wie überdreht er war, als er an Bord kam. Aber jetzt, wo er die Gangway verlassen und eine weitere Ladung Insektenspray hinter sich hatte, fühlte er sich müde, nervös und leicht dehydriert. In der nächsten halben Stunde würde er garantiert Kopfschmerzen bekommen – die Sorte, die irgendwo zwischen Stress und einem Kater lag, und bis er Zuhause wäre, würde er echt miese Laune haben. Das war aber nicht der Zustand, in dem er Abby begrüßen wollte.

Da er Business Class flog, durfte er sich immerhin vor allen anderen bei der Passkontrolle anstellen. Er quälte sich ein Lächeln ab, als eine mürrisch dreinblickende Frau ihn noch einmal einsprühte, bevor er am Schalter seine Papiere vorzeigen durfte. Es war immer ein Drahtseilakt, das richtige Maß an Freundlichkeit zu treffen. War man zu gut oder auch zu schlecht gelaunt, machte man sich verdächtig, und das bedeutete eine Ganzkörper-Untersuchung sowie langwierige Verhöre. Heathrow quoll inzwischen fast über vor Immigrationsbeamten und Polizisten. Und alle von denen waren in höchster Alarmbereitschaft, immer auf der Suche nach potenziellen Gefahren.

Selbst Nigels Ruf bei der Zeitung wäre keinen Penny wert, wenn er dem falschen Mann zur falschen Zeit den falschen Gesichtsausdruck präsentieren würde. Für die Beamten hier galt die ganz einfache Regel, dass Terroristen aus allen Berufen und Bevölkerungsschichten kommen konnten. Egal was manche Leute dachten, den wahren Glauben eines Mannes kann man nicht aus dessen Erscheinungsbild ableiten. Heutzutage war einfach jeder ein potenzieller Fanatiker.

Nigel zog eine gewisse Genugtuung aus dem Anblick seines ehemaligen Sitznachbarn.

Der stand einige Plätze hinter ihm in einer parallelen Schlange und sah sehr müde und zerzaust aus. Kein Wunder. Nachdem Nigel dem Champagner abgeschworen hatte und eingeschlafen war, musste sein Mitreisender den ganzen Flug weiter getrunken haben. Er war ganz offensichtlich total voll gewesen, als die Stewardess die Fluggäste geweckt hatte, damit sie sich anschnallten. Wenn Nigel also bereits einen Anflug von Kopfschmerz verspürte, musste dieser Typ einen Kater aus der Hölle haben.

Jetzt tat er Nigel fast ein bisschen leid.

Fast, aber nicht wirklich.

Seine Mitleidsreserven waren in den letzten Monaten beinahe durchgängig aufgebraucht worden, und deswegen würde er nichts davon an einen überprivilegierten Idioten verschwenden, der nach Champagner und Intoleranz stank.

Nigel kam ziemlich locker durch die Passkontrolle, und nach einer letzten Dosis Insektenspray, die in einem Plexiglaswürfel verabreicht wurde, kam er zur Gepäckausgabe.

Da internationale Flüge inzwischen streng reguliert wurden, war es in Heathrows Terminal 5, dem Zentrum von British Airways, ziemlich ruhig. Es hoben mit jedem Tag weniger Maschinen in Richtung Ausland ab, denn es war fast überall schlimmer als hier.

Nigel wartete am Gepäckband bis er seine braune Tasche auftauchen sah, dann bahnte er sich einen Weg durch die Wartenden und schnappte sie sich. Das lief doch ganz gut. Er würde es in weniger als zwei Stunden aus dem Flughafen geschafft haben – das war heutzutage fast ein Wunder.

Er passierte den ›Nichts-zu-verzollen‹-Schalter und betrat die Haupthalle, wo er nach einem Kaffeestand Ausschau hielt. Schließlich hatte er noch eine gut einstündige Taxifahrt ins Stadtzentrum vor sich, und die würde er ohne einen doppelten Cappuccino mit viel Zucker nicht überleben.

Abby trank nur Espresso. Was die Koffeinzufuhr anging, machte sie keine halben Sachen, und als sie noch bei voller Gesundheit war, hatten sie damit viel zu lachen. Egal, wo sie bestellten, immer bekam der eine das Getränk des anderen hingestellt.

Geschlechtsspezifische Klischees in Form von Heißgetränken. Das musste man sich mal vorstellen.

Er gab seine Bestellung auf, und während der Wartezeit wurde ihm klar, wie weit diese Zeiten entfernt schienen. Verdammt, es war wirklich lange her. Eigentlich hatten sie mehr Krankheit als Gesundheit in ihrer Beziehung gehabt.

Nachdem er dem pickligen, jungen Kellner den Becher abgenommen hatte, machte er ein paar lange Schritte auf den Beistelltisch zu, um sich seine drei Stücke Würfelzucker zu schnappen. Er war so auf sein Ziel fokussiert, dass er den dünnen Mann im Anzug gar nicht wahrnahm, der seinen Weg kreuzte. So stießen die beiden zusammen, und der heiße Kaffee landete auf Nigels Hemd.

»Jesus Christus«, rief er aus, als die Flüssigkeit seine Haut verbrühte, und er sah den Mann wütend an. »Können Sie nicht aufpassen, wo Sie hinlaufen?«

Darauf hatte er nun wirklich gar keine Lust. Er schaute auf den braunen Fleck in der Mitte seines ehemals weißen Hemdes herunter. Jetzt würde er sich im Taxi umziehen müssen.

»Sorry, sorry. Tut mir wirklich leid!«

Jetzt schaute Nigel genauer hin.

Der Mann entschuldigte sich zwar, aber seine Augen sprangen dabei nervös hin und her. An seinem ausgedünnten Haaransatz leuchteten Schweißperlen im Kunstlicht des Flughafens.

»Geht es Ihnen nicht gut?«

Irgendwas war komisch an diesem Mann, und es jagte Nigel einen Schauer den Rücken hinunter. Da stimmte etwas ganz und gar nicht. Er hatte genug beschissene Situationen durchgemacht um genau zu wissen, dass ihn sein Gefühl in dieser Hinsicht selten täuschte.

»Sie bewegen sich«, sagte der Mann mit ungezügelter Begeisterung.

»Was?«

Nigels Gegenüber leckte sich kurz über die Lippen, bevor er sie zu einem kranken Lächeln verzog.

»Ich kann es fühlen! Sie leben!«

Er stolperte vorwärts, wie in einem ständigen Wechsel zwischen Rennen und Gehen, und sein Ziel war ganz offensichtlich der Ausgang. Das nasse Hemd und der Fleck waren vergessen, Nigel schaute nach einem Sicherheitsmann. Hatte denn niemand bemerkt, wie komisch sich dieser Typ benahm? Anscheinend waren alle Wachen und Kameras auf die Leute konzentriert, die noch nicht die Haupthalle betreten hatten.

Nigel warf seinen Kaffee in einen Mülleimer und beeilte sich, zu dem Mann aufzuschließen.

»Ich habe gefragt, ob es Ihnen nicht gut geht!«

Er packte ihn am Arm – der Fremde hatte kaum Fleisch auf den Knochen. Der Mann schaute ihn verwundert an, und zum ersten Mal kam Nigel der Gedanke, dass das schüttere Haar möglicherweise weniger mit Alter zu tun hatte, als mit einer

Behandlung. Jetzt, wo sie so nah beieinander standen, konnte er die Krankheit unter dem ranzigen, schalen Schweiß praktisch riechen. Hatte er Krebs? Kam daher die Anspannung, die dieser Mann so heftig ausströmte?

»Es tut mir leid«, sagte der Mann wieder, und leckte sich die Lippen. »Tut mir wirklich leid.«

Er begann, einen Ärmel hochzukrempeln, und in diesem Moment sah Nigel ein goldenes Kruzifix an seinem Hals aufblitzen.

»Nein«, sagte Nigel, als die Puzzlestücke plötzlich ein Bild ergaben. Paris. Es war ein zweites Paris. Und die Entschuldigung war nicht an ihn gerichtet. Sie galt jedem.

»Das können Sie nicht machen!«

Der Mann warf Nigel mit aller Kraft seine Tasche gegen die Beine, und seine Füße verfingen sich in dem Halteband. Er stürzte auf die Knie und wusste, er würde es nicht mehr aufhalten können.

Ein paar Leute drehten sich um und beobachteten das Geschehen, aber sie waren wie Schafe, benommen und müde von ihren Reisen, in Gedanken schon längst zu Hause. Der Mann hatte seinen Blick fest auf Nigel gerichtet, als er die Nähte in seiner flatterigen Haut auseinander riss.

Nigel wusste, was kommen würde.

Die Welt um ihn herum verlangsamte sich.

Irgendwo, nur ein paar Meter entfernt, wandten sich zwei Sicherheitsmänner dem Geschehen zu. Erst gingen ihre Mundwinkel nach unten, dann weiteten sich ihre Augen. Der ältere von den Beiden griff nach seinem Pistolenhalfter, aber er bekam den Druckknopf nicht auf. Zu wenig Übung. Der Andere fror für einen Moment ein, bevor er nach seinem Funkgerät griff.

»Erschießen Sie ihn!«, schrie Nigel, »Halten Sie ihn auf!«

Aber er wusste genau, was auch immer sie tun würden, es würde zu spät sein. Hinter ihnen kam gerade der selbstgefällige Trottel aus dem Flugzeug durch die Ausgangstür der Gepäckausgabe. Er stöhnte und ächzte unter dem Gewicht seines überladenen Gepäckwagens.

Jetzt wirst du es selbst bezeugen können, dachte Nigel, als er ihn erkannte. *Adieu Paris, Hello London. Und sieh nur, es ist ein Weißer! Nimm das, du Arsch.*

»Es tut mir so leid«, schluchzte der dünne Mann, als er zurückwich und sich die inzwischen lose Haut an seinen Arminnenseiten abriss. »Aber ihr werdet mir noch danken – dann, wenn *er* euch abholt.«

Nigel schaute ihm in die Augen.

Angst.

Wahnsinn.

Vielleicht sogar ein plötzlicher Moment des Zweifels. Das war alles zu sehen. Und dennoch riss er weiter an den Nähten. Es gab kein Zurück mehr.

Die Finger des Mannes waren inzwischen blutig, doch das entblößte Fleisch unter der Haut schien mit kleinen, braunen Ovalen bedeckt zu sein, die so dicht aneinander gepackt waren, dass sie nicht einmal herausfielen. Manche klebten auch noch an den Hautlappen, die der Mann offen hielt.

Eine Frau, die ein paar Meter entfernt stand, begann zu schreien. Das konnte Nigel ihr nicht verdenken. Jeder, der nahe genug dran war, wusste ganz genau was da zu sehen war. Die Plakate waren schließlich in England allgegenwärtig. Es war eine der Entwicklungsstufen – mit der Überschrift: Am geeignetsten zum Schmuggeln.

Larven.

Sie waren dem Mann unter die Haut genäht worden, und hier waren sie nun, bereit zum Ausschlüpfen. Nigels Augen zogen sich zusammen und sein Herz raste, als er den ersten, kleinen Punkt sah, der sich aus der Masse löste – und dann den Zweiten und Dritten. Sie waren nicht nur *bereit* zu Schlüpfen – sie taten es bereits.

Sein ehemaliger Nachbar hatte mit seinem Gepäckwagen fast die Ausgangstür erreicht, er war einer der wenigen Menschen, die in diesem Moment nicht zur Salzsäule erstarrten. Sein Selbsterhaltungstrieb war ziemlich ausgeprägt, das musste man ihm lassen. Aber das hätte Nigel schon von der Tatsache ableiten können, dass er es auf den Flug aus Kairo heraus geschafft hatte. Der Kofferkuli rumpelte weiter, der Mann rannte jetzt fast, wobei er mit weit aufgerissenem Mund schwer atmete. Körperliche Ertüchtigung war offensichtlich nicht sein Ding.

Nigel sah quasi in Zeitlupe, wie es passierte.

Eine der Fliegen, gerade erst geschlüpft, zischte kreuz und quer durch die Luft. Der Passagier sah sie nicht, sein Blick war einzig auf die rettende Ausgangstür gerichtet.

Sein Mund stand weit offen.

Die Fliege summte.

Sie begegneten sich.

Der Teufel, der Teufel, fraß Fliegen in der Not. Als Suppe und aufs Brot, jetzt ist der Teufel tot.

Der Gepäcktrolley war stehengeblieben. Der Mitreisende spuckte und wischte sich im Gesicht herum, wobei er merkwürdige, quakende Geräusche machte. Endlich fiel ein donnernder Schuss, und Nigels Kopf wirbelte herum, um den dünnen Mann auf dem Boden zusammensinken zu sehen. Die frisch entpuppten Fliegen stoben immer noch aus ihren Verstecken.

Der Flughafen versank nun in Schreien und Chaos, die Menschen rannten an Nigel vorbei, um die sich schließenden Türen zu erreichen. Endlich konnte er sich von der Tasche befreien und stand auf. Ihm wurde klar, dass die Türen nicht einfach nur zugingen. Irgendjemand am sicheren Ende der Überwachungskameras machte den Flughafen dicht. *Aber nicht, so lange ich noch hier drin bin,* dachte er. *Nicht mit dem, was ich in meiner Tasche habe.* Er schoss nach vorne, der Irre und der dicke Passagier waren vergessen, und er stürzte durch den enger werdenden Spalt.

Hinter ihm donnerte die Tür endgültig zu, und er rannte zum Taxistand.

Er schaute nicht zurück.

Es war nicht nötig.

BBC:

Eilmeldung aus Mumbai *– uns erreichen Berichte von Fliegen, die den Himmel verdunkeln, und Massenverbrennungen vor den Toren der Stadt, bei denen Leichen mit Bulldozern zu regelrechten Bergen aufgetürmt und angezündet werden, damit sie nicht zu Brutstätten für weitere Fliegen werden. Wir versuchen, Bildmaterial zu bekommen, aber die Kommunikation mit dem indischen Subkontinent ist weitestgehend zusammengebrochen.*

Redaktion von ›The Light‹

»Ein einziger Mann ist verantwortlich für diese ganze Katastrophe? Willst du mir das damit sagen?« Malcolm Brown schüttelte seinen Kopf. »Ich kann es nicht glauben.«

Sie saßen bei geschlossener Tür in Mals abgedunkeltem Büro. Nigel hatte die Kontrolle über Mals Computer übernommen. Edmund Toulson, ein Verleger wie aus dem Bilderbuch – inklusive Wampe, Hosenträgern und Anzughose – hing mit krummem Rücken auf dem Stuhl neben ihm.

»Nein, das will ich nicht sagen«, erklärte Nigel.

»Ich sage lediglich, dass Rajiv Singh das TSEE-Projekt erdacht und umgesetzt hat.«

Toulson räusperte sich.

»Also haben wir es hier mit einer Art irrem Wissenschaftler zu tun. Das können wir auf jeden Fall bringen, oder, Mal?«

Mal nickte. »Da können wir sogar eine Marathon-Strecke draus machen!«

»Halt, halt, halt!« Nigel versuchte, ruhig zu bleiben. Hatten sie denn gar nicht zugehört?

Als sie im Londoner Büro des *Light* angekommen waren, hatte er sofort seinen Speicherstick auf den Rechner kopiert. Er hätte es natürlich auch per

E-Mail schicken können, aber der Inhalt war definitiv zu brenzlig, um ihn dem Internet anzuvertrauen. Das war heutzutage einfach zu gefährlich. Er hatte Mal die Daten über das interne Netzwerk der Redaktion zugespielt, damit sie unter sechs Augen mit Toulson darüber beraten konnten.

»Nochmal von vorne: Doktor Singh leitete ein Projekt, das männliche Tsetse-Fliegen starker Gammastrahlung aussetzte …«

Toulson gestikulierte in Richtung Monitor.

»Warum in Gottes Namen würde irgendjemand so etwas tun wollen?«

Die Nachwirkungen des Champagners in Verbindung mit Schlafmangel hatten Nigels Nervenkostüm stark in Mitleidenschaft gezogen. Er wollte am liebsten schreien. *Habt ihr beim ersten Mal überhaupt nicht aufgepasst?!?* Aber er bewahrte Ruhe.

»Um sie zu sterilisieren. Die weiblichen Tsetse-Fliegen speichern das Sperma nach der Paarung, um es später zu nutzen. Ist das Sperma steril, kann die Fliege ihre Eier damit nicht befruchten. Dadurch sinkt die Anzahl der Fliegen. Weniger Fliegen bedeuten weniger Todesfälle durch afrikanische Trypanosomiasis.«

Aufgrund von Toulsons fragendem Gesichtsausdruck fügte Mal das Wort »Schlafkrankheit« hinzu, was der Chef mit einem »das weiß ich doch«-Blick quittierte. »Klar. Logisch. Aber die Seuche ist nicht die Schlafkrankheit und Tsetse-Fliegen sind nicht das Problem – zumindest, soweit ich weiß.«

»Richtig«, sagte Nigel, »der Überträger ist eine neue Art Stechfliege.«

Mal lehnte sich nach vorne. »Nigel glaubt, dass Doktor Singhs Projekt eine Mutation in einer anderen Spezies verursacht hat, die dann zum Überträger wurde.«

»Mit Absicht?«

»Nein«, sagte Nigel. »Nach allem, was ich über den Mann herausfinden konnte, haben wir es hier nicht mit einem irren Wissenschaftler zu tun.«

Toulsons enttäuschter Blick war fast schon amüsant. »Bist du sicher? *Ganz* sicher? Weißt du noch, als diese bescheuerten Holländer die Vogelgrippe mutiert haben, damit sie noch ansteckender wird? Kann es nicht sein, dass auch hier so was dahinter steckt?«

Oh ja, das würde dir gefallen, dachte Nigel. *Damit könntest du eine Menge Zeitungen verkaufen.*

Edmund Toulson hatte das *London Light* von seinem Vater geerbt, zusammen mit dessen Vorliebe für bissige Überschriften. Leider hatte er nicht die gleiche Intelligenz und Flexibilität in die Wiege gelegt bekommen. Das Ergebnis war inzwischen in die Ecke der Regenbogenpresse gerückt – das immer noch vertretbar hohe inhaltliche Niveau war ganz allein Malcolm zu verdanken.

Was das Thema anging, das H5N1-Virus auch auf dem Luftweg ansteckend zu machen – das war für Nigel der Gipfel wissenschaftlicher Arroganz.

- Warum tut ihr so etwas unfassbar Dummes?

- *Weil wir es können!*

»Ich bin ziemlich sicher. Die Motivation für das TSEE-Projekt war eindeutig humanitär: Die Krankheit sollte ausgelöscht werden. Aber wenn man da draußen Tsetse-Fliegen mit dem Kescher einfängt, ist es doch ganz leicht denkbar, dass einem da auch eine andere Spezies mit ins Netz geht. Es werden also auch ein paar andere Fliegen mit sterilisiert. Kein Problem, oder? Bedeutet nur ein paar Fliegen weniger, die dir auf die Nerven gehen.«

Mal nickte.

»Aber was, wenn sie *nicht* steril werden?«

Mal hatte es verstanden. Er verstand es immer.

Deswegen liebte Nigel ihn auch so.

»Genau. Was, wenn die Gamma-Strahlen eine Mutation ausgelöst haben, die im Endeffekt zu einer neuen Spezies führt, die eine Seuche über die gesamte Menschheit bringt?«

Toulson strich sich über sein Kinn. »Die besten Vorsätze mit dem schlimmstmöglichen Ergebnis. Das können wir bringen. Dieser Singh ist der Urheber. Wir können ...«

»Moment«, sagte Nigel. »Wir können den Mann nicht zum Sündenbock machen. Er hatte nichts Böses im Sinn.«

»Wer sagt das?«, fragte Toulson. »Wir brauchen einen Schuldigen, und er ist genau der Richtige dafür. Ich meine, ernsthaft, was für ein Recht hatte er, einfach der Schöpfung ins Handwerk zu pfuschen?«

Nigel verzog das Gesicht.

So etwas hätte er eher von Abby erwartet.

»Schöpfung?«

»Ja! DNA und so!«

»Er hat nicht in irgendwelche DNA gepfuscht. Er wollte nur ein paar Eier abkochen, mehr nicht. Ich habe keinerlei direkte Beweise, dass er an der Mutation schuld ist.«

Toulson verdrehte die Augen.

»Warum führen wir dann dieses Gespräch?«

»Weil ich nah dran bin. Ich habe eine Menge Indizienbeweise gesammelt.«

Mal schnappte sich Stift und Notizblock.

»Zum Beispiel?«

»Das TSEE-Projekt wurde vor drei Jahren eingestellt. Es hat in Sansibar wunderbar funktioniert, dort gibt es jetzt kaum noch Tsetse-Fliegen. Aber es ist auch eine Insel. Doch in den afrikanischen Ländern unterhalb der Sahara sieht es ganz anders aus. Dort sterben weniger Menschen an Aids, als an *Nagana*« – er schaute zu Toulson rüber – »der Schlafkrankheit. Singh konnte einen zeitlich begrenzten Erfolg nachweisen, doch dann waren seine Mittel ausgeschöpft, und er kehrte nach London zurück.«

»Wo genau fand die Sterilisierung statt?«, fragte Mal, den Stift im Anschlag.

»Im Salonga Nationalpark.«

»Wo ist das«, fragte Toulson.

»Im Kongo.«

Mals Augen weiteten sich.

»Verdammt, Nigel, genau dort wurden doch die ersten Fälle der Plage gemeldet!«

»Genau. Das war vor zweieinhalb Jahren. Sechs Monate, nachdem Singh abgereist war.«

Toulson schlug seine Faust auf den Tisch.

»Dann *haben* wir ihn! Er hat sich mit Mutter Natur angelegt, und ein halbes Jahr später beginnt die Seuche! Was brauchst du da noch für Beweise?«

Nigel blickte zu Mal hinüber.

»*Post hoc ergo propter hoc.*«

Er wartete auf Toulsons unvermeidliche Frage und wurde nicht enttäuscht.

»Was soll denn das heißen?«

»Es ist lateinisch«, erklärte Mal, »und bedeutet: *Nach diesem, folglich wegen diesem.* Es ist ein bekannter Trugschluss anzunehmen, dass A die Ursache für B ist, nur weil B nach A passiert.«

Toulson zuckte mit den Schultern.

»Nach Blitz kommt Donner.«

»Und Schmerz folgt einem Schlag ins Gesicht«, sagte Nigel und wünschte sich, er könne genau das jetzt tun. »Und manchmal folgt ein Unwetter auf den Tanz um ein Feuer. Aber das bedeutet nicht, dass der Tanz den Regen hervorgerufen hat.« Er legte gleich nach, bevor Toulson den nächsten, gehaltlosen Kommentar anbringen konnte. »Was ich damit sagen will ist, wir können den Mann nicht zu einem Todbringer hochstilisieren, neben dem Hitler und Stalin aussehen wie Chorknaben, bevor wir einen handfesten Beweis haben.«

»Und wo kriegen wir den Beweis her? Wenn dieses Schwein der Schuldige ist, dann muss das *Light* diese Wahrheit enthüllen!«

»Als ich in Afrika war, hab ich ein paar von den toten Fliegen an den Insektenkundler des Museums geschickt. Ich habe ihn gebeten herauszufinden, ob die Spezies eine kürzlich erfolgte Mutation darstellte. Sollte das der Fall sein, haben wir einen möglichen Auslöser und auch eine Nähe zum Geschehen, sowohl zeitlich wie räumlich. Dann wäre ich bereit, einen *mutmaßlich* Schuldigen zu benennen – ich betone nochmal, einen mutmaßlich Schuldigen: Doktor Rajiv Singh.«

Mal und Toulson fragten quasi gleichzeitig:

»Wann wird das sein?«

Nachdem er für einen Moment lachen musste, sagte Nigel: »Hoffentlich morgen.«

»Können wir ihm denn trauen?«, fragte Toulson.

»Was meinen Sie?«

»Ich meine, der wird doch hoffentlich keine Pressemitteilung abgeben, oder? Der kommt damit gleich zu uns, korrekt?«

»Na ja, immerhin bezahle ich – oder besser gesagt; Sie – seinen Lohn. Und ich habe ihm eine Namensnennung für seine Untersuchung zugesagt.«

Toulson klatschte nun beide Hände auf den Schreibtisch.

»Genial! machen Sie alles fertig, damit wir direkt loslegen können, wenn er sich meldet.«

Er stand auf und klopfte Nigel auf die Schulter.

»Gute Arbeit, mein Junge!«

Nigel schaute ihm hinterher, als er den Raum verließ und fast über den Putzmann stolperte, der gerade den Boden hinter Mals Büro wienerte.

»Ein ›Gute Arbeit‹ von Toulson, dass ist ja, als ob einem Lou Reed eine ›Gute Stimme‹ attestiert!«

Mal lachte.

»Na dann, fang' an zu schreiben.«

»Schon erledigt. Lass uns was Trinken gehen. Ich brauche einen vernünftigen Gin.«

Im White Hart

»Erde an Nigel!«

Nigel schaute auf und sah, wie Mal einen *Gin and Lime* vor ihm abstellte.

»Hab' dir einen Doppelten bestellt«, sagte Mal, als er sich hinsetzte. »Du siehst aus, als könntest du den brauchen.«

»Definitiv. Das war heute alles ein bisschen viel.«

Er hob sein Glas, um mit Mals Bier anzustoßen, doch dann hielt er kurz inne.

»Du trinkst Starkbier?«

Mal zuckte mit den Schultern.

»Halbdunkles ist alle.«

Nigel hatte noch nie gehört, dass das White Hart Mangel an irgendwas hatte.

»Nun gut, dann trotzdem: Prost.«

Nach dem ersten Schluck fragte Mal: »Wo warst du gerade mit deinen Gedanken? Afrika? Oder Heathrow?«

»Heathrow ist durch, abgehakt. Ist ja nicht so, dass wir das nicht erwartet hatten. Nur blöd, dass ich dabei sein musste.«

»Was hat dieser Irre sich bloß dabei gedacht? Die Fliegen sind doch eh schon scharenweise hier.«

Nigel dachte an das fiebrige Gesicht zurück.

»Vielleicht wusste er das nicht. Vielleicht war es auch bloß ein ›Suizid durch Polizei‹. Aber wie dem auch sei, es sind die Bilder aus Afrika, die ich nicht aus dem Kopf kriege.«

Hier im White Hart, gleich um die Ecke vom *Light*, schien das Leben eigentlich völlig normal zu sein. Fast, zumindest. Die Moskitonetze über den Fenstern und Türen waren neu, aber das änderte nichts am regen Besuch durch die Mitarbeiter der Zeitung. Vielleicht lag es daran, dass die Fliegen nachts nicht aktiv waren.

»Wie war es denn? So schlimm, wie man hier hört?«

Nigel schüttelte den Kopf.

»Egal was du gehört hast, egal wievielte Stunden Video du gesehen hast – es kann dich einfach nichts auf die Realität dort unten vorbereiten.«

»Willst du drüber reden?«

Nein, wollte er nicht. Aber wahrscheinlich sollte er es tun. Vielleicht könnte er ein bisschen davon loswerden, bevor er nach Hause zu Abby fuhr. Ihr konnte er unmöglich sagen, was er gesehen hatte. Zumindest nicht ungeschönt. Es war zu grausam. Außerdem würde sie sowieso alles, was sie hörte, durch ihre religiöse Weltanschauung filtern, und dann würden sie sich wieder streiten.

Also erzählte er Mal die ganze Geschichte.

Die Demokratische Republik Kongo war seit Wochen stumm geblieben, genau wie der Rest des südlich der Sahara gelegenen Afrikas. Regierungen aus Europa, den USA und Russland hatten eigene Teams dorthin entsendet, aber nach deren Rückkehr keinerlei Informationen veröffentlicht. Toulson hatte Nigel geschickt, um herauszufinden, was sie verstecken wollten.

Er mietete ein ägyptisches Privatflugzeug mit einem Piloten, der entweder irre war oder dringend Geld brauchte. Oder beides.

Sie flogen den Flughafen Ndolo in Kinshasa an, einst bekannt als Leopoldville, gelegen an der Grenze zwischen Kongo und dem frühere Zaire.

Eigentlich schien alles in Afrika ein »ehemals irgend etwas anderes« zu sein.

Und jetzt hatte es ein weiteres »ehemals« zu bieten: Ehemals bewohnt.

Der Flughafen antwortete nicht, aber der Peilsender war noch aktiv, so dass der Pilot ihn problemlos finden konnte. Er landete ohne Erlaubnis, da sich aus dem leeren Tower niemand meldete.

Der Pilot wollte das Flugzeug nicht verlassen, aber Nigel schleifte ihn mit in den Ort. Er konnte das Risiko nicht eingehen, dass der Typ abhaute. In weißen Kontaminationsanzügen beschlagnahmten sie ein Fahrzeug der Autovermietung. Eigentlich hätten sie auch laufen können – der Flughafen war direkt neben der Stadt – aber die Luft war heiß wie die Hölle und Nigel wollte zusätzlichen Schutz. So fuhren sie in klimaregulierter Wohlfühltemperatur in die Stadt hinein.

Kinshasa, die Hauptstadt der DRK und mit zehn Millionen Einwohnern die zweitgrößte Stadt Afrikas nach Kairo, war voll mit Fliegen. Alle Gebäude waren mit ihnen gesprenkelt, die Luft von ihnen durchsetzt. Kein Mensch war weit und breit zu sehen. Das Auto und seine Passagiere schienen die Fliegen nicht zu bemerken – vielleicht weil die Seuchenanzüge jeglichen Geruch abschirmten.

Wo waren bloß alle? Kühe und Hühner und Hunde stromerten durch die Straßen, aber keine Menschen. Die Fliegenbisse zeigten bei Tieren keinerlei Wirkung, abgesehen von leichten Hautirritationen. Sollte das Ganze wirklich Gottes Werk sein, so hatte er wohl entschieden, dass die Menschen gehen müssen – nicht aber die übrige Fauna der Welt. Nigel könnte ihm das nicht mal verübeln, auch wenn er selbst eher Mutter Natur als Tatverdächtige sah. Genauer gesagt hatten Mutter Natur und die Menschheit wohl Hand in Hand zusammen gearbeitet, um diesen Genozid herbei zu führen. Wenn es nicht so grausam wäre, könnte man sich fast über die Ironie der Lage amüsieren.

Für einen kurzen Augenblick sahen sie dann doch einen Menschen – war diese Person, die sofort wegrannte und sich versteckte, immun gegen die Plage? Selbst Tote sahen sie nur selten. Und wenn, nur indirekt; durch eine extra-dicke Fliegenschicht.

Schließlich deutete der Pilot auf eine geradezu gigantische schwarze Wolke, die hinter einer Baumreihe aufstieg.

»Was meinen Sie, was das ist?«, fragte er mit einer Stimme, die durch die Luftfilter seiner Maske unnatürlich dumpf klang.

Entgegen des gesunden Menschenverstandes antwortete Nigel: »Finden wir es heraus«, und steuerte auf die Wolke zu.

Sie kamen an ein zweistöckiges Gebäude, das ohne jede Übertreibung komplett mit Fliegen bedeckt war. Millionen weitere, die keinen Platz mehr zum Landen finden konnten, umkreisten es. Mit einem Kloß im Hals schlängelte Nigel sich durch verlassene Autos und fragte sich, was sie da gefunden hatten. Auf halber Strecke zum Eingang kamen sie an eine helle Steinsäule. Die Fliegen ließen dort noch genug Platz, dass man eine Inschrift erkennen konnte:

REPUBLIQUE DEMOCRATIQUE DU CONGO
MINISTERE DE LA SANTE
HOSPITAL PEDIATRIQUE DE KALEMBE - LEMBE

Oh, nein. Es war ein Kinderkrankenhaus.

Nigel schloss die Augen, holte ein paarmal tief Luft und sagte: »Ich gehe da rein.«

»Yaha!«, schrie der Pilot.

»Was?«, fragte Nigel. Sein Arabisch reichte nur, um ein Bier zu bestellen, oder nach der Toilette zu fragen.

Der Pilot starrte ihn an.

»Sind Sie übergeschnappt?«

»Scheint wohl so.«

Aber deswegen war er hierhergekommen. Er sprang aus dem Auto, nicht ohne die Schlüssel mitzunehmen.

»Hey!«, schrie der Pilot. »Ich werde hier drin geröstet!«

»Ich brauche nicht lange.«

»Und wenn Ihnen was passiert?«

»Ich gehe nicht weit rein.«

Er hatte tatsächlich erst ein paar Dutzend Schritte getan, als ihn der Leichengeruch fast umhaute. Trotz der Luftfilter konnte er den Würgereiz kaum unterdrücken. Er schluckte einen Schwall Galle wieder herunter und zwang sich, weiterzugehen.

Dann kamen die verrottenden Leichen in sein Blickfeld. Es wurden mehr und mehr, bis er an die Eingangstüren kam, wo sie quasi stapelweise aufgetürmt waren. Die Körper wiesen unterschiedliche Phasen des Verfalls auf.

Was war hier bloß passiert?

Die Seuche war schließlich trotz enormer Ansteckungskraft eher sanft in ihrem Krankheitsverlauf. Die Leute fielen nicht einfach auf der Straße um. Sie wurden langsam immer schwächer, bis sie nur noch liegen konnten und dann nie wieder aufstanden. Konnte sich hier etwas Derartiges abgespielt haben?

Unter der dichten Decke aus Fliegen konnte er viele kleine Körper zwischen den Großen ausmachen. Kranke Kinder, die von ihren ebenfalls leidenden Eltern zum Krankenhaus gebracht wurden, wo sie alle starben, während sie auf Einlass warteten – denn hier gab es sicherlich nicht viel mehr als hundert Betten.

Durch Lücken in den Fliegenwolken sah er die Massen von Maden, die ein wahres Festmahl erlebten. Schon bald würden sie heranwachsen und Teil der summenden, schwarzen Wolke werden. Und sobald der gesamte Vorrat an verwertbarem Fleisch aufgebraucht wäre, würde die Wolke weiterziehen. Zu neuen Jagdgründen.

Nigel drehte sich weg und flüchtete zum Auto, dann zum Flughafen, dann zurück nach Kairo.

»Jesus«, murmelte Mal, während sein Bier längst schal geworden war.

Nigel schüttete den Rest von seinem Gin in sich hinein.

»Absolut. Der Lebenszyklus dieser verdammten Fliegen arbeitet gegen uns. Ein einziger Biss, und du hast die Seuche. Drei Tage später bist du tot. Aber wenn dich keiner begräbt, wirst du selbst zur Fliegenfabrik. Jeder von diesen kleinen Bastarden legt Unmengen von Eiern auf deinem Körper ab. Aus denen schlüpfen Maden, die sich von dem Aas ernähren und zu Fliegen werden. Die paaren sich dann, legen noch mehr Eier ab, und so weiter und so fort.«

»Ein geometrisches Wachstum.«

»Aber es ist nicht mal nur Verdopplung. Jede Generation vergrößert sich um den Faktor Hundert. Die haben sich wie die Wilden im Dschungel vermehrt, und niemand hat es mitbekommen. Dann sind sie über nichtsahnende Städte hergefallen, keiner war vorbereitet, niemand hatte eine Chance. Es gibt so viele Tote, dass alle Strukturen zusammenbrechen und die Leichen einfach liegengelassen werden. Dadurch wird der Schwarm immer grösser.«

»Ich kann aber einfach nicht glauben, dass es keine Möglichkeit gibt, sie zu stoppen. Können wir nicht einfach einen Haufen Frösche importieren, oder insektenjagende Vögel?«

»Woher denn? Wer würde die jetzt noch herausrücken? Außerdem sind die einzige echte Bedrohung für Fliegen nur Spinnen und Parasiten. Aber diese neue Art afrikanischer Fliegen hat nicht mal Parasiten.«

»Aber es muss doch *irgendwas* helfen.«

Nigel schüttelte den Kopf.

»Bis jetzt noch nicht.«

Alle hatten gedacht, die Sahara würde sie aufhalten, weil sie anscheinend feuchte Gebiete bevorzugten. Aber sie folgten dem Nil und breiteten sich von dort überall hin aus, vor allem nachdem die Mungus angefangen hatten, sie über die Meere zu verschiffen.

Mals Gesichtsausdruck war nüchtern.

»Also sind wir am Arsch.«

»Wir dachten, wir sind sicher, weil wir auf einer Insel leben …«

»Tun wir das denn?«, fragte Mal mit einem gepressten Lächeln. »Es wirkt gar nicht so.« Das Lächeln verschwand. »Während du weg warst, ist hier alles den Bach runter gegangen. Als die ersten Londoner sich angesteckt hatten, war ein regelrechter Mob ins Krankenhaus gestürmt. Sie haben die Infizierten aus ihren Betten auf die Straße gezerrt, mit Benzin übergossen und angezündet.«

Nigel fehlten die Worte. Er konnte Mal nur anstarren. Langsam erlang er wieder die Kontrolle über seine Stimme.

»Das – das ist widerlich. Die Krankheit ist doch nicht mal ansteckend. Das weiß doch jeder!«

»Offensichtlich nicht. Oder sie glauben es nicht. Regierungspropaganda, Regierungsverschwörung, Regierungsvertuschung – such dir was aus. Die Ansteckung ist wie bei AIDS, die Ansteckung ist wie bei Grippe, es wird einfach in die Luft gepustet, und die Fliegen sind nur ein Ablenkungsmanöver, eine falsche Fährte damit wir nicht mitbekommen, was *wirklich* los ist.«

Wahrscheinlich lag das alles daran, dass die moderne Medizinforschung, mit all ihren Wundern, noch keinerlei Ansatz gefunden hatte, wie man dieser Pandemie entgegentreten konnte. Denn die Bisse der Fliegen übertrugen keine Krankheit – einem Virus hätte man noch zu Leibe rücken können. Stattdessen war es aber der Speichel der

Fliegen, der schon in mikroskopischen Dosen eine Autoimmunreaktion auslöste, die die roten Blutkörperchen des Opfers vernichtete.

Das Ergebnis war eine explosive hämolytische Anämie, die nahezu jedes Organ im Körper belastete und die Fähigkeit des Knochenmarks, rote Blutkörperchen zu produzieren, bei weitem überlastete. Der Tod kam schließlich durch Hypoxie und Kreislaufzusammenbruch. Sobald die roten Blutkörperchen keinen Sauerstoff mehr zu den Organen bringen können, versagen diese. Transfusionen brachten nur kurzzeitige Besserung, weil das Immunsystem die neu eingetroffenen roten Blutkörperchen sofort angriff.

Mal sagte: »Die Blutbänke sind leer, und sie bleiben auch leer. Ich meine, wo soll man Blutspender herbekommen, wenn jeder weiß, dass er im Ernstfall selbst nicht genug haben wird?«

Nigel kämpfte gegen eine Welle der Erschöpfung an – physisch und psychisch – und schüttelte den Kopf. »Wieso überrascht mich das jetzt nicht?«

»Warte. Es wird noch schlimmer. Da sind ja auch noch diese Mungus, die die ganze Sache genau anders herum sehen: Die Plage ist Gottes Vergeltung. Bekämpft sie nicht – akzeptiert sie. Dadurch haben wir Gläubige, die sich absichtlich von den Fliegen beißen lassen, und sich dann auch noch als Brutstätten für weitere Fliegen zur Verfügung stellen. Diejenigen, die sich dabei als immun erweisen, werden freudig in den Mungu-Kult aufgenommen.

Eigentlich kaum erwähnenswert – aber ich mache es trotzdem – der Anteil von denen ist winzig.«

»Verdammte Schweine.«

Mungu ... das war Suaheli für *göttlich.* Ein sehr exklusiver Club – nur für Überlebende der Seuche. Die Theorie besagte, dass sie mit einer natürlichen Immunität gesegnet waren. Die ersten von ihnen waren alle Afrikaner. Als sie weiterlebten, obwohl alle um sie herum starben, war die einzige rationale Erklärung – zumindest aus ihrer Sicht – dass Gott sie auserwählt hatte, sein Wort zu predigen: Die Plage sei sein Werk, die Vergeltung des Himmels. Inzwischen nannten sich Überlebende aus allen Rassen Mungu.

Mal sagte: »Ich hätte zu gerne Bildmaterial aus Brighton.«

»Ich könnte da runter fahren.«

»Die haben Sussex komplett abgeriegelt. Fragt sich nur, wieso. Die Seuche ist überall. Sie haben versucht, zu vertuschen, wie weit sie sich schon verbreitet hat.«

Mal starrte ihn für einen Augenblick an, dann fügte er hinzu: »Egal, ich schätze mal, du hattest jetzt erst mal genug von der Plage.«

»*Was?*«

Nigel konnte gar nicht glauben, was er da gehört hatte.

»Ich meine es ernst. Schau dich doch mal an. Wie durch den Wolf gedreht. Du bist durch die Hölle gegangen. Du brauchst 'ne Pause!«

»Mal, das ist die Story des Jahrhunderts – des verdammten Jahrtausends! Was könnte da wichtiger sein?«

»Ein Taktwechsel. Zum Wohle deiner geistigen Gesundheit. Es gibt da ein vermisstes Kind ...«

»Ein Kind? *Ein* Kind? Die Menschen sterben zu Millionen, Mal. Ich will nicht gefühllos klingen, aber ...«

»Es ist der Sohn der Cousine meiner Frau. Er ist verschwunden, und die Polizei unternimmt nichts.«

»Tut mir leid Mal, ernsthaft, aber ich ...«

»Da steckt was dahinter, Nigel. Ich kann es förmlich riechen.«

Mals guter Riecher für Stories war weitreichend bekannt, legendär geradezu, aber trotzdem ...

»Vielleicht, nachdem ich probiert habe, nach Sussex zu kommen.«

Als er sich den letzten Tropfen Gin einverleibt hatte, fiel sein Blick auf den Fernseher über der Bar.

Flammen loderten über die Mattscheibe.

»Was ist denn da los?«

Mal brauchte nicht mal richtig hinzuschauen.

»Berlin brennt.«

»Was?«

»Die Irren machen das. Sie stecken nachts Wohnhäuser an, damit die Menschen auf die Straße fliehen müssen. Wenn dann die Sonne aufgeht, haben sie kein Zuhause mehr, in das sie flüchten können, und die Fliegen stürzen sich auf sie.«

In Kairo hatte es auch gebrannt.

War es das gleiche Prinzip?

»Sind denn alle durchgedreht, während ich weg war?«

»Scheint so.«

Nigel stand langsam auf. Er hätte wirklich noch so einen Gin gebrauchen können, aber …

»Sorry, dass ich dich hier sitzen lasse, aber ich muss jetzt nach Hause, zu Abby. Ist schließlich schon 'ne Woche her.«

»Okay, aber nach Sussex, ja? Versprochen?«

»Klar.«

Hatte das wie ein Versprechen geklungen?

Er hoffte nicht.

Nigel

Komisch, wie sehr seine Stimmung in der Zeitspanne vom Aufschließen der Tür bis zum Betreten des Hauses kippen konnte. Er hatte sich wirklich darauf gefreut, Abby zu sehen. Am Telefon war während seiner Abwesenheit alles super gewesen, fast wie früher. Aber in dem Moment, wo er den Schlüssel umgedreht hatte, drehte sich auch sein Magen. Sein Nacken verspannte sich, als der warme, bekannte Geruch von Zuhause ihn erreichte, und schon als er seinen Koffer im Flur abstellte, konnte er sein Unbehagen nicht mehr leugnen. Seine Entfremdung.

Stopp … heute würde alles anders werden.

Heute würden sie einfach der alte Nigel und die alte Abby sein.

»Ich bin Zuhause«, rief er und kämpfte damit gegen den Drang an, einfach leise in die Küche zu schleichen und sich einen Drink zu machen, um noch ein paar Minuten mehr in Ruhe zu verbringen.

Es war scheiße, und er wusste es.

Er liebte sie. Er hatte sie immer geliebt.

Aber das bedeutete nicht, dass er es leicht fand, ihr gegenüber zu treten. Jedenfalls nicht heutzutage. Es war schon schlimm genug, als sie die Krankheit bekommen hatte, aber inzwischen war alles noch viel schlimmer.

Außen krank, innen krank.

Manchmal fühlte er sich dadurch so bedrängt, dass der Tod schon auf seiner Haut herumzukriechen schien, auf der Suche nach einem Weg hinein. Das Ganze gab ihm das Gefühl, ein egoistisches Schwein zu sein – verdammt, er war ein egoistisches Schwein – und das machte ihm zusätzlich ein schlechtes Gewissen.

Verheiratet zu sein, dachte er, als er sie die Stufen herunterkommen hörte, *war nie das Bett aus Rosen, das die Filmwelt einem zeigte.* Egal wie sehr sie auch am Telefon flirteten, inzwischen gab es eigentlich nicht mal mehr ein Bett.

»Hey«, sagte Abby, als sie im Flur ankam.

Obwohl sie nur in Jeans und einem Shirt gekleidet war – langärmlig, vielen Dank – trug sie pinken Lippenstift, und ihre Haare, die locker auf die Schultern fielen, sahen aus wie frisch gewaschen.

»Willkommen zu Hause, Reisender!«

Sie legte ihre Arme um seinen Hals und lächelte.

Blumiges Parfüm wallte über ihn, verbunden mit diesem weichen Geruch, den er so gut kannte. Beides überdeckte fast die darunter liegende Note von etwas anderem.

Dem *Unwohlsein,* das er so schwer zu überwinden fand.

»Hey.«

Nigel drückte sie und wünschte sich, er könne seine Schuldgefühle wegkuscheln. Er fragte sich, ob sie sie spüren konnte – die Anspannung in seinen Armen.

Er legte seinen Kopf auf ihren Nacken und platzierte dort einen trockenen Kuss. Als ihr Shirt ein wenig verrutschte, konnte er einen schwarzen BH-Träger darunter sehen. Er erkannte ihn; Teil eines Sets, dass sie letztes Jahr bei Agent Provocateur gekauft hatte. Der Lippenstift. Die Unterwäsche. Oh, Abby. So voller Hoffnung. Und trotzdem Jeans und Shirt. Aus Angst, zu aufdringlich zu wirken.

Ja, er war ein Schwein. So vorsichtig ging seine Frau jetzt schon mit ihm um?

Wenn sie doch bloß in der Zeit zurückreisen könnten. Sie passten damals so gut zusammen.

»Ich bin total hinüber«, sagte er. *Super, Nigel – möglichst früh mit den Ausreden anfangen! Nicht, dass es sie dann weniger verletzen würde, wenn du dich im Bett auf die andere Seite drehst.* »Der Flug war schon anstrengend, und dann die Scheiße in Heathrow. Abgesehen davon, dass ich noch zur Nachbesprechung ins Büro musste.«

»Aber jetzt bist du Zuhause.« Sie trat einen Schritt zurück und lächelte immer noch. »Ich habe dir Abendessen gemacht. Lasagne. Ohne Fertigzutaten! Wer sagt, dass es die traditionelle Hausfrau nicht mehr gibt? Komm, ich hab schon eine Flasche Rotwein aufgemacht. Du siehst aus, als könntest du die brauchen.«

Er folgte ihr in die Küche und betrachtete ihren schlanken Körper, der sich immer noch mit der gleichen sinnlichen Rhythmik bewegte, die damals seine Aufmerksamkeit erregt hatte. Er war hier das Problem, nicht sie. Sie war krank, aber er war derjenige, der damit nicht umgehen konnte. Abby selbst kam gut zurecht. Sie sah eigentlich auch genau so aus wie früher, abgesehen von ein bis zwei Kilo vielleicht. Aber dieser gottverdammte Lupus war *immer* da. Und so sehr es auch versuchte, er konnte dieser miesen Krankheit nicht vergeben.

Er vermied es, auf dem Weg in die Küche, einen Blick in den Dialyseraum zu werfen. Das minderte aber nicht das beengende Gefühl, dass das bloße Wissen um seine Existenz bei ihm auslöste.

Warum konnte sie nicht wenigstens die verdammte Tür zumachen? Es verstecken, so wie diese langen Ärmel die Fistel an ihrem Unterarm verdeckten? Das würde es ihm leichter machen, das Ganze zu verdrängen.

»Danke«, sagte er, als er ihr das große Glas Merlot abnahm, das sie ihm reichte.

Noch ein Drink, das würde helfen. Tat es immer. Plötzlich fühlte er einen Verlustschmerz in seine Brust stechen. Er vermisste es, wie sie sich früher gemeinsam betranken. Nach allem, was er in den letzten Tagen gesehen hatte, würde es ihm gut tun, mit ihr zusammen zu trinken und zu lachen – so, wie sie es früher getan hatten. Er vermisste die gute, alte, sorgenfreie Zeit. Er vermisste seine Frau, obwohl sie direkt vor ihm stand.

»Trinkst du einen mit?«

Er verfluchte sich schon, bevor er die Frage zu Ende gestellt hatte. Was machte er da? Ihre Krankheit herausködern?

»Ich trinke dann zum Essen einen Schluck. Du weißt ja, wie es ist.« Ihre Augen verfinsterten sich ein wenig, aber sie beschäftigte sich mit dem Ofen.

»Ich hab mir solche Sorgen gemacht, als ich das mit dem Flughafen in den Nachrichten gesehen habe. Gott sei dank, dass du mir eine SMS geschickt hast. Ich dachte schon, du wärst da drin gefangen.«

»Ich hatte Glück.«

Nigel nahm noch einen Schluck von dem Wein, er trank viel zu schnell. Zwar hatte er schon vom Gin leicht einen sitzen, aber das hier war kein Gespräch, das er mit Abby führen wollte. Wie könnte er sich bei ihr über diese gottgläubigen Idioten auskotzen, die ihre kranke Lehre verbreiten wollten? Wie könnte er mit ihr über irgendwas davon reden, ohne in einen Streit zu geraten? Sie konnten nicht über ihre Krankheit reden, und sie konnten verdammt noch mal nicht über seine Arbeit und die Seuche reden. Er wünschte, der BBC würde irgendein anderes Drama auftischen. Dann könnten sie so tun, als hätten sie sich noch etwas zu sagen.

»Ich hab das Zeug für dich besorgt«, sagte sie, als sie zwei Teller aus dem Schrank nahm.

»Zeug?«

»Du weißt schon.« Sie beschäftigte sich mit Besteck und Ofenhandschuhen und vermied es, ihn anzuschauen. »Den Eierbeutel.« Sie betonte dieses Wort, als würde sie ihre Krankheit über ihn ausschütten. »Liegt auf dem Beistelltisch im Wohnzimmer.« Endlich schaute sie ihm in die Augen. »Er wollte mir noch einen Hunderter mehr abzocken, aber ich habe es abgeblockt.«

»Aber er hat dir gegeben, was wir bestellt hatten?«

Sein Magen entkrampfte sich ein wenig. Das Haus fühlte sich direkt sicherer an, selbst wenn sie noch nicht einmal ausgeschlüpft waren.

»Das was *du* bestellt hast, ja.«

Und da war er. Der Giftstachel. Vielleicht würde er heute Abend gar nicht an ihrem Streit schuld sein. Er hatte Gott noch nicht mal erwähnt. Nicht *ein* Mal.

»Die könnten unser Leben retten, Abs. Die sind das Geld wert!« Er klang vernünftig und war stolz darauf. »Ich weiß, du magst keine Spinnen, aber Jesus … wenn du gesehen hättest, was ich diese Woche gesehen habe, würdest du sie mit ins Bett nehmen.«

»Wäre auf jeden Fall schön, *etwas* mit ins Bett zu nehmen, so viel steht schon mal fest.« Sie klatschte eine volle Kelle Pasta auf einen der Teller. »Aber wenn du fluchen willst, dann nimm bitte andere Wörter.«

Oh nein, bitte nicht …

»Es ist nur eine Redensart, Abby.«

»Für jemanden, der nicht an ihn glaubt, benutzt du seinen Namen ganz schön oft.«

Das hatten sie doch schon tausendmal durchgekaut.

»Ich bin genauso katholisch erzogen worden wie du, und das wurde bei uns andauernd gesagt. Und bei euch auch, ich hab deinen Vater doch schon erlebt, wenn er ein bisschen was getrunken hat.«

»Aber wenigstens ist er gläubig.«

»Und das macht es besser?«

Sie zögerte einen Moment – nur eine Sekunde – während sie eine zweite Portion Pasta auf den anderen Teller bugsierte. »Das macht es ein bisschen weniger schlimm. Aber lass uns über etwas anderes reden.«

»Oh ja, bitte.«

Nach dem eiligen Verschlingen von Wein und Lasagne – sie war wirklich eine gute Köchin – und einigen zaghaften Ansätzen von Konversation war das Essen beendet, und er half ihr, aufzuräumen. Als sie durchs Wohnzimmer gingen, blieb sie an dem Beistelltisch stehen.

»Oh, schau mal. Deine Babies sind da!«

Nigel stellte sich neben sie und warf einen Blick über ihre Schulter auf den Teller. Als er vor dem Essen zum ersten Mal nachgeschaut hatte, war in der Schatulle eine Art schlammige Perle zu sehen.

Diese Perle hatte sich inzwischen in einen verschwommenen Nebelhauch verwandelt.

Er beugte sich herunter und sah eine wabernde Wolke aus winzig kleinen beigefarbenen Spinnen, die schwarze Punkte auf ihren Hintern hatten.

»Spinnenbabies.«

Er hatte Spinnen gegenüber immer gemischte Gefühle gehabt. Es gefiel ihm, dass sie nervige Insekten fraßen, vor allem Fliegen; die Art, wie sie sich auf gefangene Beute stürzten und sie einsponnen, faszinierte ihn. Aber die Art, wie sie sich bewegten, egal ob vertikal oder horizontal, wie sie auf ihren acht Beinen einfach zu Gleiten schienen, das gruselte ihn.

Inzwischen aber, mit all dem, was draußen vor sich ging, bewunderte er sie.

»Und nun?«, fragte Abby.

Er richtete sich auf.

»Zeit, die Truppen auszusenden!«

»Jetzt?«

»Ich würde sie gerne trennen, bevor sie ihre Geschwister auffressen.«

Sie erschauderte.

»Ich dachte, das macht nur die Mutter?«

»Manchmal. Aber so oder so müssen die kleinen Racker etwas fressen. Und wenn man bedenkt, was sie kosten, fände ich es blöd, wenn sie sich gegenseitig anknabbern.«

Er holte die Trittleiter aus der Kammer und nahm ein paar Teelöffel aus der Besteckschublade.

»Ich nehme die oberen Ecken«, sagte er, als er ihr einen Löffel reichte. »Du nimmst die unteren, und dann sind wir schnuppdiwupp fertig.«

»Schnuppdiwupp?«

Sie lächelte, und für einen Moment spürte er die alte Abby durchblitzen.

»Hast du gerade schnuppdiwupp gesagt?«

»Ich fürchte, das habe ich. Wo kam das denn her?«

Er hatte wirklich keine Ahnung. Sie lachten noch ein wenig darüber, und es fühlte sich gut an.

Nigel nahm ein paar Spinnenbabys mit seinem Löffel auf und kletterte in der Küche auf die Leiter. Dort oben fühlte er sich alles andere als standfest, vielleicht war das nicht die beste Idee nach all dem Gin und Wein. Aber er konnte doch nicht zulassen, dass sich die Kleinen gegenseitig auffraßen.

Er drückte die Spitze seines Löffels an die Wand und wartete, bis alle Spinnen vom Silber auf die Tapete gewandert waren. Selbst wenn sie erst einmal wegmarschierten, ging er davon aus, dass mindestens eine von ihnen in diese Ecke zurückkommen würde. Schließlich machten Spinnen ihre Netze gerne in Ecken. Zu dumm, dass es noch eine ganze Weile dauern würde, bis diese Netze groß genug wären, um eine Gefahr für die Fliegen darzustellen – aber irgendwo musste man ja anfangen.

Als Nigel von der Leiter kam, sah er Abby immer noch vor dem Teller stehen, sie hatte sich kein Stück bewegt.

»Komm schon, leg' los«, sagte er. »Sonst wird aus dem Schnuppdiwupp ruckzuck ein ... ja was eigentlich?«

Sie schüttelte den Kopf.

»Ich kann das einfach nicht.«

Nigel verstand das.

»Schau mal, ich mag die Spinnen auch nicht, aber sie bieten einen extra Schutz.«

»Gegen was?«

»Gegen die Fliegen.«

»Ich glaube, du meinst einen Schutz gegen Gott.«

Oh nein. Es ging schon wieder los. Die gemeinsame gute Laune von vor wenigen Sekunden war zu Staub zerfallen.

»Es ist nicht Gott, der dich stechen will.«

Das war oberflächlich und er wusste es, aber was sollte er dazu sagen?

»Die Fliegen sind Gottes Werk.«

»Ach wirklich? Und ich dachte schon, es wäre ein katastrophales menschliches Versagen, das uns das Ganze eingebrockt hat. Schau mal Abby, ich arbeite daran, seit es angefangen hat. Menschen sind daran schuld, nicht Gott.«

Sie kam näher und ihre Augen zeigten deutlich, dass sie nun ihr Plädoyer starten würde. »Siehst du nicht die Parallelen? Die Menschen kamen einst aus Afrika. Die Fliegen auch. Gottes Werk.«

»Die biblischen Plagen waren auch Gottes Werk, wenn ich mich recht entsinne. Lass uns doch einfach die Spinnen als Ersatz dafür betrachten,

Lammblut an unsere Tür zu streichen. Und was Adam und Eva angeht, ich dachte, die kamen aus dem Garten Eden. War das in Afrika?«

Nigel wurde wütend, und er konnte nichts dagegen machen. Vielleicht hätte er versuchen sollen, sie zu besänftigen, aber nach allem, was er in der letzten Woche gesehen hatte, konnte er ihre ›Gott-ist-mächtig‹-Mentalität einfach nicht aushalten. Sie klang selbst wie eine Irre.

»Jetzt verkauf' mich mal nicht für dumm«, sagte sie wütend. »Ich bin kein durchgeknallter Fundamentalist. Ich nehme die Bibel nicht wörtlich, ich weiß ganz genau, dass die Erde nicht in sechs Tagen vor viertausend Jahren erschaffen wurde.«

»Eher sechstausend«, entgegnete Nigel.

»Was?«

»Laut Bischof James Ussher war es um 4004 vor Christus.«

»Das weißt du aus dem Kopf?«

»Ich finde Idioten eben lustig.«

Warum hielt er nicht einfach die Klappe?

Ihre Miene verfinsterte sich. »Toll, ich bin aber kein Idiot. Ich glaube an die Evolution. Ich glaube aber auch, dass sie geleitet wurde.«

»Du kannst doch aber nicht beides glauben. Ein omnipräsenter Gott hat die Fliegen geschickt, aber die Evolution gibt es auch? Was ist mit: Gott ist groß, Gott ist gnädig? Wenn dein Gott so gnädig ist, warum versucht er dann, uns auszulöschen? Er braucht dafür keinen Finger krumm machen. Er muss uns nur ein bisschen Zeit geben. Schau dir doch mal die Weltgeschichte an! Das schaffen wir auch ganz alleine.«

Er schenkte sich Wein nach. Alkohol würde zwar nicht helfen, aber wenn er so ein Gespräch nach einem Tag wie heute führen musste, dann doch wenigstens unter Alkohol.

»Bist du noch nie auf die Idee gekommen, dass Gott genug von uns haben könnte? Um dich zu zitieren: Schau dir die Weltgeschichte an. Was haben wir uns schon alles angetan. Er macht klar Schiff. Und die Tatsache, dass er dazu Fliegen nutzt, zeigt nur, wie angeekelt er von uns ist!«

»Seit du krank geworden bist, suchst du in allem nach einem Sinn. Es ist kacke, dass du krank bist. Ich hasse es, dass du krank bist.« Da – das war es. Das größte Zugeständnis, seit diese grauenhafte Dialysemaschine im Nachbarzimmer stand. »Aber im Endeffekt geht es nur um Zellen und chemische Zusammensetzungen und verdammtes Pech. Wir leben im Chaos, Abby. Das ganze Universum ist Chaos. Der Mensch ist die Folge davon, und diese sogenannte Plage ist die Folge von der Dummheit der Menschen.«

»Das machst du immer«, sagte sie und schüttelte ihren Kopf in dieser herablassenden Weise, die Nigel in den Wahnsinn trieb. »Du ziehst einfach alles in den Dreck. Du schaust nie nach oben. Der Himmel hat das Kommando, Nigel. Er zeigt sich nicht, er handelt hinter den Kulissen, aber er handelt. Und diesmal zeigt er sich. Das ist wie die Sintflut – und es gab so eine Flut in der alten Zeit, Nigel. Jede Religion kennt die große Flut. Das war eine Reinigung, und genauso ist es jetzt. Siehst du das nicht ein?«

»Vielleicht ist es eine Reinigung. Aber wenn ja, dann steckt Mutter Natur dahinter, und nicht dein unsichtbarer Freund!« Er starrte seine Frau an. Da stand eine Fremde vor ihm. »Wenn du so ein Fan von Gottes Werk bist, warum stöpselst du dich dann jeden Tag in diese Maschine? Warum rettet er dich nicht? Du machst so viel Werbung für ihn, da ist das doch wohl das Mindeste, was er tun könnte?«

Hinter der Maske seiner Wut fragte Nigel sich, wann er eigentlich so grausam geworden war.

»Gott prüft uns«, sagte sie ruhig, »so wie er Hiob geprüft hat. Und Gott hilft denen, die sich selbst helfen. Ich werde geprüft, und reagiere darauf, so gut ich kann.« Plötzlich umrahmten Tränen ihre Augen. »Aber ich könnte ab und zu ein wenig Hilfe gebrauchen.«

Und da war er. Der Tiefschlag.

Egal wie sehr Nigel sich eingeredet hatte, dass er seine Wut auf ihre Krankheit versteckt hielt: Er hatte sie nicht täuschen können. Aber seine Wut verhinderte, dass er sich das Heft aus der Hand nehmen ließ.

»Was zur Hölle meinst du bitteschön damit? Ich helfe dir. Ich bin dein Ehemann. Ich zahle die

Hypothek ab, ich hole das Geld rein. Ich ertrage dein Kirchenzeug, weil ich weiß, wie schwer du es hast.«

Er war am Zug: Grundposition Arschloch.

Einfach die Schuld auf den anderen abwälzen.

Saubere Arbeit, Nigel. Du bist wirklich einmalig.

Sie starrte ihn mit offenem Mund an. »Ich höre wohl nicht richtig!« Die Tränen schossen aus ihren Augen und liefen die Wangen herunter. »Genau davon rede ich. Ich bin in dieser Ehe alleine. Du zahlst die Rechnungen, du kommst und gehst, aber du … Es ist schon so lange …« Sie suchte nach Worten. »Verdammt Nigel – Ich bin nicht *ansteckend!*«

So leidenschaftlich im Bezug auf ihre Ehe hatte er sie schon lange nicht erlebt. Sie ließen alle Masken fallen, aber er wusste nicht, wo das hinführen würde. Immerhin hatte er zum ersten Mal seit Langem das Gefühl, in seinem eigenen Haus atmen zu können. Seine Wut flaute langsam ab, überwältigt von seinen Schuldgefühlen.

»Schau mal«, sagte er, »so habe ich das nicht gemeint.« Er machte eine Pause. »Ich liebe dich. Und das weißt du auch.«

So sehr das auch stimmte, es klang lahmarschig. Das musste er selbst zugeben.

»Ich … ich finde es einfach schwierig. Ich finde es schwierig, mit deiner Veränderung umzugehen. Merkst du eigentlich, dass du dich verändert hast?«

Ihre Schultern sackten zusammen.

»Ich kann nicht anders. Ich kann nicht mehr das Mädchen sein, mit dem du damals ausgegangen bist. Ich war damals nicht mehr ich selbst, ich hatte einfach gar keine Verbindung mehr zu …«

Sie zögerte, dann schien sie das Wort herauszupressen.

»… zu *ihm*. Ich kann nicht mehr dieses Mädchen sein, dafür hat sich zu viel verändert. Innerlich und äußerlich. Und was ich im Krankenhaus erlebt habe. Das Sterben. Was *sie* sehen. Du solltest mal mitkommen und es dir anhören. Dann würdest du es vielleicht verstehen. Er *erlöst* sie, Nigel. Das tut er wirklich. Sie sehen ihn und finden es wunderschön.«

Er sagte nichts mehr. Er hatte genug mit der Krankheit hier zu tun. Jetzt sollte er es mit einem ganzen Krankenhaus aufnehmen?

Einen Moment später wischte sie sich die Tränen aus dem Gesicht. »Willst du gehen?«

Er starrte sie an, sein Magen auf einmal eine raue Masse eisiger Knoten. Wollte er das? Ein Teil von ihm wollte den Schwanz einziehen und wegrennen. Die einfache Lösung. Aber konnte er sie verlassen? Das war die Frage. Denn er liebte sie. Immer noch. Unter diesem ganzen Gott-Schwachsinn steckte irgendwo seine Abby. Sie musste einfach noch da sein.

Er liebte sie, aber er mochte sie nicht mehr. Und die Welt ging den Bach runter. Da mussten sie doch einfach zusammenhalten.

»Natürlich will ich nicht gehen.« Die Wut hatte sich verzogen. »Aber ich muss morgen wieder los, ich habe morgen ein Interview mit …« Er bremste sich gerade noch rechtzeitig, bevor er »dem Verursacher der Seuche« sagen konnte. Dann würde der ganze Stress nur wieder von vorne losgehen.

»Ich muss mir ein paar Informationen bestätigen lassen. Eine Story festzurren. Vielleicht müssen wir dann anschließend überlegen, wie es mit uns weitergeht.«

»Glaub mir Nigel, in letzter Zeit denke ich an nichts anderes.« Sie seufzte. »Du machst mit deinen kleinen Freunden hier weiter, und ich gehe ins Bett.«

Er registrierte den kurzen Moment, in dem er sie hätte greifen können, um sie zu umarmen und festzuhalten, und um ihr zu sagen, dass alles gut werden würde. Aber dann hätte er riskiert, dass sie ihn zurückweisen würde, also ließ er die Gelegenheit verstreichen, und schon war sie auf ihrem Weg in den Flur und die Treppe hinauf.

»Ich komme in einer Minute nach«, rief er ihr hinterher.

Vielleicht in einer Minute, vielleicht in einer Stunde. Dann, wenn sie schlafen würde.

Henry

»Siehst du ihn, Liebes?«

Maggie lag auf ihrer Hälfte der Bettdecke. Als sie mit Livvy sprach, war ihre Stimme nur ein weiches Krächzen. Wenn man Maggie als blass bezeichnete, konnte man Livvy dagegen nur als transparent bezeichnen. Henry kniete neben seiner Frau und seiner Tochter, er war hilflos.

»Wen?«, fragte Liv.

Diese eine Silbe war für sie ein immenser Kraftaufwand, ihre Stimme ein geisterhaftes Echo.

»Gott, Liebes. Man sagt, er holt uns am Ende ab.«

Am Ende … die Worte wirkten wie ein Dolchstoß in sein Herz, aber genau darum ging es hier gerade. Das Ende seiner Familie, das Ende der beiden Menschen, die ihm alles bedeuteten.

Das Ende seiner Welt.

»Licht«, flüsterte Liv.

»Du siehst ein Licht? Das ist er! Er kommt dich abholen! Der Herrgott kommt, um dich nach Hause zu bringen!«

Nicht in unser Zuhause, dachte Henry.

Als die Symptome bei ihnen ausbrachen, hatte Henry sich nicht getraut, sie in ein Krankenhaus zu bringen – nicht nach dem, was in Brighton passiert war. Krankenhäuser konnten sowieso nichts gegen die Plage tun, außer den Opfern beim Sterben zuzusehen. Und er konnte sie auch nicht Zuhause lassen, weil die verdammten alten Schachteln aus der Nachbarschaft alles mitbekamen und sofort reden würden. Also ergriffen sie die Flucht und landeten in diesem stickigen, engen Werkzeugschuppen einer verlassenen Farm vor den Toren von Ludgershall. Die Türen waren dicht, und Unmengen von Spinnen hatten alle Ecken und Fenster mit ihren seidigen Fäden bespannt. Mondlicht, das durch die verdreckten Scheiben fiel, erleuchtete jetzt einige dieser Netze.

In dem blassen Licht beobachtete er Liv, wie sie auf dem Rücken lag und flach atmete. Er konnte fast ihre blauen Augen durch die blassen, dünnen Augenlider hindurch erkennen. Was sah sie jetzt? Er wollte es zu gerne wissen. Dieses ganze Gerede, dass Gott am Ende kommen würde, um die Sterbenden in ein anderes Leben zu führen … Wie konnte das sein?

Und trotzdem … So viele Leute hatten mit ihren letzten Atemzügen davon gesprochen, dass sie IHN sehen. Da musste doch einfach etwas dran sein. Oder?

»Licht«, wiederholte Liv noch einmal, das Wort kaum zu verstehen.

Und dann hörte sie auf, zu atmen.

Henry erstarrte. Er hörte selbst auf zu atmen, während er auf ein Lebenszeichen wartete.

Nur noch einmal Luft holen, aber nichts passierte.

Er lehnte sich zu Liv herunter und drückte sein Ohr an ihren dünnen, flachen Brustkorb.

Er strengte sich an, irgendetwas zu hören, aber dort drin war alles still – kein Herzschlag, kein Atmen.

Nein … nein, das durfte nicht wahr sein. Nicht seine kleine Liv! Acht Jahre war sie auf dieser Erde gewesen. Nur acht! Es war nicht fair! Es war nicht genug! Nicht mal annähernd genug!

Er stöhnte und begann, ihren Brustkorb zu massieren. Er hatte Reanimation nie gelernt, aber so machten sie es doch im Fernsehen. Aber wie kräftig sollte er drücken? Und wo?

»Nicht«, hörte er Maggie sagen. »Sie kommt nicht zurück. Sie ist jetzt bei ihm … an einem besseren Ort.«

Er wusste das … er wusste es … also nahm er seine federleichte Tochter in seine Arme und wiegte sie sanft hin und her, bis er Maggie seufzen hörte.

»Licht … ich sehe … auf mich zu. Hallo, Gott.«

Und dann hörte auch sie auf, zu atmen.

Mit Liv in den Armen starrte Henry auf seine Frau, die ihrerseits mit blinden Augen an die Decke starrte.

Hallo, Gott? Was ist mit *Lebwohl, Henry?*

War es so wunderbar was sie da sahen, in diesem letzten Moment?

Er schloss Maggies Augen, zog sie zu sich heran und wiegte seine beiden Lieblinge – eine Hand auf jeden Hinterkopf gelegt, damit sie nicht wegknickten. So schlaff, so leicht. Nach einer Weile konnte er das Gefühl ihrer erkaltenden Haut nicht mehr ertragen, also legte er sie nebeneinander auf den Rücken, die Beine gerade, die Hände über der Brust gefaltet.

Und jetzt kam der schwere Teil.

Er ging zum Wagen und holte den Benzinkanister, den er für diesen Zweck mitgebracht hatte. Als sie ihr Zuhause verließen, wusste er ja, wie es ausgehen würde.

Henry fing an zu schluchzen, als er ihre stillen Leiber zu übergießen begann. Er war froh, dass der Mond die einzige Lichtquelle war, so dass er ihre Gesichter nicht gut sehen konnte. Immerhin würde er dafür sorgen, dass sie in Frieden ruhen würden. Die Fliegen würden sie nicht missbrauchen können, indem sie ihre Körper zu Madenfarmen machten. Die kleinen Scheißviecher würden sich nicht auf Kosten seiner Lieblinge vermehren, dafür sorgte er schon.

Als der Kanister fast leer war, trat er den Rückzug an, wobei er eine Benzinspur zur Tür legte. Dann zog er das Butanfeuerzeug aus der Tasche und hockte sich hin. Er zündete die Flamme, konnte sich aber beim besten Willen nicht überwinden, sie in die feuchte Lache zu halten.

Doch er musste es tun.

Henry biss die Zähne zusammen und drehte die Flamme auf Maximum. Er ließ sie über die Benzinspur tanzen, bis sie Feuer fing. Die bläulich-gelbe Flamme fraß sich langsam den Boden entlang, auf seine geliebten Menschen zu. Er konnte es nicht mit ansehen, also trat er einen Schritt zurück und schloss die Tür.

Eigentlich hatte er vorgehabt, sich jetzt einfach umzudrehen und wegzulaufen, aber er konnte sie nicht verlassen. Er musste sicher gehen, dass sie komplett verbrannten. Und da er nachts vor den Fliegen sicher war, blieb er stehen und sah zu, wie es hinter den Fenstern zu leuchten begann. Es wurde heller und heller, als die Flammen die sterblichen Überreste seiner Lieblinge umschlossen.

Schließlich fing auch das ausgetrocknete Holz des Schuppens Feuer und Henry musste vor der Hitze zurückweichen, doch seinen Blick wendete er nicht ab. Normalerweise müsste er sich Sorgen machen, dass die Feuerwehr anrücken würde, um den Brand zu bekämpfen. Aber hier war nichts mehr normal. Ein Feuer auf dem Land hatte schon lange keine Priorität mehr. Und selbst wenn, die Ränge der Feuerwehr waren durch die Krankheit und Kündigungswellen massiv ausgedünnt. Keiner würde kommen.

Henry schaute weiter zu, bis die Hütte in sich zusammenfiel, wobei sie eine Feuerzunge und eine Fontäne tänzelnder Funken ausspie.

Jetzt konnte er gehen.

Er schluchzte, als er nach Norden fuhr, Richtung London. Sein Bruder lebte in der Stadt, und ihre Mutter war noch in Cricklewood. Falls er sich durch die Armee-Absperrung mogeln konnte, würde er sie besuchen, sich verabschieden und … dann was?

Am besten in die Themse springen, ging es ihm durch den Kopf. Er hatte nichts mehr, für das es sich zu leben lohnte, und er würde seinen Körper nicht den verdammten Fliegen überlassen.

Nigel

Ein hochfrequentes Summen zischte an seinem Ohr vorbei. Es schien nicht laut genug zu sein, um ihn zu wecken, also hatte er vielleicht gar nicht mehr geschlafen. Oder vielleicht war sein Unterbewusstsein inzwischen besonders empfindlich auf den Klang einer ... *Fliege?!?*

Nigel saß sofort kerzengerade im Bett und starrte in die Dunkelheit, als es an seinem Ohr schon wieder summte.

»Scheiße! Hier ist eine Fliege!«

Er tastete hektisch nach der Nachttischlampe und schaltete sie an. Neben ihm rollte sich Abby von der Lichtquelle weg und vergrub ihr Gesicht im Kissen. Sie murmelte etwas von Ausschlafen, und Nigel setzte an, noch etwas zu sagen – doch ein Blick an die Decke verschlug ihm die Sprache.

Fliegen ... Dutzende von ihnen ... sie zischten durch die Luft oder klebten an den Leisten über den Fenstern.

Das durfte nicht wahr sein. Nigel unterdrückte seine Panik und schüttelte Abby wach.

»Was?«, sagte sie mit geschlossenen Augen und Ärger in der Stimme, als sie den Kopf anhob.

»Fliegen. Hier sind Fliegen. Extrem viele.«

Sie schnellte hoch und schaute sich um. »Lieber Gott, du hast Recht! Aber wie konnte …?«

»Ich habe keine Ahnung. Ich meine, du bist wach, oder? Du siehst sie doch auch, stimmt's?«

»Absolut.«

Scheiße. Er hatte gehofft, es wäre einfach ein Albtraum.

»Hast du ein Fenster offen gelassen?«

»Natürlich nicht. Es sind ja auch überall Netze davor.«

Stimmt, stimmt. Nigel erinnerte sich vage an ein dumpfes Geräusch aus dem Erdgeschoss, das er wahrgenommen hatte, als er am Einnicken war – oder hatte er das nur geträumt? Er konnte sein Hirn einfach nicht in Gang bringen. *Denke! Verdammt noch mal …* ein Stich und sie waren tot! Er hatte nur ein T-Shirt und Boxershorts an, seine Klamotten waren über einen Stuhl gehängt, der gute zwei Meter entfernt stand. Nicht weit weg, aber mit so viel exponierter Haut quasi unerreichbar.

Das Bettzeug? Sie hatten eine gemeinsame Decke und darüber noch ein Laken als Überbezug. Er griff nach dem Laken und fing an, es herauszuziehen.

»Was machst du?«, fragte Abby.

»Du nimmst die Decke, ich den Bezug. Wickel dich ein. Pass auf, dass sie dich nicht kriegen!«

Abby rollte sich zusammen und zog sich die Decke über den Kopf. »So ist es noch besser!«

»Wir können doch nicht einfach liegen bleiben, während die das ganze Haus übernehmen!«

»Unsere tollen Spinnen werden sie doch erledigen.«

»Du weißt ganz genau, dass die noch nicht mal annähernd groß genug sind!«

»Dann warten wir eben.«

Offensichtlich war sie immer noch sauer auf ihn.

Wahrscheinlich mit Recht, dachte er. Trotzdem ging ihm ihre Sturheit gehörig auf die Nerven.

»Wir müssen sie loswerden, Abby. Hilfst du jetzt mit, oder nicht?«

Nigel zog sich den Bettbezug über den Kopf und wickelte den Rest um seinen Körper. Er schlüpfte aus dem Bett und stürzte auf seine Anziehsachen zu. Hinter ihm hörte er ein hysterisches Lachen.

»Du siehst aus wie Lawrence von Arabien. Nein warte, du bist Gandhi!«

»Nicht lustig!«

»Oh, Moment, Moment! Du siehst aus wie Mutter Theresa!«

»Abby ...«

Sie lachte jetzt noch lauter.

»Du hast Gott gefunden!«

»Scheiße!«

Er ließ das Laken fallen und zog sein verkrumpeltes Hemd über.

Wie konnte sie jetzt nur Witze machen? Es war, als ob sie ...

Die Erkenntnis ließ ihn innehalten. Er drehte sich zu ihr.

»Es ist dir total egal, oder?«

Sie setzte sich auf und schaute ihn verwundert an.

»Nicht ganz, aber ...«

Nigel fühlte seine Geduld bröckeln und zog sich die Hose hoch, wobei er ängstlich die Fliegen beobachtete, die über ihm herumflogen. Sie schienen eher verwirrt als aggressiv.

»Aber was?«

»Ich habe beschlossen, dass ich keine Angst mehr haben möchte.«

War sie durchgedreht?

»Abby – ein Stich, und es ist aus!«

Sie stieg aus dem Bett und stand ganz ruhig da, nur mit ihrem Nachthemd und der Unterarmbinde bekleidet.

»Genau, also warum sollten wir unsere verbleibende Zeit mit Angst verschwenden? Gott will uns, Nigel.«

»Was?«

Sie deutete in Richtung der Fliegen.

»Schau sie dir doch an. Wir haben einen Fliegenschwarm in unserem Schlafzimmer – in einem Haus, dass so sicher ist, wie die Kronjuwelen. Was sagt dir das?«

Er hatte keine passende Antwort darauf, aber es hatte mit Sicherheit einen ganz anderen Grund, als das, was Abby dachte. Und was auch immer dieser Grund war, er musste etwas dagegen unternehmen. Als erstes musste er herausfinden, wie sie ins Haus kamen, und die Stelle abdichten. Er zog sich den Bettbezug wieder übers Gesicht und steuerte die Treppe zum Erdgeschoss an. Er hatte sich mit Insektenspray eingedeckt und es in der Wäschekammer neben der Küche gelagert. Das war ganz schön weit weg. Wenn …

Der Gestank haute ihn fast um, als er im Erdgeschoss ankam.

»Jesus!«

Er schaltete das Licht ein und wich zurück, als er den riesigen Fliegenschwarm im Wohnzimmer sah. Sie schienen um den Kamin herum verteilt zu sein. Da lag etwas in der Feuerstelle. Er ging darauf zu, und der Aasgeruch überwältigte ihn fast.

Er machte eine weitere Lampe an und zuckte zusammen, als er das verrottende … *Ding* inmitten der Aschereste sah. Ein totes Eichhörnchen oder eine dicke Ratte oder – was immer auch dieses Ding war, es war mit Maden übersät.

Viele der frisch geschlüpften Fliegen hatten sich auf dem Kaminsims niedergelassen. Von Nahem konnte Nigel erkennen, dass ihre Körper viel runder waren, als die der Pestfliegen.

Plötzlich kam er sich vor, wie der letzte Idiot.

Er versteckte sich in seinem eigenen Haus unter einem Bettlaken, nur weil …

»Fuck!«

»Was?«

Er wirbelte herum. Abby stand am Fuß der Treppe und hielt sich die Nase zu. Er wusste nicht, ob es die Erleichterung oder der Ärger oder eine

Mischung aus beidem war, aber er fing an zu lachen.

»Das sind nur gottverdammte Stubenfliegen!«

»Das stinkt!«

Nigel lachte nochmals auf.

»Ich bin so superschlau! Als wir letzten Monat den Kamin versiegelt haben, müssen wir irgendein armes Tier zusammen mit ein paar Stubenfliegen da eingesperrt haben. Es ist gestorben, sie haben Eier gelegt, und die Überbleibsel sind dann durch den Rauchschieber gefallen!«

Abby war anscheinend nicht zum Lachen zumute. Sie hielt ihre Hand immer noch über Mund und Nase.

»Mach dir keine Sorgen«, sagte er. »Ich werde es mit der Feuerzange in eine Tüte stopfen und dann rausbringen.«

Immer noch keine Reaktion.

Dann dämmerte es ihm – oder zumindest dachte er das.

»Jetzt sag nicht, dass du enttäuscht bist …«

»Wir hätten zusammen sein können«, sagte sie hinter der vorgehaltenen Hand.

»Wir sind doch zusammen.«

»Ich meine, bei *ihm* …«

»Das glaub' ich jetzt nicht …«

»Wir wären glücklich.«

Sie drehte sich um und hetzte die Treppe hinauf.

»Jetzt sind wir jedenfalls nicht glücklich, das ist verdammt sicher!«

Er trat an die Treppe heran und rief ihr hinterher.

»Wir sind nichts Besonderes, Abby. Dein Gott hat keine spezielle Fliegenstaffel zu uns geschickt – das ist es, was dich ärgert, stimmt's?«

Die Schlafzimmertür wurde zugeknallt.

Jetzt ist sie durchgedreht, dachte er. *Komplett irre.*

Freitag

Nigel

BBC:

Sie sehen hier eine Live-Übertragung aus Peking, einer Stadt, die für ihren Smog bekannt ist. Aber das ist keine Luftverschmutzung, die Sie hier über den Gebäuden hängen sehen. Es sind Fliegen. Offensichtlich war die Opferzahl in den ländlichen Gebieten schwindelerregend, und die Behörden waren nicht in der Lage, die Leichen zu begraben. Das führte zu einer explosiven Ausbreitung der Fliegen …

Er hatte fast gehofft, Abby würde noch schlafen, wenn er aus dem Haus ging, aber es hatte nicht sollen sein. Die Schlafzimmertür war noch geschlossen, als er aus dem Gästezimmer geschlichen war, um zu duschen. Aber nachdem er damit fertig war, konnte er unten den Kessel zischen hören.

Scheiße. Sein Magen verkrampfte sich.

Der Nachhall von ihrem Streit während des Abendessens störte ihn nicht. Er war einfach absolut bedeutungslos, verglichen mit der Erkenntnis, die ihn später in der Nacht überkommen hatte. Ihr war egal, ob sie gestochen wurde, weil sie dann bei Gott sein konnte? Was war nur aus der Frau geworden, die er geheiratet hatte?

»Ich mache dir Eier und Schinken«, sagte sie, als sie ihm eine Tasse milchigen Kaffees hinstellte. »Ich schätze mal, du fährst direkt in die Redaktion?«

Nigel nickte. Das war nicht ganz der Empfang, den er erwartet hatte. Sie sah ihm zwar nicht in die Augen, aber sie schmollte oder weinte auch nicht.

Der Knoten in seinem Magen lockerte sich ein wenig. Die Probleme zwischen ihnen waren zwar nicht gelöst, aber es schien so, als wäre keinem der beiden gerade nach Streit zumute.

Sie schob die Schinkenstreifen in der Pfanne herum, damit sie schön knusprig wurden, während die Eier in einer zweiten brutzelten. Es roch lecker.

»Tolles Frühstück!«

»Das wird es nicht mehr lange geben, also sollten wir es genießen, solange es noch geht. Die Vorräte in den Läden gehen schon zur Neige.«

»Das wird schon wieder. Die werden ein Gegenmittel finden. Ist doch immer so.« Er glaubte das wirklich. »Aber vielleicht sollten wir trotzdem Vorräte anlegen.«

Sie machte ein undefinierbares Geräusch.

Er nippte an seinem Kaffee und war froh, dass der kleine Küchenfernseher eingeschaltet war, um die betretene Stille zu überbrücken. Damals war er nicht begeistert gewesen, dass sie einen anschaffen wollte – er fand Fernseher in mehr als einem Zimmer immer als Beleg dafür, dass sich ein Paar nichts mehr zu sagen hatte – aber an diesem Morgen war er regelrecht dankbar dafür. Und verdammt noch mal – wahrscheinlich waren sie inzwischen so ein Paar.

»Tut mir leid, dass wir uns gestritten haben«, sagte er und wählte die Worte mit Bedacht. Das hier war schließlich nur ein Waffenstillstand, nicht das Ende des Kampfes. »Ich war von dem Flug und der Arbeit total gestresst. Aber das wollte ich nicht.«

»Ich auch nicht.« Sie griff nach zwei Scheiben Weißbrot und steckte sie in den Toaster. »Und was ich da letzte Nacht gesagt habe …« Sie schaute endlich zu ihm herüber. »Ich meinte das gar nicht so, dass ich sterben will. Ich bin kein Selbstmordkandidat. Ich will nur einfach keine Angst mehr haben. Que sera, sera.«

Es ging wieder los.

»Weißt du, Abby …« Er bemühte sich um einen ruhigen Tonfall. Er hätte sich lieber bemühen sollen, die Klappe zu halten. Aber genau wie sie konnte er nicht anders, als seine Meinung zu sagen. *Das* war eine Gemeinsamkeit, die sie immer noch teilten. »Ich kann schon verstehen, dass es für jemand Gläubigen gut denkbar ist, dass die Seuche das Werk eines höheren Wesens ist. Aber das ist es nicht. Es ist einfach ein Zufallsprodukt. Ein Flügelschlag des Schmetterlings.«

Er wartete auf das typische Zucken ihrer Schultern, aber es kam nicht. Stattdessen nahm sie einen Teller aus dem Schrank und fischte seine Eier aus der Pfanne.

»Chaostheorie«, sagte er.

Das müsste doch eine Reaktion provozieren.

Hörte sie ihm überhaupt zu?

Immerhin kamen keine Gegenargumente.

»Die falsche Fliege wurde im falschen Netz des falschen gut gemeinten Projekts gefangen und etwas vollkommen Unvorhersehbares ist passiert. Wenn dann irgendeine Eidechse die Fliege gefressen hätte, wäre das alles nicht passiert. Das Ergebnis hat nichts mit göttlicher Fügung zu tun – es ist nur eine unglückliche Verkettung von Zufällen. Es hat nicht mal jemand versucht …«

Seine Mundwinkel verzogen sich, sein Blick blieb an dem kleinen Bildschirm kleben. Er erkannte das Foto, das dort gezeigt wurde. Rajiv Singh. Was zur Hölle …?

»Kannst du laut machen?«

»Was?«

»Den Fernseher.« Das Frühstück war vergessen, er schob sie beiseite, um näher an die Mattscheibe zu kommen. »Wo ist die verdammte Fernbedienung?«

»Hier. Was hast du denn?«

Der Ärger in ihrer Stimme prallte komplett an ihm ab, als er ihr die Fernbedienung aus der Hand riss und lauter drehte.

Das rote Banner für Eilmeldungen der BBC zeigte einen durchlaufenden Text: *Der britische Forscher Rajiv Singh potenzieller Verursacher der Fliegenpest.*

»Oh, nein, bitte nicht …«, murmelte Nigel.

Woher konnten sie diese Story haben? Das war sein Werk, und abgesehen von dem Treffen gestern beim Licht hatte kein Mensch einen Blick darauf werfen können. Was zur Hölle war da los?

»Den Informationen unserer Quelle zufolge ist der Entomologe Rajiv Singh von der Universität Oxford einer der führenden Spezialisten auf dem Gebiet der Fliegen und Insekten.« Der Reporter stand mit Todesmiene vor einem dreigeschossigen, georgianischen Reihenhaus. Alle Vorhänge waren geschlossen. Wohnte Singh etwa dort? Jesus. *»Dr. Singh leitete drei Jahre lang ein Projekt im Salonga Nationalpark, bei dem versucht wurde, männliche Tsetse-Fliegen mit Röntgenstrahlung zu sterilisieren.«*

»Was ist los?«, fragte Abby.

Hinter ihr brutzelte der Speck immer noch in der Pfanne, während der Bildschirm sich teilte, um gleichzeitig den BBC-Nachrichtenchef im Studio zu zeigen.

»Das war also im Kongo, wo die ersten Fälle der Plage bekannt wurden?«

»Genau so ist es. Sechs Monate, nachdem Dr. Singhs Forschungszentrum geschlossen wurde, waren nicht einmal fünf Meilen entfernt die ersten Opfer zu beklagen. Natürlich können wir nicht mit Sicherheit von

einem Zusammenhang sprechen, bevor sich Dr. Singh dazu geäußert hat, aber nach dem jetzigen Kenntnisstand wäre es die logische Schlussfolgerung.«

»Aber das ist falsch!« Nigels Magen wurde zu einem Stein. Er wandte sich Abby zu. »Wir wissen das nicht! Wir haben keinen Beweis! Es sind alles nur Hinweise! Und wie zur Hölle sind die an meine Story gekommen? Ich habe sie extra zurückgehalten, bis die Bestätigung da ist!«

»Das ist deine ...«, setzte Abby an, aber Nigel drängte schon an ihr vorbei.

Sie konnte warten. Ihr Gott konnte warten.

Er musste jetzt sofort in die Redaktion und dieser Vollkatastrophe auf den Grund gehen, bevor alles außer Kontrolle geriet.

Die Chaostheorie, dachte er wieder, als er aus dem Haus stürmte, *war wirklich ein ziemlich fieses Biest.*

Abby

Nachdem die Tür hinter Nigel ins Schloss gefallen war, schlurfte Abby in Richtung des Fernseher, um ihn auszumachen, doch dann blieb sie mit der Fernbedienung in der Hand stehen. Der Moderator schaltete zu einem »wissenschaftlichen Experten«.

Dieser Herr sah schon professionell aus, mit seiner rahmenlosen Brille und der ordentlich gebundenen Krawatte, sowie der eingeblendeten Liste seiner bisherigen Verdienste. Er schwadronierte über Mutationen und sagte, die Wahrscheinlichkeit, dass Dr. Singhs Bestrahlungen diese neue Fliegenart erzeugt haben, sei sehr gering. Aber auf beharrliche Nachfragen des Moderators gab er schließlich zögerlich zu, dass es bei allen bestehenden Zweifeln trotzdem *möglich* war.

Das war es wohl, was die Redaktion hören wollte, denn es wurde sofort wieder zu Dr. Singhs Haus geschnitten.

Offensichtlich hatte sich dort in den wenigen Minuten, seit Nigel gegangen war, eine regelrechte Menschenmasse versammelt. Es war eine wütende Ansammlung von normalen Leuten, die sich neben den Reportern und Kameraleuten drängten. Ein rasender Reporter hatte einen wütenden Nigerianer aufgetrieben, der durch seinen starken Akzent kaum zu verstehen war, doch die Richtung seiner Tirade war klar: Der Plan des weißes Mannes, eine völkermordende Pest auf Afrika loszulassen, war nach hinten losgegangen und bedrohte nun den gesamten Planeten.

»Idiot«, murmelte Abby, als sie Stummschaltung drückte, »Doktor Singh ist Inder.«

Sie drehte sich weg und stellte fest, dass der Schinken in Flammen stand. Sie drehte den Herd aus. Komplett verbrannt. Aber es war egal, denn Nigel war fort, und sie hatte sowieso keinen Appetit.

Sie hatte die ganze Zeit gewusst, dass er böse war über den Lupus – böse, dass sie diese Krankheit bekommen hatte.

Aber als seine Wut kein spezifisches Ziel finden konnte, richtete sie sich auf ihr erneuertes Gottvertrauen. Und von dort weitete sie sich aus, bis sie auch Abby selbst mit einschloss.

Inzwischen schien er böse auf alles zu sein – auf die ganze Welt.

Das Zusammenleben wurde immer schwieriger, aber sie musste bei ihm bleiben. Die Kirche erlaubte schließlich keine Scheidung. Abgesehen davon war sie sich ziemlich sicher, dass Nigel eine Prüfung für sie war, eine andauernde Belastungsprobe für ihren Glauben.

Nigel … Ein Instrument des Herrn.

Sie fand die Ironie darin faszinierend.

Abby wandte sich wieder dem stummen Bildschirm zu, der immer noch die Situation vor dem Haus des Forschers zeigte. Während sie zuschaute, hallten Nigels Worte über die Chaostheorie durch ihren Kopf.

Sie konnte sich anstrengen, wie sie wollte, sie konnte einfach nichts Zufälliges darin erkennen.

Wie hatte Jesus noch gesagt? *Kein Spatz fällt zur Erde ohne den Willen Eures Vaters.* Vielleicht hatte Gott diese Mutation bewirkt.

Nein … nicht vielleicht. Es war sicher.

Und warum auch nicht? Er wirkte auf wundersame Art, wobei er seinen Einfluss meist verbarg. Denn der Schlüssel war der Glaube. Würde er sein Tun zu auffällig machen, wäre reiner Glaube nicht mehr nötig. Die Menschheit würde es *wissen.*

Abby lächelte. Ja, das gefiel ihr. Nigel war es nicht gelungen, eine eindeutige Verbindung zwischen Dr. Singhs Arbeit und der Pestfliege herzustellen. Man musste ihm immerhin zugute halten, dass er kompromisslos bei seiner Suche nach der Wahrheit war. Er wollte die *ganze* Wahrheit. Mit seinen Funden war er noch nicht zufrieden, und deshalb hatte er die Story zurückgehalten.

Aber du wirst die Wahrheit niemals finden, dachte sie. *Denn du suchst am falschen Ort.*

Dank Nigel, ausgerechnet ihm, wusste sie nun, was passiert war. Gott hatte in die Abfolge von Ursache und Wirkung eingegriffen. Eine Mutation in der DNA einer Fliege hatte ein Protein in ihrem

Speichel so verändert, dass es nun eine Autoimmunreaktion bei Menschen auslöste. Gott hatte seine neueste Kreation an ihren Fressfeinden vorbeigeführt, damit ihre Existenz nicht vor der ersten Fortpflanzung beendet würde. Er sorgte dafür, dass das erste Opfer nicht traf, als es nach der Fliege schlug, die gerade zugebissen hatte. Gott ließ die DNA-Mutation in einem abgelegenen Dschungel geschehen, damit die unbemerkten Opfer der Fliege zu Madenfutter werden konnten, was zu einer explosionsartigen Vermehrung seiner neuen Spezies führte … die dadurch zur zivilisationsbedrohenden Plage wurde.

Eine empfindliche Abfolge von Ursache und Wirkung, von Anfang bis Ende, die unweigerlich zurück zu ihrem unergründlichen Grund führte:

Gott.

Der arme Nigel. Statt, dass er ihren Glauben ins Wanken brachte, hatte er ihn nur gefestigt.

Aber noch etwas anderes kam ihr wieder in den Sinn. Letzte Nacht, während ihres Streits, hatte er gesagt: *Wenn du so ein Fan von Gottes Werk bist, warum stöpselst du dich dann jeden Tag in diese Maschine? Warum rettet er dich nicht?*

Das hatte die ganze Nacht an ihr genagt.

Es war schließlich eine legitime Frage. Wie konnte sie auf der einen Seite dafür werben, Gottes Pläne für die Welt zu akzeptieren, und diese Pläne gleichzeitig selbst torpedieren – bezogen auf die Prüfung, die er für sie ausersehen hatte.

Eine merkwürdige und vor allem plötzliche Klarheit durchströmte sie.

Sie hatte gesündigt, indem sie der Kirche und Gott den Rücken zugekehrt hatte. Zur Strafe war eine unheilbare Krankheit über sie gekommen. Die Welt an sich war auch vom Glauben abgefallen, und deswegen sah sie sich nun auch von einer unheilbaren Krankheit befallen.

Die Parallelen waren genauso beängstigend wie unausweichlich.

Auf die eine oder die andere Art würde sie nun durch die Hand des Herrn sterben. Sie verstand jetzt, dass sie vor eine Wahl gestellt worden war, und sie hatte keinen Zweifel an ihrer Entscheidung.

Sie war wie elektrisiert, schaltete den Fernseher aus und warf die Fernbedienung auf die Couch. Dann flitzte sie die Treppe hinauf ins Badezimmer, wo sie Nigels Kulturbeutel vorfand. Sie durchwühlte ihn, bis sie sein Rasiermesser in der Hand hielt. Er hatte ihr mal gesagt, dass er es auf Reisen immer dabei hatte, falls er sich mal an einem Ort ohne Strom rasieren müsse. Außerdem eignete es sich als praktisches Schneidewerkzeug.

Sie klappte es auf und starrte auf die geschliffene Klinge.

Ja, damit würde es gehen.

Aber erst würde sie ins Krankenhaus gehen. Ihr Dialyseplan und die vom Lupus hervorgerufene Müdigkeit hatte Vollzeitbeschäftigung für sie unmöglich gemacht. Aber sie konnte immer noch hingehen, um sich um die Kranken und Sterbenden zu kümmern.

Es war das Werk des Herrn, und heute war sie dran mit Freiwilligenarbeit.

Henry

Henry riss seinen Blick von dem dunklen, ernsten Gesicht auf dem Bildschirm los.

Dr. Rajiv Singh …

Er stupste seinen Bruder an, der im Stuhl neben ihm saß. »Das ist der Wichser der meine …«

Seine Augen wurden feucht, als die Namen in seinem Hals stecken blieben. Doch er presste sie hervor: »… der meine Maggie und meine Liv auf dem Gewissen hat!«

»Wo?«

Er zeigte auf den Bildschirm.

»Der da.«

Aber das Gesicht war nicht mehr zu sehen, stattdessen zeigte man den Mob vor der Haustür dieses Schweins. Ein schickes Haus. Besser als alles, was Henry jemals für seine geliebten Menschen hätte erwirtschaften können.

Normalerweise trank er um diese Tageszeit noch nicht, trotzdem hatte er schon zu viel für jedwede Tageszeit intus. Aber das hielt ihn nicht davon ab, noch einen Whiskey zu seinem Newcastle Dunkelbier zu bestellen. Das Guinness war schon eine ganze Weile aus, und sie wussten nicht, ob jemals Nachschub kommen würde. Er konnte sich das alles eigentlich gar nicht leisten, aber was sollte sein? Seine kompletten Ersparnisse befanden sich in seiner Hosentasche, und er hatte nichts und niemanden mehr, für den er sparen musste.

»Wovon redest du?«, fragte Jamie.

Sein älterer Bruder war noch schwerer als er selbst, mit röterem Gesicht und noch mehr Adern auf der Nase. Für ihn war es nicht zu früh am Tage. Kein bisschen.

»Der Typ, der die Seuche erschaffen hat – dieser indische Wichser!«

»Das war kein Inder«, sagte Jamies Kumpel Alex. Er war frühzeitig ergraut und trug einen kurzen, melierten Bart. »Es waren die Chinesen. Die haben mit AIDS angefangen, aber damit haben sie nur die Schwulen erwischt. Und nicht mal annähernd genug von denen, wenn ihr mich fragt. Dann haben sie mit ihrer Vogelgrippe versagt, und jetzt halt das Ding.«

Hätte Henry Alex ein bisschen besser gekannt, hätte er ihm klipp und klar gesagt, er solle die Fresse halten. Aber er war nun mal Jamies Freund, und deswegen blieb er ruhig. Verdammt nochmal, dieser Typ glaubte aber auch wirklich jede Verschwörungstheorie, die er aufschnappte.

»Nee, die sagen, dass dieser Forscher da die Fliegen geröntgt hat, und damit die Seuche in Gang gesetzt hat.«

Alex machte ein Zitronengesicht. »Wen meinst du mit ›die‹? Etwa die BBC? Die plappern doch nur die Scheiße nach, die die Regierung vorgibt. Die Fliegen verbreiten die Seuche gar nicht. Das ist nur ein Ablenkungsmanöver. Es ist ein Virus, den fängt man sich ein, wie 'ne Erkältung. Das Einzige, was dagegen hilft, ist Vitamin E. Zweitausend Einheiten am Tag reichen aus. Ich nehme vier.«

Was für ein Idiot, dachte Henry, als er weiter das Geschehen auf dem Bildschirm verfolgte. Immerhin musste er Alex zugestehen, dass dieser selbst an sein dummes Geschwätz glaubte. Er war ohne Kopfbedeckung und in einem kurzärmeligen Hemd im Pub angekommen, während Henry und Jamie Handschuhe trugen sowie die beiden Imkerhüte, die Jamie sich gerade noch geschnappt hatte, bevor sie überall ausverkauft waren.

Alex würde die Seuche wohl recht bald kriegen. Denn sie war nicht ansteckend. Maggie und Liv waren beide gestochen worden und hatten die Krankheit bekommen, Henry hingegen hatte die beiden bis zu ihrem letzten Atemzug begleitet und sich nicht angesteckt.

Er traute der Regierung auch kein bisschen mehr als Alex, aber sein Bauchgefühl sagte ihm, das mit den Fliegen war keine – wie hatten sie es genannt? – Missinformation? Nein, *Des*information. Um so etwas handelte es sich hier nicht. Es klang wahr. Sie beschuldigten schließlich einen Wissenschaftler, der mit der Regierung zusammenarbeitete. Würden die Behörden sich selbst die Schuld geben?

Unwahrscheinlich.

Nein … die Fliegen brachten die Seuche. Und dieser Dr. Rajiv Singh hatte die Fliegen erschaffen.

Der Kameramann schwenkte die Schaulustigen vor Singhs Haus ab. Sie wurden von einer Fliegenwolke regelrecht eingehüllt. Jemand warf einen Stein. Er segelte durch die Luft und prallte von der Haustür ab.

In diesem Moment wusste Henry, wo er hin wollte – wo er hin *musste*. Er wandte sich an seinen Bruder.

»Weißt du, wo das ist?«

Jamie kniff die Augen zusammen. »Sieht nach Camden aus. Was meinst du, Al?«

Alex nickte. »Da würde ich dir Recht geben.«

Henry schüttete den Whiskey in sich hinein und schlürfte den letzten Schluck Bier weg.

»Fahr mich hin«, sagte er, als er aufstand.

Der Raum um ihn herum schaukelte ein bisschen, und er musste sich am Tresen festhalten, um sein Gleichgewicht zu halten.

»Was?«, fragte Jamie, »In diese Meute rein?«

Henry nickte. Er würde zu gerne ein oder zwei Worte mit Doktor Singh reden.

Nigel

Die Wände des Erdgeschosses von Singhs Haus waren mit Kalkfarbe getüncht, aber die beiden oberen Stockwerke waren Naturstein. Jedes Fenster aller drei Etagen war zerbrochen. Nigel hatte sich durch die Menschentraube gekämpft und kam nun an die Haustür, wo zwei Polizeibeamte postiert waren.

Obwohl er sogar seine Skimaske hochzog – er trug eine rote mit blauen Streifen, im Gegensatz zu den schwarzen Sturmhauben, die in Mode waren – um zu zeigen, dass sein Gesicht mit dem auf seinem Presseausweis übereinstimmte, wollten sie ihn nicht durchlassen.

Nigel weigerte sich aber, ein »Nein« zu akzeptieren.

»Doktor Singh wird mit mir reden *wollen*«, versicherte er. »Ich bin wahrscheinlich der Einzige, der dieses Missverständnis aufklären kann.«

Als er an diesem Morgen in der Redaktion angekommen war, hatte er seinen Speicherstick nirgends finden können. Er hatte sein Büro auf den Kopf gestellt, aber er war einfach nicht mehr da. Es hatte also niemand die gleichen Schlüsse gezogen, wie er – seine Arbeit war tatsächlich gestohlen worden. Seine Passwörter mussten sie auch geknackt haben.

Er hatte versucht, den Insektenforscher vom Museum zu erreichen, aber der war heute nicht zur Arbeit erschienen. Nigel hatte daraufhin versucht, nach Sussex zu gelangen, doch er wurde am ersten Kontrollpunkt abgewiesen. Sein Presseausweis war dort genauso wertlos gewesen wie hier.

»Hören Sie, Sir«, sagte schließlich einer der Beamten. »Wir haben keinerlei Zweifel daran, dass Sie derjenige sind, für den Sie sich ausgeben. Aber selbst wenn die Leute da drinnen mit Ihnen reden wollten – und sie wollen mit *niemandem* von der Presse reden – könnten wir Sie nicht reinlassen. Das verstehen Sie doch.« Er deutete auf die Menschenmassen. »Wenn ich *Sie* reinlasse, wollen die da auch alle rein.«

Nigel schaute über seine Schulter und drehte sich dann überrascht um. Inzwischen war die gesamte Straße brechend voll. Von Bordstein zu Bordstein, von der einen Straßenecke bis zur nächsten. Irgendwo hinter den bedrohlichen Regenwolken hatte die Sonne angefangen, am Horizont zu verschwinden. Der Abend brach an, aber anstatt die Schaulustigen nach Hause gingen, wurden es eher mehr. Die Fliegen würden sich in der Nacht zurückziehen, und vielleicht trieb das noch mehr Menschen auf die Straße.

»Die sind wirklich schon mies drauf«, sagte der andere Constable. »Die haben Pflastersteine rausgerissen und auf das Haus geworfen. Da reicht jetzt ein winziger Funke und wir haben es mit einem ausgewachsenen Volksaufstand zu tun. Sie hier reinzulassen, könnte genau dieser Funke sein. Also tun Sie uns doch den Gefallen, und gehen Sie einfach.«

Nigels Instinkt sagte ihm, dass er es weiter probieren sollte, aber einige der Leute in der ersten Reihe starrten ihn so hasserfüllt an, dass er sich für ein diskretes Vorgehen entschied.

Er wandte sich wieder den Polizisten zu.

»Okay. Wir machen es auf Ihre Art. Aber wenn Sie schon das Gefühl haben, auf einem Pulverfass zu sitzen, warum bringen Sie die Singhs nicht hier raus?«

Die Bobbies wechselten einen resignierten Blick.

Der Erste sagte: »Ist in Arbeit.«

»Schon den ganzen Tag«, ergänzte der andere.

Am Ende der Straße sah Nigel einen Ü-Wagen mit Satellitenschüssel auf dem Dach. Ein Kameramann stand da und filmte die Szene. Nigel machte sich auf den Weg dorthin. Er kannte ziemlich viele Leute vom Fernsehen. Vielleicht konnten die ihm helfen.

Das Whittington-Krankenhaus

Schon komisch, wie sich die Dinge ändern konnten, dachte Dr. Kumaran, *und dann auch noch so schnell.*

Er trank schlechten Kaffee aus dem Automaten und wartete darauf, dass die Freiwilligenschwester Abby zu ihm stieß, um ihn bei seiner täglichen Visite zu begleiten. Am Anfang, als die Fliegen London gerade erst frisch erreicht hatten, wollte niemand durch die Reihen der Kranken gehen. Die Ärzte und Schwestern machten es natürlich trotzdem. Es war ihr Job, und sie wussten – oder zumindest wussten es die *rationalen* Teile ihres Hirns – dass die Plage zwar grauenhaft und tödlich war, aber nicht ansteckend. Trotzdem – einem Körper so schnell beim Zerfallen zuzusehen, und nichts dagegen unternehmen zu können – das lief komplett gegen die Natur derjenigen, die jahrelang gelernt hatten, zu heilen.

Als es anfing, als die erste Welle der Kranken hereinströmte, hatte das Manu Kumaran an seine ersten Jahre als junger Mediziner in den Slums von Mumbai erinnert. Uferloses Leiden, das nicht eingedämmt werden konnte, egal wie sehr man sich bemühte. Diese Lektion hatte er schnell gelernt. Armut würde sich immer durchsetzen, und Krankheit ebenso. Jedes Leben, das gerettet werden konnte, verblasste angesichts der Massen, die starben. Der Kampf war so erbarmungslos und nicht zu gewinnen.

Jetzt erfuhr die zivilisierte Welt am eigenen Leibe genau diese Lehre von vor dreißig Jahren. Die Fliegen würden gewinnen. Er wusste das, seit er die ersten Berichte gehört hatte. Er hatte es im Urin, wie ein paar der alten Herren in der Geriatrie sagen würden. Manche von denen waren gar nicht viel älter als er, das musste er zugeben. Und seine Blase funktionierte heute auch nicht mehr so gut wie damals in Indien.

Aber selbst, als er das Ende der Menschheit kommen sah, tat er, was er all die Jahre getan hatte: Nicht den Kopf hängen lassen, sondern das Leid derjenigen zu lindern, die das Schicksal ihm zuführte. Fürsorge, das war das Beste, was die Schulmedizin hier zu bieten hatte. Und gleichzeitig etwas, das in den überfüllten und unterbezahlten staatlichen Krankenhäusern stark abhanden gekommen war – weil Quoten und Budgets und Mitarbeitermangel stärkere Worte waren als so ein esoterischer Blödsinn.

Obwohl er eigentlich Herzspezialist war, kümmerte er sich jetzt in erster Linie um die Kranken. Er setzte sich vor allem zu denen ans Bett, die keine Familie hatten. Sanft redete er mit ihnen, hielt ihre Hände, hörte sich ihre Sorgen und Ängste an, bis die Krankheit sie hinfort trug. So viele von ihnen bekamen keinen anderen Besuch. Das war eine weitere Lektion, die viele erst lernten, als es schon zu spät war: Angst ist stärker als Liebe. Die Regierungen konnten noch so viel herausschreien, dass die Plage nicht ansteckend war – wer hörte heutzutage noch auf die Regierung?

Inzwischen schien es ihm aber, als würden die bemitleidenswerten Opfer ausgerechnet durch ihr Sterben eine gewisse Art von Liebenswürdigkeit zurückgeben.

»Wollen wir?«

Die Stimme war weich und Dr. Kumaran nickte, ohne zur Seite zu schauen.

Er hatte die junge Freiwillige gar nicht gekannt, bis er sie eines Nachts inmitten der Sterbenden vorfand. Mit großen, verwunderten Augen saß sie da und redete beruhigend auf einen Mann mittleren Alters ein, dessen Hand sie hielt. Aber der Mann beruhigte in Wahrheit sie, auch wenn er davon nichts merkte.

Ja, dachte der Doktor erneut, als er sich in Bewegung setzte, *es ist schon komisch, wie die Dinge sich ändern.*

»Meinen Sie, es ist wirklich Gott, den sie da sehen?«, fragte sie.

Für einen Moment war sich Dr. Kumaran nicht sicher, was er antworten sollte. Glaubte er das?

Waren diese wunderbaren, trostspendenden Visionen wirklich das Werk eines höheren Wesens? Oder waren sie nur ein Nebenprodukt des Organversagens, eine versehentliche Gnade der Natur in den letzten Augenblicken vor dem Ende?

Sauerstoffmangel vielleicht? Eine Ausschüttung von Serotonin? Oder Dopamin?

Schon als Kind hatte er mit Religion jedweder Form nichts zu tun haben wollen. Chemikalien und Zellen, mehr war die Menschheit nicht – das war ihm immer klar gewesen, und er vermisste seinen fehlenden Glauben nicht. In letzter Zeit allerdings, bei diesen ruhigen, privaten Nachtwachen nach seinen eigentlichen Schichten, war er ins Grübeln gekommen.

Diese Halluzinationen – die Visionen – glichen sich alle so sehr. Die Beschreibungen waren allesamt so leidenschaftlich und geradezu verzückt, dass er gewisse Gedanken nicht mehr von sich weghalten konnte.

Kurz gesagt – für sich selbst war er noch nicht zu einer abschließenden Antwort gekommen. Es brachte ihm eine Art inneren Frieden, bei diesen letzten Empfindungen der Sterbenden dabei zu sein. Aber sahen sie wirklich Gott? Er hoffte, so bald nicht die Antwort auf diese Frage zu erhalten.

»Das Einzige, was zählt«, sagte er, als sie die Stationstür öffneten und hindurchgingen, »ist doch, ob man denkt, es sei Gott.«

»Ich tue das«, sagte sie und nickte mit beneidenswerter Sicherheit.

Er ließ die entmutigende Szenerie für einen Moment auf sich wirken. Einzelzimmer mit zwei bis drei Betten, teilweise Feldbetten, Mehrbettzimmer, in die mehr als vier Patienten gestopft waren, Liegen und Zustellbetten auf den Gängen.

So viele.

Zu viele.

Trotzdem kam ihm ein Lächeln über die Lippen, als er Schwester Abby wie eine Fee durch ihre Reihen schweben sah, als beruhigende Kraft, die den Menschen Frieden brachte – und die Kraft, das Unvermeidliche zu akzeptieren.

Sie hielt am Bett einer jungen Frau und nahm ihre Hand. Einige der Patienten wurden unruhig.

Die Visionen fingen an.

Er ließ Ruhe in seinen Geist einkehren.

Henry

Während der U-Bahn-Fahrt nach Camden hatten sie sich eine Flasche braunen Rum geteilt, und als sie ankamen, war Henry ordentlich besoffen. Sie liefen eine Weile durch die Straßen, bis sie den Menschenauflauf gefunden hatten. Der war inzwischen nicht mehr zu übersehen. Gigantisch geradezu.

Henry ließ sich davon nicht beeindrucken. Er stürmte einfach in die Menge und bahnte sich einen wirren Pfad durch die vielen Menschen, die trotz der sommerlichen Hitze alle lange Hosen, Jacken und Handschuhe trugen. Auch Rollkragenpullover waren wieder schwer angesagt.

»Wo kriege ich denn so einen her?«, fragte ein Mann, der auf Henrys Imkerhut zeigte.

Der Kerl trug einen Palästinenserschal, den er um Kopf und Gesicht gewickelt hatte. Das bisschen blasse Haut, das zwischen dem Stoff und seiner Schwimmbrille hervorblitze, verriet allerdings, dass er seine Wurzeln deutlich nördlicher lagen als der mittlere Osten. So sah er aus wie ein norwegischer Arafat. Eine Menge Leute trugen hier dieses orientalische Zeugs. Darunter musste es doch höllisch heiß sein. Obwohl die leichte Brise, die gerade wehte, mit Feuchtigkeit und Schweißgeruch getränkt war, kam der Sauerstoff dank der durchlässigen Imkernetze wenigstens bei Henry und Jamie an.

»Den Quatsch braucht man nicht«, sagte Alex, der den Abschluss der Dreierpolonaise bildete, und deutete auf die Chirurgenmaske über seinem Mund. »Nur so eine.«

Da er immer noch darauf bestand, dass die Fliegen nichts mit der Seuche zu tun hatten, hatte er seinem Outfit beim Verlassen des Pubs lediglich diese Maske hinzugefügt. Der Mann mit dem Araberschal machte einen Schritt zurück, als er Alex und seine freiliegende Haut sah. *Das ist wohl die normalste Reaktion,* dachte Henry sich, *wenn man mit Wahnsinn konfrontiert wurde.*

Sie kämpften sich weiter voran, wobei sie aufpassen mussten, nicht in den Löchern hängen zu bleiben, wo Pflastersteine ausgegraben worden waren. Als sie sich dem Haus näherten, wurde das Fortkommen immer schwieriger. Doch dann hatte Henry die geniale Idee, Alex die Führung zu überlassen. Für ihn machten die Leute bereitwillig Platz.

Als sie endlich am Haus ankamen, sah Henry zwei betreten dreinblickende Polizisten, die an der Eingangstür postiert waren. Drinnen war kein Licht an, trotz der einbrechenden Dunkelheit.

»Wahrscheinlich sind sie nicht mal Zuhause«, sagte Henry enttäuscht.

»Oh doch, die sind sehr wohl Zuhause«, ertönte die gedämpfte Stimme einer Frau links neben ihm. Sie hatte einen irischen Akzent, war aber in eines dieser dunkelblauen Dinger gehüllt, die arabische Frauen von Kopf bis Fuß verhüllten. Henry wusste sogar den Namen dafür ... Burrr ... Burka.

Dieses Exemplar hatte sogar ein Netz über dem Augenschlitz. Vielleicht waren diese Islamischen Spinner doch gar nicht so blöde.

»Stimmt, wir haben sie vorhin gesehen«, sagte der große Mann neben ihr, der einen noch stärkeren Akzent hatte. »Zwischen den Vorhängen hat er vorgelugt!«

Henry starrte auf das verlassen wirkende Haus.

»Dann sind sie eben danach durch die Hintertür abgehauen.«

»Versucht haben sie es«, sagte die Frau, »aber die Leute hinter dem Haus haben Steine geworfen und sie wieder hineingetrieben.«

»Gut«, sagte Henry. Er richtete den Blick auf die Eingangstür, die mit ihrem pechschwarzen Anstrich einen starken Kontrast zu der weißen Wand bildete. »Ich hab mit ihm noch ein Hühnchen zu rupfen.«

»Haben wir das nicht alle?«, fragte der Mann.

»Aber das kannst du vergessen. Die Bullen lassen niemanden da rein.«

Das sah Henry selbst. Die ganze Reise war reine Zeitverschwendung. Aber er wollte diesem ungläubigen Bastard in die Augen sehen und ihn fragen, warum er die Fliegen so versaut hat, dass sie seine Maggie und Liv getötet haben.

»Und jetzt?«, fragte Jamie.

»Warten wir.« Henry verschränkte seine Arme. »Irgendwann *müssen* sie da rauskommen.«

Alex drehte sich den beiden schwankend zu und flüsterte: »Wir können die Bullen auch umrennen! Drei von uns gegen zwei von denen!«

Die Idee war respektabel und Henry dachte gerade darüber nach, als er durch einen Lichtpunkt abgelenkt wurde, der durch die Luft sauste. Im ersten Moment dachte er, es wäre nur eine Nebenwirkung des Rums, aber dann krachte das Licht durch ein bereits zersplittertes Fenster im ersten Stock und explodierte drinnen.

Flammen blühten auf und erleuchteten die Dunkelheit im Inneren.

Henry schrie: »War das ein ...?«

»Oh, ja«, schrie der große Ire. »Ein gottverdammter Molotow-Cocktail!«

Während die Cops nur mit offenen Mündern dastanden, flog eine weitere Flasche durch ein Fenster im zweiten Stock und spuckte ihre Flammen in die Abendluft.

Als Rauchsäulen durch die zersprungenen Scheiben quollen, stürmten die Polizisten die kleine Steintreppe hinauf und hämmerten an die Eingangstür – um die Familie zu evakuieren, keine Frage. Ein Hagel aus Pflastersteinen ersetzte die Molotows. Die meisten knallten an die Mauern des

Hauses, doch genug von ihnen trafen die Beamten und knockten sie aus. Genau in diesem Moment öffnete sich die schwarze Tür. Ein Mann erschien in Begleitung einer Frau und eines kleinen Mädchens, nur schwarze Umrisse gegen die Flammen hinter ihnen.

»Das ist er«, schrie Henry. »Das ist der Wichser!«

Bei diesem Anblick ging ein Schrei von der Masse aus. Die von dem Rum verursachte Benommenheit verzog sich schlagartig, als eine Welle von Hass Henry durchflutete. Alles war plötzlich schmerzerfüllend und herzzerreißend klar. Maggie und Liv waren tot, und dieser Mann hatte sie getötet, genau so, als hätte er ihnen eine Kugel in den Kopf gejagt.

Er kniete nieder und zerrte an den Pflastersteinen, die andere bereits gelockert hatten. Nachdem er einen gepackt hatte, bäumte er sich auf und stieß den Stein von sich, ohne großartig zu zielen. Er prallte harmlos von der Hauswand ab. Aber Henry war ja nicht alleine. Von überall in der Meute kamen Steine angeflogen und trieben die Singhs zurück in ihr brennendes Eigenheim.

»Brennt!«, schrie Henry. »In der Hölle sollt ihr brennen!«

Sie hatten die Tür geschlossen, um sich vor dem Steinhagel zu schützen. Doch da drinnen konnten sie nicht bleiben. Sie …

»Die Rückseite!«, schrie Henry. »Da wollen sie hin!«

Der große Ire hatte doch gesagt, dass auch hinter dem Haus Leute waren. Würden die sie durchlassen? Wehe wenn, gottverdammt! Er überlegte gerade, sich bis zur Straßenecke durchzukämpfen, um zur Rückseite zu gelangen, als er Bewegung im Erdgeschoss wahrnahm, in dem Fenster rechts oberhalb der Tür. Eine dunkle Silhouette, die sich gegen die Flammenwand abzeichnete, öffnete das Fenster. Das ergab doch keinen Sinn – die Scheiben waren sowieso alle zerbrochen. Aber als ein kleiner Körper durch die Öffnung heruntergelassen wurde, verstand Henry es – die Singhs versuchten, ihre Tochter aus dem Haus zu schmuggeln.

Dieser Anblick löste Erinnerungen daran aus, wie Livvys Körper von den Flammen umhüllt wurde. In seinem Inneren brannte eine Sicherung durch.

»Auf keinen Fall! Das läuft nicht!«

Er rannte nach vorne, packte das Kind und schleuderte sie zurück in das Fenster. Seine Tochter hatte brennen müssen, und die der Singhs erst recht.

Eine Explosion schüttelte das Haus durch, sogar auf der Straße spürte man die Druckwelle. Flammensäulen schossen aus den Fenstern der ersten Etage. Henry sah, wie das kleine Mädchen gegen das Fensterbrett geschleudert wurde, in Flammen gehüllt, und dann nach innen umkippte.

Henry wich zurück, er stolperte, als er mit schreckensgeweitetem Blick auf das Fenster starrte.

Es war nun leer, abgesehen von den Flammen, die wild herausschlugen.

Was hatte er da gemacht?

Was in Gottes Namen hatte er *getan*?

Nigel

Mit bewusster Anstrengung gelang es Nigel, seinen offenstehenden Mund zu schließen. Aber so sehr er auch den Blick von dem Monitor abwenden wollte, es ging nicht.

hatte er noch mit einem Herstellungsleiter rumgealbert, den er seit Jahren kannte. Und dann war der erste Molotow eingeschlagen. Alle Augenpaare hatten sich den Bildschirmen zugewandt, die die Live-Bilder vom Dach des Übertragungswagens zeigten. In diesem Moment wurden auch die Gespräche leiser. Sie erstarben komplett, als den Singhs das Verlassen ihres brennenden Hauses unmöglich gemacht wurde.

Nach der abschließenden Abscheulichkeit, dieses arme Kind zurück durch das Fenster zu werfen, war es in dem Fahrzeug totenstill. Für ein paar Sekunden wagte es keiner, sich zu bewegen, nicht mal zu atmen. Anschließend sprengten Schreie, Schluchzer und Flüche die Stille.

Nigel blieb stumm. Er konnte nicht anders.

Seine Zunge schien eine Tonne zu wiegen, und sein Mund war trocken wie die Sahara.

Die Singhs ... eine ganze Familie ... Vater, Mutter, Kind ... tot. Alle tot.

Zu dieser Gräueltat, deren Zeugen sie gerade geworden waren, hatten viele Menschen beigetragen.

Einige aus dieser furchtbaren Meute, andere bei den Medien. Auch die Polizei. Ja, sie waren unterbesetzt, weil immer weniger zum Dienst erschienen. Manche blieben lieber Zuhause, als sich der Seuche auszusetzen. Trotzdem musste man kein Experte sein, um zu erkennen, dass die Lage am Haus der Singhs ein regelrechtes Pulverfass war.

Was allerdings nur ein einziger Mensch wusste, war, dass diese Tragödie mit der Unachtsamkeit eines einzigen Mannes begonnen hatte.

Und das war ich, dachte Nigel. *Diese Katastrophe habe ich zu verantworten.*

Abby

Nigel zog sich die gestreifte Skimaske herunter, nachdem er die Tür hinter sich geschlossen hatte, und sein Gesichtsausdruck war genau der, den Abby erwartet hatte. Sie wusste, was er durchmachte, denn im Fernsehen hatten sie die grausame Szene wieder und wieder gezeigt. Im Herzen war sie voll bei ihm.

»Nigel, gib dir bitte nicht die Schuld!«

Er war offensichtlich überrascht, sie zu sehen.

»Sag mir, wem ich sonst die Schuld geben kann, und ich tue es. Mit Begeisterung.«

»Du hast die Geschichte nicht veröffentlicht.«

»Nein, aber meine Nachforschungen und Aufzeichnungen wurden benutzt, um das Leben dieses armen Mannes und seiner Familie auszulöschen. Selbst, wenn sie gestohlen wurden ...«

»Gestohlen? Oh, nein!«

Er nickte.

»Oh, doch. Jemand hat meinen USB-Stick gestohlen und in an einen Mittelsmann von der BBC verkauft. Ich hoffe, er erstickt an dem Geld.«

»Na also, siehst du? Dich trifft keine ...«

»Abby, ich war dort!« Er ließ sich auf die Couch fallen und vergrub das Gesicht in seinen Händen.

»Ich habe das kleine Mädchen gesehen ... Wenn ich nur diesen Stick in meine Hosentasche gesteckt hätte, bevor ich das Büro verließ, dann würde sie noch ...«

War das ein Schluchzen? Sie hatte Nigel noch nie weinen gehört. Er konnte manchmal so ein kalter, starrsinniger Hund sein, und diese Momente gab es in letzter Zeit immer öfter. Aber sie kannte auch einen anderen Nigel; einen gefühlvollen, leidenschaftlichen.

Da – noch ein Schluchzer. Die pure Seelenqual in diesem Laut zog sie an ihn heran wie Eisen an einen Magneten.

Sie streckte die Hand aus, zögerte – wie würde er reagieren? Dann legte sie ihre Hand auf seine Schulter. »Oh, Nigel ... es wird alles wieder gut.«

Er wischte sich die Tränen weg und drückte ihre Hand in seine. »Nein, das wird es bestimmt nicht. Aber trotzdem danke.« Er sprang auf. »Ich brauche einen Drink!«

»Sicher, dass das eine gute Idee ist?«

»Es wird das einzig Gute sein, was mir heute passiert ist.«

Bei genauerer Überlegung konnte sie wohl auch ein Glas Wein brauchen.

»Wir haben noch den Rotwein.«

»Ich brauche ein bisschen was Stärkeres. Ich hab noch eine Flasche irischen Whiskey, die ich für eine besondere Gelegenheit aufheben wollte. Ich glaube, heute ist es soweit.«

Davon hatte sie nichts gewusst.

»Wo ist sie denn? Ich …«

»Ich hab sie im Schreibtisch versteckt«, sagte er und ging auf den Dialyseraum zu.

Nicht mal eine Minute später stand er wieder vor ihr – mit der Flasche, seinem Rasiermesser und einem besorgten Gesichtsausdruck.

»Das habe ich da drin gefunden.«

Scheiße. Schnell, denk' dir was aus!

»Ich musste was aufmachen.«

»Wir haben jede erdenkliche Art von Messer in der Küche!«

Die Wahrheit platze aus ihr hervor wie ein Schwall Erbrochenes.

»Ich wollte die Beutel mit dem Dialysat zerschneiden und ausleeren.«

Er stellte die Flasche auf den Tisch und sah sie an, als hätte sie ihm gerade eine gescheuert.

»Was? Warum um alles in der Welt …?«

Sie zwang sich ein Schulterzucken ab. »Ich habe darüber nachgedacht, was du letzte Nacht gesagt hast, und ich muss dir Recht geben: Wenn es Gottes Willen zuwider läuft, Spinnen im Haus zu verteilen, dann ist die Dialyse auch nichts anderes.«

Er machte einen Schritt auf sie zu. »Bist du jetzt total übergeschnappt? Das … das ist geisteskrank!«

»Kennst du das Sprichwort? Lass los, lass Gott?«

»Ja – es bedeutet, gib alle Verantwortung für dich selbst ab.« Er starrte in ihre Augen. »Ich weiß, dass ich ein selbstgerechter Arsch sein kann, aber ist es *so* schlimm, mit mir zusammen zu leben? Dass du lieber sterben würdest?«

»Warum geht es immer nur um dich, Nigel? Das ist eine Sache zwischen mir und Gott.«

»Wie bitte? Hattest du eine Konferenzschaltung? Ein kleines Tête-à-Tête während ich weg war?«

»Fang bitte nicht damit an.«

»Ach nein? Weil letztes Mal, als ich nachgeschaut habe, hieß es noch, dass Selbstmörder direkt in die Hölle wandern!«

»So sehe ich das nicht. Ich lege mein Schicksal in Gottes Hände und überlasse ihm die Entscheidung, ob ich lebe oder sterbe.«

»Du könntest auch russisches Roulette spielen und das Gleiche sagen! Nur hättest du dann wenigstens eine Fünf-zu-Eins-Chance, zu überleben. Aber die Dialyse aufzugeben, lässt dir *keine* Chance! Du weißt genauso gut wie ich, Abby, dass du ohne diese Maschine da drinnen nicht überleben kannst!«

Dagegen konnte sie nichts sagen.

»Und es hätte sowieso nicht geholfen«, fügte er hinzu, »weil ich dich sofort ins Krankenhaus gekarrt hätte.«

»Ich wäre aber nicht gegangen.«

»Oh doch, das wärst du – und wenn ich dich hätte tragen müssen!«

»Ich hätte die Behandlung verweigert.«

»Dann hätte ich ihnen gesagt, dass du nicht mehr zurechnungsfähig bist!«

»Das müsstest du aber beweisen, und das kannst du nicht! Und ernsthaft Nigel, meinst du nicht, die haben genug mit den Seuchenkranken zu tun, als dass sie ihre Zeit auf eine total gesund aussehende Frau verschwenden, die nichts mit ihnen zu tun haben will?«

Sie zuckte wieder mit den Schultern.

»Aber das ist eh alles egal, denn ich konnte es sowieso nicht über mich bringen.«

Er trat noch einen Schritt auf sie zu. »Warum hast du dich umentschieden?«

»Auch wenn es kein Selbstmord ist, es ist nah dran. Ich würde nicht nur loslassen und Gott machen lassen, ich würde aktiv etwas zerstören, von dem mein Leben abhängt.«

»Jesus«, sagte er.

Sie ließ ihm das Wort diesmal durchgehen. Zum ersten Mal seit Langem sah sie etwas Ähnliches wie Liebe in seinem Blick.

»Ich bin froh, dass du zu Sinnen gekommen bist.« Er nahm ihre Hand. »Du machst mir Angst, Abby.«

Die Anspannung zwischen ihnen löste sich.

Es war schön, seine Berührung zu fühlen. Zu spüren, dass er sie berühren *wollte* – auch wenn es nur etwas so kleines wie Händchenhalten war.

»Ich mache mir manchmal selbst Angst«, sagte sie. »Vor allem heute Morgen. Nachdem ich die Entscheidung getroffen hatte, fühlte ich mich so klar, so friedvoll. Aber als ich es dann machen wollte, schrie eine Stimme in mir ›Stopp!‹ Ich habe runter auf die Klinge geschaut und mich gefragt, was mit mir nicht stimmt. Macht der Lupus sich an meinem Gehirn zu schaffen? Ich hab das Messer fallen gelassen und bin aus dem Zimmer gestürmt. Dann bin ich ins Krankenhaus gefahren und habe den Menschen dabei geholfen, an der Plage zu sterben. Irgendwie schien mir das sinnvoller.«

»Was ist mit dir passiert, Abby?« Seine Stimme stockte. »Wo bist du hin? Ich will dich zurück.«

Sie nahm ihn in ihre Arme und sagte nicht, was sie dachte: Deine alte Abby gibt es nicht mehr. Sie hielten sich einfach nur fest.

Als er den Rasierer gefunden hatte, hatte sie Ärger erwartet, Wut, dass sie es auch nur in Betracht gezogen hatte, die Dialyse zu beenden.

Sie war nicht auf Trauer vorbereitet.

Samstag

Nigel

MASSENMORD AN HUNDEN?

LONDON – *Tierkliniken verzeichnen einen massiven Anstieg von Nachfragen, den Familienhund einschläfern zu lassen. Menschen aller Couleur, von Bankern bis hin zu Rentnern, bringen ihre geliebten Kläffer zum Tierarzt und bitten darum, sie so schmerzfrei und friedvoll sterben zu lassen, wie möglich. Viele treffen diese Entscheidung unabhängig von ihren Frauen und Kindern und bevorzugen eine Notlüge – wie, dass der Hund weggelaufen sei. Die traurige Wahrheit, die dahinter steckt, ist, dass es niemand mehr riskieren will, zwei- bis dreimal am Tag eine Runde Gassi zu gehen. Die Pestfliegen haben die für das Tier wohltuenden Ausflüge zu einem todesverachtenden Spießrutenlauf für ihre Herrchen gemacht.*

Diejenigen, die einen Garten haben, können natürlich einfach die Tür öffnen und den Vierbeiner nach draußen lassen. Für Apartmentbewohner ist es hingegen eine ganz andere Geschichte. Die Anzahl von toten Hunden, die mit Verätzungen durch Rattengift in öffentlichen

Müllcontainern gefunden werden, verrät, dass einige Besitzer auch einen Do-it-Yourself-Ansatz verfolgen. (The Guardian)

Mal stand an Nigels Schreibtisch und schüttelte den Kopf. »Du siehst aus wie ein Stück Scheiße.«

Nigel schaute nicht mal auf. Sein Kopf fühlte sich an, als würde er jeden Moment explodieren. Er war sicher, wenn er ihn zu schnell bewegte, würde er abfallen und auf den Schreibtisch knallen.

»Wenn ich mich doch bloß so gut fühlen würde!«

»Wegen den Singhs?«

»Unter anderem, ja – die stehen ganz oben auf der Liste.«

Er hatte gestern Nacht ein respektables Luftloch in die Flasche Midleton geschlagen, aber es hatte zu dem Zeitpunkt schon nichts geholfen, und jetzt tat es einfach nur weh. Eigentlich war er auch nicht komplett ehrlich mit Mal. Abby hatte inzwischen die Singhs vom Spitzenplatz seiner Seelenpein verdrängt. Die Tatsache, dass sie es auch nur in Betracht gezogen hatte, auf diese Art schleichenden Selbstmord zu begehen, konnte er einfach nicht verkraften. Sie waren noch eine Weile aufgeblieben, hatten sich einfach nur festgehalten. Dann war sie zu Bett gegangen, er war bei seinem Midleton geblieben.

Mal seufzte. »Erinnerst du dich an die Nacht im Pub? Als ich dir meine Vermutung mitgeteilt habe, du hättest jetzt erst mal genug von der Seuche?«

»Vage.«

»Gut, also inzwischen ist es keine Vermutung mehr, sondern ein Fakt.«

Nigel hob den Kopf – ganz vorsichtig – und schaute ihn an.

»Oh nein. Ooooh nein.«

»Das hatten wir doch schon mal.«

»Ich habe gesagt, nachdem ich aus Sussex zurück bin ...«

»Bist du doch.«

»Aber ich war nicht *in* Sussex.«

»Das ist egal. Du bist runter von der Seuche. Du sahst vorher schon beschissen aus, aber jetzt ist es noch viel schlimmer.«

»Dafür gibt es ja auch Gründe.«

»Davon rede ich ja: Es gibt zu viele Gründe. Du brauchst wieder festen Boden unter den Füßen.«

Langsam erinnerte er sich wieder an das Gespräch.

»Dieses entführte Kind?«

»Genau. Der Sohn der Kusine meiner Frau. Bandora.«

»Pandora?«

»Nein. Bandora, mit einem B wie Bube. Seine Eltern kommen aus Burundi, und es ist ein kirundianischer Name.«

»Afrikaner?«

Mal nickte. »Die leben jetzt schon fast ein Jahr hier. Beides Tutsis, deren Eltern durch die Hutu-Angriffe aus Ruanda vertrieben wurden. Sie haben sich dann in Burundi niedergelassen. Meine Frau wurde zwar in Südlondon geboren, aber ihre familiären Wurzeln reichen dorthin.«

»Und der Junge?«

»Er ist zwei Jahre alt und …«

»Zwei? Na dann ist er jedenfalls nicht weggelaufen.«

»Nein. Genau darum geht es mir doch. Niemand hat gesehen, dass er entführt wurde. Aber es gibt keine andere Möglichkeit.«

»Keine Lösegeldforderung?«

»Nein. Er ist seit über einer Woche weg, und niemand hat sich gemeldet. Die Polizei ist viel zu sehr mit der Plage beschäftigt, als dass sie seinem Verschwinden irgendwelche Aufmerksamkeit entgegen bringen könnten. Gäbe es eine Lösegeldforderung, dann könnten sie vielleicht was machen, aber selbst das bezweifle ich. Seine Mutter ist natürlich untröstlich.«

So, wie es jeder Mutter in so einer Situation gehen würde. Und Beschwerden über die Untätigkeit der Polizei gab es immer häufiger. Aber was sollte man anderes erwarten, bei dieser Zunahme anarchistischer Tendenzen – er zuckte innerlich zusammen, als er an die Szene vor dem Haus der Singhs dachte – und der durch Krankheit und Deserteure stetig abnehmenden Truppenstärke.

»Und du meinst, ich könnte ihn finden?«

»Ich hoffe es. Du hast ein gutes Gespür für solche Sachen.«

»Ein echter Glücksfall für Rajiv Singh.«

»Das ist was anderes.«

»Du weißt schon, wie die Chancen stehen, ein entführtes Kind nach mehr als 72 Stunden lebend zu finden?«

Mal schloss die Augen und nickte.

»Ich weiß. Aber da steckt was dahinter, Nigel. Eine Story. Ich spüre es ganz deutlich. Die Welt geht unter und jemand entführt ein Kind. Wieso?«

»Perverse denken anders als wir. Was draußen passiert, tangiert die gar nicht so wie uns. In ihrer Welt spielt ihre kranke Besessenheit die Hauptrolle.« Er schnipste mit den Fingern, als ihm ein Gedanke kam. »Du hast gesagt, seine Familie sind Tutsis. Könnte das so eine Hutu-Sache sein?«

Er erinnerte sich, dass die Hutus in den 90er Jahren um die 800.000 Tutsis in Ruanda ermordet hatten. Da könnte also was dran sein.

»Das war systematischer Völkermord. Wenn das hier ein Fall von Hutu-gegen-Tutsi-Gewalt wäre, dann wären sie in das Haus eingedrungen und hätten die ganze Familie mit Macheten massakriert. Es muss etwas völlig anderes sein.«

»Okay, war nur ein Gedanke.«

Mal lächelte.

»Wenigstens machst du dir Gedanken. Ein gutes Zeichen. Ich stelle dich gleich den Eltern vor und dann kannst du loslegen.«

»Wo?«

»In Harrow.«

Nigel stöhnte auf und versuchte, sich irgendetwas vorzustellen, auf das er weniger Lust hatte. Es ging nicht. Aber der gestrige Tag hatte ihn in einen psychischen und emotionalen Ausnahmezustand versetzt – vielleicht würde dieses mysteriöse Verschwinden ihm ein bisschen Ablenkung verschaffen. Denn die konnte er weiß Gott gebrauchen.

Genau. *Gott* … die treibende Kraft hinter allem.

Jedenfalls, wenn es nach Abby ginge.

»Wie heißen die jetzt nochmal?«, fragte Nigel, als Mal seinen Mondeo auf einer Straße voller Wohnhäuser in einen Parkhafen rollen ließ.

Die Fahrt war ohne besondere Vorkommnisse verlaufen, aber deprimierend war sie trotzdem. Sie hatten die Stadt im Norden verlassen, und obwohl Harrow nur ungefähr zehn Meilen entfernt war, hätte man vor kurzem noch über eine Stunde gebraucht. Die City-Maut war damals mit dem Argument eingeführt worden, den Straßenverkehr zu reduzieren. In Wahrheit war sie aber nur eine weitere Einnahmequelle für die Regierung. Die Fliegen hatten jedenfalls deutlich effektiver für freie Strassen gesorgt.

Die arbeitende Bevölkerung – oder was davon übrig war – wurde ermutigt, soweit wie möglich von Zuhause zu arbeiten.

In dieser grauenhaften Hitze war man in einem Auto ohne Klimaanlage nach wenigen Metern erledigt, wenn man kein Fenster aufmachen konnte.

Und in London fuhr niemand mehr mit offenem Fenster; keiner, der bei Verstand war, zumindest.

Zum Glück war Mals Auto mit allem erdenklichen Komfort ausgestattet. Die kühle Luft machte aber die Schauer auch nicht besser, die Nigel den Rücken herunterliefen, als sie durch die Straßen von Harrow fuhren. Sie kamen an einer geschlossenen Oberschule vorbei. Die zerbrochenen Fenster und die knalligen Graffitis ließen keinen Zweifel daran, was die ehemaligen Schüler von dieser Einrichtung und einigen ihrer Lehrer hielten. Nigel konnte nicht anders, als sich zu fragen, wie viele von ihnen jetzt wohl tot waren. Die Seuche gab sich schließlich nicht mit der Innenstadt zufrieden. Sie hatte auch Harrow erreicht, und die Opferzahlen stiegen.

»Gahiji und Uwimana Hakizimana.«

»Ein richtiger Zungenbrecher.«

»Bantu-Namen sind meistens lang und haben etwas zu bedeuten. Ich habe allerdings keinen Schimmer, was.«

Sie zogen sich ihre Handschuhe und Skimasken über und stiegen aus dem Fahrzeug. Nigel konnte sich ein Lachen nicht verkneifen.

»Schau uns mal an. Die Zeiten haben sich wirklich geändert. Noch vor ein paar Monaten hätte man gedacht, wir wären Terroristen, oder zumindest Autonome.«

»Stimmt. Und jetzt sind wir nur zwei Typen, die sich am Tage draußen aufhalten.«

Mal führte ihn den Weg zu einem zweistöckigen Einfamilienhaus hoch. Es hatte eine Backsteinfassade und Erker auf beiden Etagen. Es musste mindestens eine halbe Million Pfund wert sein.

»Moment mal. Hattest du nicht gesagt, sie wären Flüchtlinge oder so?«

Mal schüttelte den Kopf.

»Uwimana – die Mutter – ist eine erfolgreiche Künstlerin. Ihre Bilder verkaufen sich gut. Sie wollten einfach weg von der Stammespolitik bei ihnen Zuhause.«

Er läutete an der Tür und sie warteten.

Und warteten.

Sie klingelten und klopften, aber nichts passierte.

»Wir hätten wohl vorher anrufen sollen«, sagte Nigel.

Mal verzog das Gesicht.

»Hab es nicht für nötig gehalten. Uwimana hat meiner Frau gesagt, dass mindestens einer von ihnen zu jeder Zeit daheim ist, weil sie nicht riskieren wollen, einen Anruf zu verpassen!«

»Vielleicht hat ja jemand angerufen.«

»Vielleicht.«

Mal drehte den Türknauf.

Es war nicht abgeschlossen.

»Oh je«, sagte Nigel. »Den Film kenne ich.«

Mal nickte. »Ich auch. Vielleicht sollten wir die Polizei rufen.«

»*Vielleicht*. Aber zuerst ...«

Nigel ging zur anliegenden Garage herüber.

Das hölzerne Tor war weiß gestrichen und passte so zur übrigen Ausstattung. Er beugte sich ein wenig herunter und zog an dem Griff. Die Tür klappte nach oben und gab den Blick auf einen dunkelblauen 7er BMW frei.

Mal trat an seine Seite.

»Verdammt.«

Nigel musste zugeben, dass seine Neugier geweckt war. Nein, es war mehr als das. Sämtliche seiner Antennen hatten Witterung aufgenommen.

Hier ging etwas vor sich.

»Bevor wir den Anruf machen, solltest du vielleicht mal den Kopf durch die Tür stecken und bescheid sagen. Nur um sicher zu gehen.«

Mal nickte. »Also gut.«

Zurück an der Tür drückte Mal diese langsam auf, dahinter wartete ein ziemlich opulent möbliertes Wohnzimmer. Er lehnte sich über die Türschwelle.

»Uwimana? Gahiji? Hier ist Mal – Malcolm Brown! Seid ihr Zuhause?«

Nigel atmete die warme, schale Luft ein, die aus dem Inneren hervorquoll. Sie roch irgendwie … komisch. Die Familie kam aus Afrika, also konnte Nigel sich gut vorstellen, dass sie die Klimaanlage nicht nutzten. Aber dieser üble Geruch?

»Wonach riecht das?«

Mal schnüffelte.

»Irgendwie verrottet …«

»Da ist was faul im Staate Dänemark.«

Es war aber kein Aasgeruch. Und das Wohnzimmer sah auch sehr ordentlich aus. Durch einen Torbogen im hinteren Bereich des Raumes sah man Teile eines Speisezimmers, in dem alle Stühle ordentlich um einen Mahagoni-Tisch platziert waren.

»Sieht alles normal aus«, sagte Mal. »Dann machen wir jetzt den Anruf. Ich hab' mein Handy aber im Auto gelassen.«

Nigels Instinkte traten ihm förmlich ins Kreuz und versuchten, ihn durch die Tür zu schieben – aber hier hatte Mal das Sagen. Nigel war gerade dabei, sein Handy aus der Tasche zu ziehen, als Mal ihn am Arm packte.

»Warte. Hast du das gehört?«

»Was?«

»Da oben war ein Geräusch. Hör' mal!«

Nigel strengte sein Gehör an, aber in dem Haus herrschte Totenstille. »Da ist nichts.«

Er begann zu wählen, aber Mal griff erneut seinen Arm. »Ich bin ganz sicher, da war was. Lass uns nachsehen.«

Nigel machte in Gedanken eine Siegerfaust.

Endlich ging es los.

Mal schritt durch die Tür und wiederholte sein Rufen. Immer noch keine Antwort. Er zog die Skimaske herunter, als sie weiter ins Haus vordrangen. Nigel tat es ihm nach. Sie wollten ja die Bewohner nicht in Angst und Schrecken versetzen.

Wohnzimmer und Esszimmer waren in der Tat hübsch und ordentlich, aber die Küche …

Mal verzog das Gesicht.

»Daher kommt der Gestank.«

Der Kontrast zu den beiden anderen Räumen war frappierend. Die Spüle war voll mit benutztem Geschirr, der Mülleimer quoll über, Pizzakartons und andere Lieferbehälter mit schimmligen Essensresten bedeckten jede glatte Oberfläche.

»Das reinste Chaos«, stellte Nigel fest. »Anscheinend haben sie nur noch Essen bestellt. Du hattest ja gesagt, dass sie das Haus nicht verlassen wollten, aber ...«

Mal ging auf die Treppe zu. »Das Geräusch kam von oben, da bin ich mir ganz sicher!«

Nigel folgte ihm hinauf. Das erste Zimmer war ganz offensichtlich ein Kinderzimmer – leer – in dem ein Zwillingsbett mit Geländer stand. Das Zweite war ein Büro, ausgestattet mit Schreibtisch, Computer und Bücherregalen. Am Ende des Flures war eine große Flügeltür – geschlossen.

»Da«, sagte Mal, während er mit dem Finger darauf zeigte. »Das ist genau über dem Zimmer vorne, wo ich das Geräusch gehört habe!«

Er trat auf die Türen zu und klopfte an.

»Uwimana? Gahiji? Hier ist Malcolm Brown!«

Eine schwache, krächzende, kaum hörbare Stimme quälte sich durch die Tür.

»Ich komme rein!«, sagte Mal.

Nigel hielt die Luft an, als Mal die Tür öffnete.

Kein Mensch konnte ahnen, was jetzt auf sie zukam. In seinem Kopf blitzten flackernde Bildfetzen von rituellem Mord, blutbespritzten Wänden und abgehackten Körperteilen auf.

Stattdessen sah er ein ausgemergeltes Schwarzes Ehepaar auf einem dreckigen Bett ausgestreckt, umhüllt von einer Geruchswolke aus Fäkalien und Urin.

»Lieber Gott!«, sagte Mal und näherte sich ihnen zögerlich. »Sind sie …?«

Nigel hielt Abstand. Sein Magen war schon durch den Alkohol überstrapaziert und drohte jetzt, das Schlamassel in diesem Zimmer noch schlimmer zu machen.

»Uwimana! Gahiji! Was …?«

Der Mann hob seinen Unterarm und flüsterte.

»Zahran.«

Mal wirbelte herum, die Augen aufgerissen.

»Sie haben die Seuche!«

Nigel hielt immer noch das Telefon in der Hand.

»Ich rufe an. Wie ist die Adresse?«

Nachdem Mal geantwortet hatte, wählte er die 999 und machte seine Angaben. Die Frau am anderen Ende der Leitung versprach, »so bald wie möglich« einen Krankenwagen zu schicken. Als er fragte, wie lange das etwa dauern würde, wiederholte sie den Satz einfach.

So, wie die Dinge standen, war sich Nigel nicht mal sicher, ob es noch heute sein würde.

Mal hatte sich neben das Bett gestellt. »Wir haben Hilfe gerufen. Wie lange seid ihr schon krank?«

Der Mann hielt drei Finger hoch.

Mal warf Nigel einen hoffnungslosen Seitenblick zu. Opfer der Plage überstanden nur in Ausnahmefällen den dritten Tag. Offensichtlich waren sie schon zu schwach, die Toilette aufzusuchen, und hatten ins Bett gemacht.

»So schlimmer Fehler«, sagte der Mann mit einer Stimme die klang, als würde Herbstlaub im Wind rascheln.

»Was für ein Fehler?«

»So hoher Preis zu zahlen.«

Mehr sagte er nicht.

»Wir haben Hilfe gerufen!«

Der Mann winkte kraftlos ab.

»Neeeeein. Wir nicht verdienen.«

»Natürlich verdient ihr das! Wir sind gekommen, um Bandora zu finden!«

Die Frau sah schon komatös aus, aber bei der Erwähnung des Namens zuckte sie zusammen.

»Bandooora«, schluchzte sie. »Zahraaaaaaan.«

»Was bedeutet Zahran?«, flüsterte Nigel. Im gleichen Moment fragte er sich, warum er nicht laut sprach. Vielleicht, weil ihre Stimmen so schwach waren.

Mal zuckte mit den Schultern. »Keine Ahnung.«

Er versuchte, mehr aus den beiden heraus zu bekommen, aber der Mann wiederholte nur die Worte: »Wir nicht verdienen«, während die Frau auf die Worte »Bandoooora ... Zahraaaaan« beschränkt zu sein schien.

Nigel schaute sich im Zimmer um, obwohl er eigentlich nichts lieber wollte, als diesem Gestank zu entkommen. Er ging zu einem der Fenster und zog die Sonnenblende hoch. Das Fliegengitter sah intakt aus – keine Löcher. Das Gleiche tat er auf der anderen Seite. Die heiße Sommerluft half ein bisschen, den Geruch zu mildern.

Er konnte die beiden sterbenden Menschen auf dem Bett nicht länger anschauen. Falls Abbys sagenumwobener Gott nicht persönlich intervenierte, würde Bandora wohl bald ein Waise sein. Um so wichtiger, ihn zu finden.

Nigel sah sich um. Eine Menge Bilder mit knalligen Farben, vor allem rot, waren aufgehängt. Alles Arbeiten der Frau? Er ging hinüber zur Ankleide und sah zwei Fotos der Eltern. Auf einem trugen sie traditionelle afrikanische Gewänder, auf dem anderen förmliche europäische Kleidung.

Aber keine Fotos von ihrem Kind.

»Frag sie, ob sie ein Foto von dem Jungen haben«, sagte er.

Mal tat, wie ihm geheißen, und bekam als Antwort ein »Bandooooora« von der Frau und verkrampfte Schluchzer von dem Mann. Nach einem letzten Blick durch das Zimmer setzte Nigel seine Suche auf dem Flur fort. Von dort aus war die erste Station das Kinderzimmer.

Hier war nichts Auffälliges zu sehen.

Eine Sammlung von typischen Spielzeugen für Kleinkinder. Da er selbst kein Vater war, konnte er es nicht mit Gewissheit sagen, aber es kam ungefähr hin. Keine Babyfotos zu sehen, aber … An der Wand hing eine Kohlezeichnung von einem kleinen Kind.

Könnte er das sein? Gut, wer sollte es sonst sein? Es sah aus wie die Arbeit von so einem umherziehenden Künstler, wie man sie in jedem Londoner Stadtpark findet, aber wahrscheinlich stammte das Bild von seiner Mutter.

Mal betrat das Zimmer.

»Ich habe versucht, ihnen Wasser zu geben, aber Gahiji wird immer unruhiger – umso mehr ich ihm versichere, dass Hilfe unterwegs ist, umso – hey, was ist das?«

»Bandora, schätze ich. Sieht das ihm ähnlich?«

Mal schüttelte den Kopf.

»Ich hab ihn nie gesehen.«

»Ich dachte, du kennst …«

»Sie waren nie besonders gesellig und haben Bandora immer sehr behütet. Fast schon abgeschirmt. Wir dachten, vielleicht ist er behindert oder hat eine Lernschwäche oder so was.« Er verzog das Gesicht. »Um ehrlich zu sein, ich glaube, wir haben Uwimana und Gahiji niemals zusammen gesehen.«

»Aber wenn sie ihn nie aus den Augen gelassen haben, wie zur Hölle konnte dann jemand mit ihm abhauen?«

»Gute Frage.« Er deutete mit dem Daumen in Richtung des Schlafzimmers. »Aber ich glaube, eine genaue Antwort darauf werden wir so bald nicht kriegen. Vielleicht niemals.«

»Warum gibt es keine Fotos?«

»Ich habe gehört, einige primitive Ostafrikanischen Urvölker glauben, dass eine Kamera die Seele stehlen kann.«

»Also, seine Eltern sehen alles andere als primitiv aus, und Kamerascheu waren sie auch nicht, also ...«

»Ich hab dir doch schon gesagt: Sie haben ihr Kind extrem behütet. Vielleicht ...«

Sie zuckten beide gleichzeitig zusammen, als ein Schuss ertönte.

»Jesus!«, schrie Mal. »Schlafzimmer!«

Als er in Richtung der Tür hechtete, packte Nigel seinen Arm. »Nicht so schnell. Vielleicht ist er wegen der Seuche durchgedreht. Vielleicht erkennt er dich nicht einmal!«

Mal nickte resigniert.

»Stimmt, stimmt.«

An die Wand gepresst näherten sie sich der Tür, außerhalb des Sichtfeldes des Bettes. Als sie die Flügeltür erreichten, spähte Mal kurz hindurch und warf sich anschließend wieder mit dem Rücken zuerst an die Wand.

»Jesus abgewichster Christus!«

Nigel wagte auch einen Blick.

Seine Kehle schnürte sich zu.

Uwimana lag flach auf dem Rücken, genau so, wie sie sie verlassen hatten, nur dass die Vorderseite ihres Nachthemds nun in Blut getränkt war. Gahiji saß neben ihr, den Revolver gegen seine Kehle gepresst, die Mündung drückte in seinen Unterkiefer.

»Wir sollen Gott nicht sehen«, krächzte er … und drückte ab.

Sein Kopf flog zurück, als die Wucht des Schusses Blut und Hirn gegen die Wand hinter ihm spritzen ließ.

Nigel fühlte, wie seine Beine weich wurden.

Hätte Mal ihn nicht gepackt, wäre er zu Boden gegangen.

»Was zur Hölle«, sagte Mal immer wieder. »Was zur Hölle?«

Nigel sah weg, und sein Blick fiel auf eines der Fenster. Irgendetwas verdunkelte es komplett.

Nein, es war kein Etwas – es waren viele Dinge.

Es war komplett voll mit Fliegen.

Abby

Abby war nicht überrascht, dass Nigel schon fort war, als sie aufstand – und noch weniger war sie überrascht, dass sie dieser Umstand erleichterte. Letzte Nacht hatte sie geschworen, mit der Dialyse weiterzumachen, und sie hatte vor, dieses Versprechen zu halten. Aber als sie gestern in den Schlaf gesunken war, hatte sie eine andere Idee gehabt, wie sie loslassen konnte. Es war so einfach. Wieso war sie nicht früher darauf gekommen?

Anschließend hatte sie so gut geschlafen wie noch nie, seit sie die Diagnose ›Lupus‹ erhalten hatte. Sie erwachte sehr ausgeruht und mit einer Empfindung aus tiefer Ruhe und Entschlossenheit. Sie wusste genau, was sie heute zu tun hatte, fast so, als ob Engel es ihr ins Ohr geflüstert hatten, als sie träumte. Vielleicht war es so gewesen.

Nigel würde ihr Vorhaben natürlich als Selbstaufgabe sehen, als das Zurückweisen jeglicher Verantwortung. Er würde nicht einsehen, dass der Akt, das eigene Leben ehrlich und wahrhaftig in die Hände Gottes zu legen, die größtmögliche Verantwortung darstellte.

Sie machte sich eine Tasse Tee und aß den Rest des Schinkens auf einem Sandwich. Der Kühlschrank war jetzt fast leer, aber sie hatten noch eine Menge Dosen im Regal.

Sie hielt sich nicht mit Duschen auf, sondern schlüpfte einfach in eine abgeschnittene Jeans und ein ärmelloses T-Shirt, dann grub sie ihre Flip-Flops aus einem Stapel solideren Schuhwerks aus.

Ihr war richtiggehend zum Lachen zumute, als sie sich ihre Schlüssel und das Portemonnaie schnappte und aus dem Haus marschierte. Es fühlte sich unglaublich gut an, die Haut mal nicht unter mehreren Schichten Kleidung zu verstecken, und als die Sonne sie kitzelte, bekam sie fast eine Gänsehaut vor Freude. Sie fühlte sich endlich frei. Sie fühlte sich perfekt. Sie fühlte sich menschlich.

Paradoxerweise fühlte sie sich lebendig.

Die Gehwege waren fast komplett leer, die niederschmetternde Hitze war einfach zu heftig, um in dicker Schutzkleidung herumzulaufen. Die wenigen Leute, denen sie begegnete, wichen vor ihr zurück, als wäre sie wahnsinnig. Sie lächelte sie trotzdem an. Sie konnte nicht anders. Ihre offenen Haare glänzten im Sonnenlicht, und als sie sich so durch die Straßen bewegte, dachte sie, dass London noch nie so schön aussah.

Zuerst ging sie durch die kleinen Gassen der Upper Street und hoffte, dort erfolgreich zu sein – schließlich standen dort viele Müllcontainer, in die die Restaurants ihre Essensreste entluden. Aber sie wurde enttäuscht. Die Kundschaft blieb aus, genau wie der Nachschub an Lebensmitteln, und mit

Hygiene nahm man es jetzt auch viel genauer. Verrottende Nahrung war weit und breit nicht zu sehen.

Also lief sie nach King's Cross, wo sie die Damen anlächelte, die immer noch leicht bekleidet an den Straßenecken herumlungerten. Inzwischen waren sie allerdings mit großen Sprühdosen voller Insektenmittel bewaffnet, statt mit Pfefferspray. Sie erwiderten das Lächeln nicht, sondern sahen sie argwöhnisch und drohend an. Offensichtlich hielten sie sie wohl für eine neue Konkurrentin, die es auf die wenige verbleibende Kundschaft abgesehen hatte.

Abby verurteilte sie nicht dafür. Dieses Urteil würde schon bald ein ganz anderer fällen, jemand mit viel mehr Verständnis und Güte als sie jemals aufbringen könnte. Sie hätte ihnen am liebsten gesagt, dass sie keine Angst mehr haben müssten. Und noch viel mehr als das. Vielleicht, wenn sie die Chance dazu bekommen sollte, würde sie nochmal zurückkommen – und das gute Wort Gottes verbreiten.

Abby schlenderte die Baker Street hinunter und lief dann in den Regent's Park, ihr Ziel war der See in dessen Mitte. Die Hitze drückte und Mücken summten um ihren Kopf herum. Sie kitzelten sie, aber sie schlug sie nicht weg. So war eben die Natur. Auch die Mücken waren sein Werk, und abgesehen davon fühlte es sich gut an, so ungeschützt zu sein, dass sie sie überhaupt berühren konnten.

Sie hatte den Park ganz für sich allein. Das bezaubernde Café war geschlossen. Kein Wunder. Hunde wurden schließlich in Massen eingeschläfert oder ausgesetzt, weil keiner mehr mit ihnen Gassi gehen wollte. Romantische Spaziergänge im Park waren ein Ding der Vergangenheit. Für eine Weile hatte sie von Vergewaltigungen und Angriffen unter denen gehört, die ihre normalen Rituale nicht aufgeben wollten. Aber inzwischen waren die Vergewaltiger entweder tot oder zu dem Schluss gekommen, dass es der Sex nicht wert war, sich der Plage auszusetzen. Abby fühlte sich, als wäre sie der letzte Mensch auf Erden.

Für eine Weile lag sie im Gras und döste zufrieden vor sich hin. Als sie sich endlich wieder aufrichtete, kontrollierte sie ihre Arme und Beine, konnte aber keine Anzeichen von Stichen finden. Schließlich ging sie wieder nach Hause, ganz gemütlich, und wartete darauf, ob Gott sie finden würde, wenn er so wollte.

Sie legte am Mange Tout einen Zwischenstopp ein und kaufte sich einen Espresso mit heißer Milch zum Mitnehmen, obwohl die Schwüle in der Luft langsam unerträglich wurde und sie eigentlich gar keine Lust auf Kaffee hatte. Sie trank ihn trotzdem, wobei ihre Gedanken so düster wurden, wie der Himmel in diesem Moment. Sie war doch heute Morgen mit einer ganz klaren Vorstellung davon aufgewacht, wie sich der Tag entwickeln würde. Inzwischen konnte sie nicht mehr verleugnen, dass sie sich verwirrt und unselbständig fühlte. Der auf ihren fast leeren Magen heftig wirkende Koffeinrausch machte sie ein bisschen schwindelig, und sie legte einen Zahn zu. Schweiß bedeckte ihre nackte Haut.

Erst, als sie endlich Zuhause ankam – oder besser gesagt, bei diesem *Haüs*, das sich nicht mehr so sehr nach *Zuhause* anfühlte – hörte sie ein Summen. Sie hielt an der Haustür inne, ihr Herz schlug bis zum Hals, und dann landeten sie in perfekter Symmetrie. Es waren drei. Jetzt saßen sie auf dem Arm, den sie ausgestreckt hatte, um den Schlüssel ins Schloss zu stecken. Eine Minute früher oder später, und sie hätte sie wohl verpasst.

Sie schnappte nach Luft als alle drei gleichzeitig zubissen. Drei Nadelstiche, als die Rüssel in ihre Haut eindrangen und ein klein wenig Blut einsaugten. Und dann waren sie wieder verschwunden, sie rasten schneller weg, als das Auge ihnen hätte folgen können.

Sie starte lange auf die drei winzigen Wunden. Drei kleine Tropfen Blut, kaum größer als Hautporen. Drei Stiche auf einmal. Hatte das etwas zu bedeuten? Ein Zeichen, wie die heilige Dreifaltigkeit? Lieber nicht zu viel hineininterpretieren. Es war wahrscheinlicher, dass nackte Haut heutzutage so selten war, dass sie gleich eine ganze Fliegengang angezogen hatte.

Sie konnte es natürlich nicht fühlen, aber sie wusste, dass sich irgendwo in ihrem Körper Moleküle des Fliegenspeichels an rote Blutkörperchen angedockt hatten und nun eine Kettenreaktion in Gang setzten. Antikörper würden schon bald in ihren Blutkreislauf ausgeschüttet und die roten Zellen angreifen. Sie würden sie auflösen, und die Überbleibsel würden ihre bereits angeschlagenen Nieren verstopfen. Die Lebenserwartung dieser wichtigen, Sauerstoff transportierenden Blutkörperchen würde von drei bis vier Monaten auf ein paar Tage fallen.

Die Reaktion war nicht wie eine Infektion, die Tage und Wochen für die Inkubation brauchte. Mit seinem übereilten Impuls, den Körper von dem fremden Speichel befreien zu müssen, schoss das Immunsystem weit über das Ziel hinaus. Durch die Überreaktion sah es auch die roten Blutkörperchen als Eindringlinge an und begann mit deren Zerstörung innerhalb weniger Stunden nach dem Biss. Sobald ihre Anzahl unter ein kritisches Niveau fiel, würden ihr Gehirn und ihr Herz und ihre Leber und ihre Nieren durch Sauerstoffmangel versagen.

Das war es zumindest, was die »Experten« sagten. Ihre Ausbildung zur Krankenschwester half ihr dabei, das alles zu verstehen. Sie sagten aber auch, dass die Visionen von Gott in den letzten Augenblicken der Opfer nur Halluzinationen waren, ausgelöst durch Hypoxie.

Manchmal durfte man die «Experten« einfach nicht ganz wörtlich nehmen. Sie hatte so vielen Sterbenden zur Seite gestanden, die IHN in ihren letzten Momenten gesehen hatten. Sie konnten nicht einfach alle die gleiche Halluzination gehabt haben.

Nein, diese Visionen waren echt. Und sie würde nun auch dieses heilige Privileg empfangen.

Es hatte begonnen. Hier, auf ihrer eigenen Türschwelle. Es war Gottes Werk. Die Ironie darin war, dass Gott ihr vor Jahren ungebeten eine Autoimmunkrankheit in Form von Lupus geschickt hatte. Heute hatte sie ihm geholfen, ihr eine weitere zu verpassen.

Irgendwo in der Ferne hörte sie die Sprühfahrzeuge die Straßen entlang rumpeln. Sie gehörten jetzt in eine andere Welt. Sie hatte viel mehr Angst erwartet, aber jetzt, wo es passiert war, fühlte sie nur Gelassenheit. Eine Form von »soviel dazu«, wie ihre Mutter immer gesagt hatte, wenn irgendein Unglück passiert war – egal, ob ein Teller zerbrochen war, oder sie die Diagnose für unheilbaren Krebs bekommen hatte. Soviel dazu. Selbst die Belastung durch den Lupus war jetzt nicht mehr da. Sie bezweifelte, dass sie jetzt noch daran sterben würde.

Abby schaute zum Himmel auf, sagte ein stummes Gebet und ging dann hinein, um auf Nigel zu warten. Sie musste sich noch überlegen, ob sie ihm von den Stichen erzählen sollte – auf keinen Fall, dass sie es herausgefordert hatte – oder ob sie einfach abwarten sollte, bis die ersten Symptome kamen.

Nigel

Trotz Nigels Mitteilung über einen Mord und einen Selbstmord brauchte die Polizei über eine Stunde, um einen einzelnen Beamten vorbei zu schicken.

Ein junger Oberwachtmeister namens Fitch kam mit Blaulicht, aber ohne Sirene an. Die Leichen inspizierte er penibel und nahm die Aussagen zu Protokoll. Er sagte, die Gerichtsmedizin würde so bald wie möglich eintreffen.

Als Fitch mit allem fertig war, fragte Nigel:

»Waren Sie zufällig in den Fall ihres verschwundenen Sohnes involviert?«

Fitch verzog das Gesicht. »Was für ein Kind? Wann soll das gewesen sein?«

»Vor etwa zehn Tagen. Sind Sie von hier aus der Gegend?«

Er nickte. »Harrow Mitte. Ich arbeite eigentlich nur halbtags, aber bei dem Krankenstand …«

»Und hat dort nie jemand nach Bandora Hakizimana gefragt?«

Er lächelte. »Also, diesen Namen wüsste ich noch, Sir. Nein, es gab keine Nachfragen.«

Merkwürdig.

Fitch funkte erneut die Zentrale an und sah frustriert aus.

»Der Kollege von der Forensik verspätet sich. Ich muss hier warten, bis er hier eintrifft.«

Nigel riskierte einen Seitenblick zu Mal, der vom Wohnzimmersofa aus in die Unendlichkeit starrte. Offensichtlich versuchte er zu verarbeiten, was hier geschehen war. Er hatte sie schließlich gekannt.

Nigel hingegen war viel zu aufgespult, als dass er sich hinsetzen könnte. Er ging zum Fenster und starrte hinaus auf die menschenleere, sonnendurchflutete Straße. Kein Gerichtsmediziner weit und breit zu sehen.

Als er sich gerade wegdrehte, entdeckte er einen Mann, der im Schatten zwischen zwei Häusern auf der gegenüberliegenden Straßenseite stand. Er bewegte sich nicht, stand einfach nur so da … und schaute in Nigels Richtung. Als ob er das Haus der Hakizimanas beobachten würde.

Nigel lehnte sich dichter an die Scheibe, um mehr von seinem Gesicht zu erkennen. Er hatte dunkle Haut, vielleicht indischen Ursprungs. Sein Gesicht lag komplett im Schatten, aber es wirkte irgendwie vertraut … fast so wie …

»Was …?« Er wich vom Fenster zurück, als ihn die Erkenntnis traf wie eine Faust ins Gesicht.

»Nein! Das kann …!«

»Was ist los?«, fragte Mal.

»Das kann verdammt noch mal nicht sein!«, schrie Nigel als er zur Tür stürzte und sie aufriss.

Er starrte durch das Fliegengitter auf die Stelle zwischen den Häusern – da war niemand. Er schob das Netz beiseite und rannte durch das helle Sonnenlicht auf die andere Straßenseite. So erreichte er den schattigen Platz, wo der Mann gestanden hatte, aber es war keine Spur von ihm zu sehen. Doch. Das ungemähte Gras war hier plattgedrückt. Er rannte hinter das Haus und untersuchte die Gärten auf beiden Seiten. Nichts.

Erst dann wurde ihm klar, dass er ohne seine Skimaske unter freiem Himmel war. Jesus! Kopfschüttelnd eilte er zurück ins Haus der Hakizimanas.

»Bist du übergeschnappt?«, fragte Mal, als Nigel wieder herein kam.

»Ich hab jemanden gesehen, der uns beobachtet hat!«

»Wo?«

Nigel starrte durch die Tür auf die leere Stelle.

»Auf der anderen Straßenseite. Ich hätte schwören können ...« Er unterbrach sich.

»Was hättest du schwören können?«

Nigel schüttelte den Kopf.

»Er sah aus wie Doktor Singh.«

»Ach, Quatsch!«

»Doch, ich schwöre es.« Innerlich schüttelte es ihn. »Ich meine jetzt nicht, dass alle Inder gleich aussehen oder irgend so 'nen Scheiß. ich kenne Singhs Gesicht ...«

»Du hast ihn doch nie kennengelernt.«

»Ich habe mir die Fotos eingeprägt, und das war er!«

Mal seufzte.

»Ich wollte doch, dass du auf andere Gedanken kommst …«

»Das bin ich auch, Mal, aber ich sage dir …«

»Doktor Rajiv Singh ist tot. Sie haben seine Leiche aus den Ruinen gezogen. Du hast dir das eingebildet.«

War es so? Wirklich?

Nigel schüttelte den Kopf.

»Wenn ich es mir eingebildet habe, dann wegen diesem Haus.« Er wandte sich Oberwachtmeister Fitch zu. »Was dagegen, wenn ich ein bisschen frische Luft schnappen gehe?«

Fitch winkte ab. »Kein Problem. Aber gehen Sie nicht zu weit weg. Falls der Ermittler noch Fragen hat.«

»Wenn ich irgendwohin verschwinden sollte, dann nach Harrow Mitte – um nach dem Jungen zu fragen.«

Während Fitch Mal befragte, hatte Nigel die Zeichnung von Bandora aus dem Rahmen genommen und sie zusammengerollt. Er nahm sie mit, als er sich seine Handschuhe und die Maske überzog, um wieder nach draußen zu gehen, und behielt die gesamte Straße im Blick, als er zum Nachbarhaus ging, das fast genauso aussah wie das der Hakizimanas. Er zog seine Maske hoch und klingelte an der Tür, blieb jedoch außerhalb der Vorhänge aus Fliegennetz. Eine untersetzte Frau mittleren Alters, die ein unförmiges Schürzenkleid trug, öffnete die Tür. Ihre Augen waren rot und sahen verweint aus.

»Ja bitte?«, fragte sie, als sie angesichts des hellen Lichtes die Augen zusammenkniff.

»Ich helfe der Polizei bei einer Untersuchung.«

»Ich habe den Streifenwagen gesehen. Stimmt etwas nicht?«

»Es gab einen … Zwischenfall bei den Hakizimanas.«

»Wo?«

Er hatte gehofft, dass sie ihn hereinbitten würde, aber sie starrte nur durch das Fliegengitter.

»Bei den Hakizimanas – ihren Nachbarn.«

»Ach, das schwarze Ehepaar. Ich wusste gar nicht, dass die so heißen. Haben sie die Seuche?«

»Ich fürchte, ja.«

Sie schluchzte und zog ein Taschentuch aus der Tasche.

»Letzte Woche wurde mir mein John genommen.«

»Das tut mir leid.«

»Es ging so schnell.«

Sie tupfte ihre Augen.

»Ich sollte Sie nicht weiter belästigen.«

»Nein, nein. Es ist schön, mal mit jemandem zu reden.«

Die arme Frau.

»Aber haben Sie sie gesehen? Ihre Nachbarn?«

»Ab und zu. Den Mann, meistens. Er holte die Post und machte die Garage auf und zu, mehr bekam ich nicht mit. Sie fuhren zusammen aus der Garage raus und später wieder rein.«

Nigel hatte das Gefühl, dass diese Frau eine Expertin für Jalousienspionage war. Er rollte die Zeichnung aus.

»Kommt Ihnen dieser kleine Junge bekannt vor?«

Sie schüttelte den Kopf.

»Wer ist das?«

»Der Sohn der Hakizimanas. Wir suchen ihn.«

Und wieder schüttelte sie den Kopf.

»Wusste gar nicht, dass die Kinder haben.«

Damit verließ er sie. Als er am Vorgarten der Hakizimanas vorbeiging, schaute er auf die andere Straßenseite. Niemand zu sehen. Hatte er sich diese Figur im Schatten nur eingebildet? Sie schien so real.

Er probierte sein Glück bei dem Haus an der anderen Seite und fand einen älteren Herrn vor, der eine Beatmungsmaske trug. Durchsichtige Plastikschläuche ragten aus seiner Nase, und er wusste noch weniger als die Dame zuvor.

Dann kam der zuständige Ermittler an. Er sah müde und genervt aus. Nachdem sie ihre Presseausweise gezeigt hatten, akzeptierte er das Mord-Selbstmord-Szenario ohne großartige Nachfragen. Er wusste ebenfalls nichts von einer Vermisstenmeldung.

»Zeit für einen Besuch auf der Wache«, sagte Nigel.

Mal nickte. »Verdammt richtig.«

BBC:

Von allen Großstädten scheint sich Tokio am besten zu schlagen. Strenge Maßnahmen zur Seuchenkontrolle sowie zeitnahe Bestattung oder Kremation der Toten halten die Ausbreitung der Plage im Zaum. Das trifft jedoch nicht auf die ländlichen Regionen Japans zu, und diese Tatsache sorgt für zunehmende Beunruhigung. Die Situation auf dem Lande, eine tickende Zeitbombe, steht heute auf der Tagesordnung des Nationalrates.

Nigel

Detective Sergeant Blake sah aus, als hätte er in letzter Zeit massiv abgenommen. Sein Kragen, obwohl zugeknöpft, hing sehr locker um seinen Nacken. Er wusste von dem verschwundenen Jungen und hatte den Bericht angefertigt.

»Wurde vor etwas mehr als einer Woche gemeldet«, sagte er.

Nigel versuchte, das für ihn auf dem Kopf stehende Formular zu entziffern.

»Bandora Hakizimana?«

»Wenn man das so ausspricht.« Er schüttelte den Kopf. »Jesus, wie wäre es mal mit einem menschlichen Namen?«

Nigel ignorierte das.

»Irgendwelche Fortschritte?«

Blake sah in mitleidig an.

»Sie machen wohl Witze.«

»Ich versichere Ihnen, das tut er nicht«, sagte Mal, wobei er ein bisschen Ärger durchblitzen ließ. »Und ich bin übrigens auch nicht zum Spaß hier.«

Sergeant Blake nahm eine rötliche Gesichtsfarbe an. »Passt mal auf, ich weiß ja nicht, auf welchem Planeten ihr lebt, aber die Dinge haben sich verändert. Wir verbringen die Nächte damit, Plünderer zu jagen, und die Tage damit, Leichen zu bergen. Für mehr haben wir einfach keine Zeit und kein Personal. Ich hatte gerade erst vor ein paar Stunden einen Doppel-Selbstmord von einem Seuchenpärchen.«

»Das wissen wir«, sagte Nigel. »Das sind die Eltern von dem Jungen. Wir haben es gemeldet.«

»Tja, dann denkt mal über Folgendes nach: Die meisten unserer Beamten – sogar Kommissare und noch höhere Tiere – weigern sich, am Tage zu arbeiten, weil sie nachts schon genug mit den Plünderern zu tun haben. Und was schließen wir daraus? Vermisste Personen – sogar euer Pandora Hakizaki – haben keine Priorität.«

»Er ist noch ein Kind«, sagte Nigel, »und jetzt ist er sogar Waise.«

Blake seufzte.

»Okay. Das tut mir leid. Aber wir haben einfach nicht die Personalstärke, jetzt Klinken putzen zu gehen.«

»Haben die Ihnen wenigstens ein Foto gegeben?«, fragte Nigel.

Blake schaute in der Akte nach.

»Nein. Vielleicht wollten sie noch eins nachliefern, oder so.«

»Wer hat die Meldung angenommen?«, fragte Mal. »Können wir mit dem mal reden?«

Blake warf noch einen Bericht auf das Formular und schüttelte den Kopf.

»Crowley. Der ist nicht mehr da.«
»Wo finden wir ihn?«
»Auf dem Friedhof. Die Seuche.«

Als er und Mal wieder im Auto saßen, fragte Nigel:
»Meinst du, das könnte so ein Fall à la *Virginia Woolf* sein?«
»Wieso? Meinst du Emanzipation? Die Bloomsbury-Gruppe? Wovon redest du?«
Nigel musste fast lachen. »Nein, tut mir leid. Ich meinte den Sohn von Martha und George in ›*Wer hat Angst vor Virginia Woolf*‹.
Mal versteifte sich. »Du meinst, Bandora ist nur eingebildet?«
»Na ja, du hast ihn selbst nie gesehen. Deine Frau vielleicht?«
Er schüttelte den Kopf. »Nein.«
»Die Nachbarn haben ihn auch nie gesehen. Es gibt weder ein Foto von ihm in dem Haus, noch in dem Polizeibericht. Da muss man doch fragen: Gibt es dieses Kind überhaupt?«
Nigel beobachtete wie Mal auf seiner Oberlippe herumkaute, als er sich das durch den Kopf gehen ließ.
Schließlich schüttelte er den Kopf. »Uwimana war schrecklich aufgebracht durch sein Verschwinden. Das war zu viel für eine Einbildung.«
Nigel musste an Abby denken. »Sei da mal nicht so sicher. Einbildung kann stärker als die Wirklichkeit sein. Oder zumindest besser.«

»Genug, um zur Polizei zu gehen?«

Wieder dachte er an Abby. »Wenn du dich wirklich in eine Wahnvorstellung reingesteigert hast, dann *ist das* für dich real. Ich habe die Hakizimanas erst heute kennengelernt, aber ich habe ganz stark das Gefühl, dass die auf einem ganz anderen Trip waren.«

»Was? Drogen? Ich glaube …«

»Nein. Schuldgefühle.«

Mal kaute wieder auf seiner Lippe. »Du hast Recht. Dieser wir-verdienen-das-nicht-Blödsinn. Was sollte das?«

»Klingt für mich nach üblen Schuldgefühlen.«

»Stimmt. Und er hat es jedes Mal gesagt, wenn ich den Notarzt erwähnt habe.«

»Das ist ja auch noch so eine Sache. Warum haben sie nicht selbst Hilfe geholt, als sie die Krankheit bekommen haben? Jeder kennt doch inzwischen die Symptome. Warum Zuhause bleiben und auf den Tod warten?«

Mal schüttelte den Kopf.

»Weil sie keine Hilfe *verdient* haben?«

»Nicht nur Hilfe. Seine letzten Worte, bevor er sich das Hirn rausgeblasen hat, waren: Wir dürfen Gott nicht sehen. Wenn das keine Schuldgefühle sind, weiß ich auch nicht.«

»Aber weswegen?« Mal schaute ihn an und schien seine Gedanken zu lesen. »Scheiße.«

»Genau. Der Junge. Wenn es den wirklich gibt. Wie können wir das rausfinden?«

»Krankenhäuser bringen nichts, weil Bandora angeblich zwei Jahre alt ist, und die Hakizimanas sind erst seit einem Jahr hier – also wurde er nicht hier geboren.«

Nigel schnippte mit den Fingern. »Das heißt, wenn es ihn gibt, dann haben sie ihn mit hergebracht. Einwanderung!«

Mal lächelte.

»Das ist es, das ist es! Ich habe Kontakte zur Einwanderungsbehörde. Ich ruf' sie an, sobald wir zurück sind.«

Nigel lehnte sich zurück. Er fühlte dieses merkwürdige Kribbeln, dass ihm sagte, dass sie auf etwas gestoßen waren… irgendetwas, das nicht ans Tageslicht gebracht werden wollte. Und er tat nichts lieber, als solche Dinge zu enthüllen.

http://www.youtube.com/watch?v=sg…
AUSSEN: STONEHENGE-TAG

Close-Up auf die Steinsäulen. Sowohl die stehenden als auch die liegenden sind komplett mit Fliegen bedeckt. So dicht und eng, dass durch das Schwarz keine Spur der darunterliegenden Druidensteine mehr zu sehen ist.

Die Kamera zoomt heraus und zeigt nun einen dünnen, bärtigen Mann, der ohne Kopfbedeckung auf der Ladefläche eines Pritschenwagens steht – inmitten eines Fliegenschwarmes. Er trägt eine traditionelle, kastanienbraune Agbada mit aufgestickten Mustern in gelb und grün. Die langen Ärmel fallen auf seine Schultern, als er seien knöchernen Arme zum Himmel hebt. Sein Hände und Finger sind stark deformiert.

MUNGU-MANN
(in schwerem suahelischem Akzent)
Ich bin Mungu, und ich spreche zu euch im Namen Gottes.

Die Kamera zoomt noch weiter heraus, und etwa zweihundert Menschen kommen ins Bild, die dicht beieinander um das Fahrzeug herumstehen. Sie sind von Kopf bis Fuß in Schutzkleidung gehüllt. Damit stehen sie in deutlichem Kontrast zu dem Mungu-Mann, denn bei ihnen ist kein einziger Quadratzentimeter Haut zu sehen.

MUNGU-MANN
(schreit)
Ich höre Menschen sagen, dass Fliegen und Plage sind nicht das Werk von Gott, aber das Werk von dem Teufel. Ich sage zu euch, dass es nicht ist so. Ja, Beelzebub war Prinz der Dämonen und Herr der Fliegen, aber das ist anders. Das nicht sind normale Fliegen. Das sind Fliegen des Herrn. Er gemacht hat die Plage, euch zu testen, und er gemacht hat die Fliegen, sie euch zu bringen. Die Plage ist sein Gericht, und ihr müsst annehmen das Gericht des Herrn. Versteckt euch nicht hinter euren Hüllen. Akzeptiert sein Urteil! Durch die Plage wird er wählen, euch an seinen Busen ziehen oder euch schicken

fort, so wie er es hat gemacht mit mir und meinen Mungu-Brüdern, auf dass wir sein Wort verkünden!

Mit diesen Worten zieht sich der Mungu-Mann die Agbada über seinen Kopf und schleudert sie beiseite. Er steht nun fast nackt da, nur bedeckt durch einen Lendenschurz. Sein Oberkörper und seine Beine sind mit etwas bedeckt, dass wie Blut aussieht. Was auch immer es ist, die Fliegen stürzen darauf zu, und innerhalb von Sekunden ist er von ihnen bedeckt, während die Trilithen einen imposanten Hintergrund bilden.

Eine Stimme ertönt aus der summenden Masse.

MUNGU-MANN
Kommt! Zeigt euren Glauben! Entblößt euch für das Urteil des Herrn! Nehmt an euer Schicksal!

Langsam, zuerst einzeln oder in Zweiergruppen, dann immer schneller, lässt die Menschenmenge ihre Schutzhüllen fallen. Sie heben ihre Arme und schreien in den Himmel.

Im Hintergrund erhebt sich eine massive Fliegenwolke von den Megalithen und schwärmt auf sie zu. Sie schwärzt den Himmel, als sie hinabsteigt und die Menschenmasse verhüllt. Über all dem hört man die Stimme des Mungu-Mannes rufen:

Gepriesen sei Gott! Gepriesen sei Gott!!!

Nigel

Während die meisten Firmen und Geschäfte geschlossen waren oder nur noch mit minimaler Besetzung am Laufen gehalten wurden, ging es bei *The Light* immer noch fleißig voran – wenn auch nur mit halber Kraft. Das ganze Füllmaterial über Regierungsbudgets und Prominenten die mal wieder zu- oder abgenommen hatten war weggefallen, stattdessen dominierten düstere Berichte über den international voranschreitenden Siegeszug der Plage.

Es war nicht so, dass Journalisten tapferer waren als andere Menschen; aber wie Nigel aus eigener Erfahrung wusste, verbrachte man so viel Zeit damit, die Dinge von außen zu betrachten, dass man sich irgendwie immun für die Leiden der Menschheit hielt. Und das war selbst bei dieser Seuche der Fall.

Er rollte das Bild des vermissten Jungen aus und betrachtete es genau, während sein Computer hochfuhr. Es war ein angenehmerer Anblick als die vielen anderen Bildschirme im Raum, die überwiegend das schreckliche Feuer und die wütende Menschenmenge vor dem Haus der Singhs zeigten.

War es möglich, dass Bandora noch lebte?

Die Chancen standen schlecht.

Zeitungsartikel über verschwundene Kinder hatten selten ein Happy End.

»Nigel?«

Er schaute auf und sah, dass sowohl Toulson als auch Mal an seinem Schreibtisch standen. Sie hatten beide ernste Mienen und Toulsons Wangenknochen waren gerötet – ein übliches Zeichen dafür, dass ihm irgendwas furchtbar schlechte Laune machte.

»Dein Doktor hat anrufen …«, setzte er an.

»Der Etymologe von dem Museum«, fügte Mal hinzu.

»Genau der. Seiner Meinung nach ist es höchst unwahrscheinlich, dass die Veränderung bei den Fliegen irgendwas mit der Forschung von Dr. Singh zu tun hat. ›Eine zufällige Mutation‹ nennt er es. Keine Ahnung, woher er das weiß, aber ich schätze mal, genau das ist sein Job.« Toulsons Stimme war sehr tief. »Er sagte, es gab außerdem mindestens vier andere Laborprojekte in der Gegend. Zwei amerikanische, ein chinesisches und ein französisches. Wusstest du das?«

Nach einer langen Pause, in der die Zeit um ihn herum fast stehen zu bleiben schien, schüttelte Nigel den Kopf. Er brachte kein Wort über die Lippen.

Die wenigen Leute, die in ihrer Nähe am Arbeiten waren, hatten alle innegehalten und lauschten der Rede ihres Chefs.

»Jesus Christus, Nigel!« Toulson spuckte die Worte förmlich aus. »Was hast du dir nur dabei gedacht? Warum hast du nicht gewartet, bis du alle Infos zusammen hast, bevor du damit hierher gekommen bist?«

Die Anschuldigung traf und beendete Nigels Schockstarre. »Jetzt warte mal. Du wolltest mich doch sehen, sobald ich wieder da wäre. Und ich habe das *nicht* veröffentlicht. Ich habe *gewartet.*«

Allmählich wurde ihm die gesamte Tragweite bewusst. Es war wie eine langsam anschwellende Flutwelle der Übelkeit. Singh hatte nichts falsch gemacht, nicht einmal aus Versehen, und jetzt waren er und seine ganze Familie tot. Bilder füllten unwillkürlich seinen Kopf. Die Verzweiflungstat, die eigene Tochter retten zu wollen, und dabei die eigene Sicherheit zu opfern. Die Zwecklosigkeit des Versuchs in Anbetracht des wütenden Mobs, der voller Zorn und Hass tobte. Das zu Tode verängstigte Mädchen, das zurück in das Gebäude geschleudert wurde.

Malcolm redete, er versuchte, Toulson zu beruhigen, aber alles was Nigel hören konnte, waren das krachende Feuer und die Angstschreie eines sterbenden Kindes.

Warum nur hatte er den Speicherstick zurückgelassen? War es der Champagner? Hatte der seine Sinne vernebelt? Ein einziger Moment der Unachtsamkeit. Der Flügelschlag eines Schmetterlings im Walde.

»Dafür werden die uns niederbrennen«, sagte Toulson.

Nigel starrte ihn an, er konnte die unpassende Wortwahl dieses Mannes nicht fassen. Toulson merkte es nicht mal. Fett. Dumm. Unantastbar. Das war Toulson. Und Nigel musste für ihn arbeiten.

»Das ist doch Blödsinn. *Wir* haben die Story nicht gebracht.«

»Aber *deine* Recherche wurde benutzt. Jetzt wird jeder mit dem Finger auf jeden zeigen und …«

»Die ganze verdammte Welt bricht zusammen, und du machst dir Sorgen um Zeigefinger?«

»Ruhe jetzt! Ich will nicht, dass du noch irgendwas mit dem Thema Plage zu tun hast, ist das klar? Ich habe deinem Doktor-Freund da eben das Doppelte gezahlt, was ihr ausgemacht hattet, damit er die Klappe hält.«

Er drehte sich weg und stürmte aus dem Büro, wobei er ein Vakuum aus Stille hinterließ.

»Er ist durchgedreht«, sagte Mal, »komplett durchgedreht. Es war nicht deine Schuld.«

Nigel nickte. Tief in seinem Inneren fühlte es sich gar nicht danach an, selbst wenn es stimmen sollte. Ein kleines Mädchen wurde wegen seiner Recherche bei lebendigem Leibe verbrannt …

Er warf noch einen Blick auf die Zeichnung. Ein verschwundener Junge. Ein totes Mädchen. Beide zu jung, um irgendeine Schuld an irgendwas in dieser verkackten Welt zu haben. Das Mädchen war tot, aber Bandora lebte vielleicht noch. Vielleicht könnte Nigel ihn finden … Wenn er diese eine Sache richtig machen würde, dann könnte er das Unrecht ein klein wenig ausgleichen.

Er wusste, was Abby dazu sagen würde: Das ist alles Gottes Werk, alles sein Wille, eine Chance von ganz oben.

Nigel seufzte und dachte wieder an die Chaostheorie. Chaos erforderte zunächst ein erkennbares System. Was für ein System war das in diesem Fall? Stammesunruhen in Afrika schienen der Auslöser zu sein. Wenn die Dinge in Burundi anders gelaufen wären, wären die Hakizimanas mit ihrem Sohn dort geblieben – doch selbst mit den Auseinandersetzungen hätten sie ja woandershin emigrieren können, zum Beispiel nach Mittelengland. Da hätte der kleine Bandora vielleicht auch verschwinden können, aber dann wäre der Fall nicht auf Nigels Schreibtisch gelandet. Die Tochter der Singhs wäre dann jetzt trotzdem tot, aber Nigel hätte nicht diese Chance, zum Ausgleich etwas anderes Gutes zu tun.

Auf jeden Fall führte die Verkettung der Umstände aus dem Herzen Afrikas direkt in Nigels Hände. Wie nannte man das? Symmetrie? Determinismus? So oder so bekam er eine Gänsehaut.

Die Augen des Jungen starrten ihn klagend von der Zeichnung an.

Er brauchte einen Drink. Mehrere.

Aber das ging nicht. Vielleicht später, aber nicht jetzt. Er musste dran bleiben. Was zur Hölle konnte er sonst tun, das auch nur ansatzweise hilfreich war? Er konnte die Singhs nicht retten, er konnte Abby nicht von ihrer Religiosität abbringen. Vielleicht war das hier sein Rettungsring. Etwas, das ihn in diesem Strudel aus Wahnsinn, der die Welt zu verschlucken drohte, bei Verstand halten könnte.

Nigel startete seine übliche Runde an Nachfragen über das Ehepaar – er versuchte, das Leben der Hakizimanas zu analysieren, so gut es ihm die wenigen Eckdaten ermöglichten. Nachdem er das Büro kurz verlassen hatte, um einen Kaffee zu trinken und Abby zu erreichen – ohne Erfolg – kehrte er etwas beruhigt zurück und fand in seiner Inbox gleich ein paar Leckerbissen vor.

Rohdaten konnten einem eine Menge über eine Person erzählen. Die Hakizimanas hatten kaum Schulden. Ihre beiden Kreditkarten waren immer gedeckt – wenn auch nicht komplett lückenlos, dann doch verdammt nah dran. Sie lebten definitiv nicht über ihre Mittel, und falls sie sich ihr Kind nur ausgedacht haben sollten, dann teilten sie diese Sinnestäuschung auf jeden Fall. Ihre Einkaufsgewohnheiten zeigten eine typische Mischung aus Spielsachen, Kinderbüchern und Strampelanzügen, die sie in regelmäßigen Abständen überwiegend online bestellten.

Er machte weiter und klopfte das Internet gründlich nach allen Informationen ab, die er kriegen konnte. Er tippte verschiedene Schreibweisen von

›Zahran‹ ein, das Wort, das sie in ihren letzten Augenblicken so oft wiederholt hatten. Schließlich führte eine davon zu einem YouTube-Video von einem irren Mungu, der als eine Art Priester gekleidet war und komplett mit Fliegen bedeckt seine Jünger aufforderte, sich ebenfalls zu entblößen.

War das Zahran?

Super. Noch mehr Religion. Genau das hatte ihm noch gefehlt. War das Stonehenge? Ja, da war er sich ziemlich sicher. Er schaute sich das Video erneut an, fasziniert von dessen makabrem Inhalt. Irgendwie erinnerte es ihn an die kultigen Horrorfilme aus den 70ern, wie ›*The Wicker Man*‹. War das Ganze eine Art Voodoo-Ritual? Wahrscheinlich. Der Akzent des Schwarzen war unverkennbar afrikanisch, nicht arabisch, und seine Augen strahlten Milde aus, als er über seine Jünger blickte. Es waren eine ganze Menge Leute, die ihm seinen Wahnsinn abkauften, aber Nigel konnte die Hakizimanas nicht unter ihnen erkennen. Am Ende des Videos tauchte ein junger Mann vor der Kamera auf, sein Gesichtsausdruck voll des religiösen Eifers, und schrie: »Weiter nach Glastonbury! Nächster Halt: Glastonbury!« Danach stoppte die Wiedergabe.

Nigel notierte sich das Datum, an dem das Video eingestellt wurde, und suchte dann erneut nach dem Namen – doch er fand nichts Brauchbares. Wer auch immer dieser Zahran war, sein Gefolge twitterte oder bloggte jedenfalls nichts über ihn.

Eigentlich war das aber auch egal. Er musste inzwischen tot sein. Mungu oder nicht, niemand könnte so viele Fliegenbisse überleben und nicht die Seuche bekommen.

In seiner Inbox klingelte es wieder und er schloss seine Suche ab. Das Wählerverzeichnis und die Informationen von der Meldestelle waren angekommen. In beiden waren das Ehepaar und Bandora als Bewohner des Hauses in Harrow gelistet – soviel zu der Theorie einer George-und-Martha-Einbildung – aber es gab da auch noch einen anderen Mieter.

Noch einen Hakizimana.

Jengo. Männlich.

Seine Haut kribbelte, als sich ihm die journalistischen Nackenhaare aufstellten. Das war definitiv eine Spur. Der Mann, etwa zehn Jahre jünger als das Ehepaar, hatte mehrere Monate bei ihnen gelebt und war dann vor einem knappen halben Jahr ausgezogen.

Nigel wählte die Nummer von Mals Büro.

»Bitte?«

Mal klang müde, und Nigel konnte es ihm nicht verdenken. »Hast du jemals einen Jengo Hakizimana getroffen? Ich schätze mal, das müsste ein Bruder von Gahiji sein.«

»Nein. Nie etwas von ihm gehört. Wieso?«

»Er hat eine Weile in dem Haus gewohnt. Ich werde versuchen, ihn ausfindig zu machen. Vielleicht weiß er etwas.«

»Super. Vielen Dank. Ich schätze mal, ich werde noch eine Weile an meinen Schreibtisch gekettet sein. Ich muss mich um Toulson und diese Scheiße hier kümmern. Ich glaube, ich kann dir die nächsten paar Tage nicht viel helfen.«

»Kein Problem.«

Nigel tippte nebenher Jengos Daten bereits in eine E-Mail.

»Du weißt ja, ich arbeite sowieso am besten alleine. Abgesehen davon, so kann ich beruhigt sein, dass du meinen Arsch retten wirst. Toulson wird mich ohne Skrupel über die Klinge springen lassen, wenn es darum gehen sollte, einen Schuldigen zu benennen. Wahrscheinlich würde es dem Wichser sogar Spaß machen!«

Henry

Nachdem sie ein halbes Dutzend Mal an die Tür von Alex' Wohnung geklopft hatten, probierten sie es mit dem Türknauf. Der gab nach und die Tür öffnete sich einen Spalt.

»Uh-oh. Kein gutes Zeichen.« Jamie sah Henry besorgt an. »Alex hat zig Schlösser da drinnen!«

Der alte Kumpel seines Bruders war heute nicht im Pub erschienen – nicht, dass es da noch viel zu Trinken gegeben hätte – und war auch nicht ans Telefon gegangen. Jamie hatte sich Sorgen gemacht und Henry deswegen mitgeschleift, um nach dem Rechten zu sehen. Er wollte sich eigentlich nicht in der Öffentlichkeit zeigen, aber Jamie hatte darauf bestanden.

Sicherheitshalber hatten sie ihre Imkerhüte durch Skimasken ersetzt. Zum Glück war Henrys Gesicht durch seine Kopfbedeckung vor den Fernsehkameras geschützt gewesen, sonst wäre er mit Sicherheit inzwischen verhaftet worden. Seit diesem unrühmlichen Auftritt stand aber jeder mit einem Imkerhut unter Generalverdacht, deswegen hatten sie ihre eingemottet.

Nach einem tiefen Durchatmen sagte Jamie: »Augen zu und durch« – und öffnete die Tür.

Sie schwang auf und gab den Blick auf Alex frei, der in einem alten Lehnstuhl hing, der wiederum mit einem zerfledderten Laken bedeckt war. Alex sah beschissen aus, sehr blass und erschöpft. Seine ungewaschenen, grauen Haare wären strähnig und Essensreste – war das gebratener Reis? – klebten in seinem Bart. Er hielt ein Schnitzmesser in seiner Hand.

»Oh, du bist es«, sagte er mit einem erleichterten Gesichtsausdruck. Ein Laptop lag ebenfalls auf dem Laken. Ringsherum hingen Filmplakate an der Wand, von *Akte X* (»Die Wahrheit ist da draußen«), *Unglaubliche Begegnung der dritten Art, Red Dawn* und *Staatsfeind Nummer Eins*.

Sein Gesichtsausdruck wurde abweisend, als er Henry sah. »Du bist ein feiner Kerl, Jamie, aber was zum Henker hast du dir dabei gedacht, diesen brutalen Irren in meine Wohnung mitzubringen?«

Henry schaffte es nicht, sich Alex' wütendem Blick auszusetzen. Seit Camden konnte er niemandem mehr in die Augen sehen. War das wirklich erst gestern gewesen? Jamie verstand ihn wenigstens – zumindest sagte er das. Ein klein wenig. Henry selbst hatte gar keine wirkliche Erinnerung an den Vorfall, aber er hatte den grauenhaften Mitschnitt auf YouTube gesehen und sich darin wiedererkannt.

Wie konnte er bloß so eine abscheuliche Tat begehen?

Was hatte er sich nur dabei gedacht?

Okay, das war genau das Problem: Er hatte nicht gedacht. Er erinnerte sich vage an blinde Wut, grenzenlosen Hass und einen regelrechten Blutdurst nach Rache. Beim besten Willen konnte er sich aber nicht daran erinnern, dieses arme Kind hochgehoben und es zurück durch das Fenster in die Flammen geworfen zu haben. Das war einfach unvorstellbar.

»Wir hatten nichts von dir gehört«, sagte Jamie. »Und du bist auch nicht ans Telefon gegangen.«

»Ich hab' mich nicht gut gefühlt«, antwortete Alex.

»Du hättest doch aber ans Telefon gehen können.«

»Nein, kann ich nicht.«

Ein weiterer strenger Seitenblick auf Henry.

»Jemand hat mich erkannt. Hat mich zusammen mit diesem Monster da auf dem Video gesehen, und mich ständig angerufen.«

»Die haben dich erkannt, weil du nur diese komische Atemmaske aufhattest«, sagte Jamie, »und deswegen bist du auch krank, stimmt's? Bist ohne Schutz draußen rumgerannt und hast dich von einer Fliege stechen lassen.«

»Das war keine Fliege, und das ist auch nicht die Seuche. Ich fühl mich ein bisschen erschöpft, mehr nicht.« Er zeigte auf eine Ansammlung von Flaschen auf dem Tisch neben dem Sessel. »Ich habe alle Gegenmittel für die Seuche am Start. Megadosen Vitamin C und E.«

Henry unterdrückte den Impuls, angewidert den Kopf zu schütteln. Dieser Depp glaubte einfach jeden Quatsch. Und er hatte die Seuche, das war so sicher wie der Tod. Genauso hatte es bei Maggie und Livvy auch angefangen.

»Wo hast du denn den Blödsinn her?«, fragte Jamie, und griff damit Henrys Gedanken auf.

Alex tätschelte seinen Laptop. »Internet. Man muss nur die richtigen Seiten kennen, um an den richtig geilen Stoff zu kommen.« Er legte den Computer beiseite und streckte seine Hand aus. »Hilf mir mal hoch, Kumpel – ich muss aufs Klo!«

Während Jamie Alex aus dem Sessel zog und ihm den Flur hinunter half, wagte Henry einen Blick auf den Bildschirm. Er fragte sich, was der Sterbende – der sein Schicksal verleugnete – da schaute. Er lehnte sich hinüber und sah ein YouTube-Video. Plötzlich zuckte er zurück, als er befürchtete, es wäre wieder die Szene in Camden letzte Nacht – aber nein, das hier war etwas anderes. Hier erkannte man Stonehenge im Hintergrund, es war ein Standbild mit einem Mann im Vordergrund …

Ein Mann, der mit Fliegen bedeckt war.

Fasziniert tippte Henry das Touchpad an, und Leben kam in die Szene. Ein Afrikaner sagte den Leuten, dass sie raus gehen sollten, um sich von den Fliegen stechen zu lassen. Das war natürlich der letzte Scheiß, aber dieser Mann … mit seinem Mantel aus Fliegen … dem Anblick konnte sich

Henry nicht entziehen. Eine Idee begann sich zu formen.

Nein, es war mehr als eine Idee.

Es war ein Plan.

Er explodierte wie eine Supernova in seinem Kopf. Er wusste genau, was er zu tun hatte.

Nigel

Es hatte nicht lange gedauert, das zu finden, was er suchte. Heutzutage stellte jeder irgendwelche Anträge und Jengo Hakizimana war da keine Ausnahme. Einkommens- und Mietzuschüsse waren auf eine Wohnung in einem schäbigen Anwesen registriert, das ein paar Meilen vom Wohnort der Familie seines Bruders entfernt war.

Am späten Nachmittag stand Nigel dort vor der Tür.

Der Fahrstuhl war mit Graffiti beschmiert und stank nach Urin, also nahm Nigel die Treppe. Bis er den vierten Stock erreicht hatte, war er unter den vielen Schichten Kleidung in Schweiß getränkt. Die Korridore und Treppenhäuser wiesen eine unheimliche Stille auf, keine Spur von den sonst üblichen Gangs gelangweilter Jugendlicher, die nach Leuten Ausschau hielten, die sie belästigen konnten. Stattdessen gab es hier nur stehende Luft von unfassbarer Feuchtigkeit. Er zog die Skimaske hoch und atmete erleichtert ein. Alle lebten inzwischen in Angst, das hatte die Bevölkerung auf eine Art vereint, aber als er an die Tür klopfte, war Nigel dankbar dafür, dass er wenigstens in einer besseren Gegend in Angst lebte.

Nichts passierte, also klopfte Nigel noch einmal, diesmal lauter. Von drinnen war eindeutig Musik zu hören, ein urbaner R'n'B-Sound drang schwer und dumpf an sein Ohr.

Endlich machte sich jemand an den Schlössern und Riegeln auf der anderen Seite zu schaffen. Eine heiße Wolke aus Schweiß und Haschischdampf wehte ihm aus der dunklen Wohnung entgegen, als ein dünnes Mädchen von etwa fünfundzwanzig Jahren die Tür öffnete und ihn wenig begeistert anschaute.

»Ja bitte?«, fragte sie. »Hat Freddie dich geschickt? Hast du das Zeug?«

Ihre blonden Haare waren zu einem schlampigen Pferdeschwanz gebunden und ihre Jogginghose hing tief auf ihren Hüftknochen. Ihr T-Shirt endete am Bauchnabel, so dass einige Zentimeter Haut unbedeckt blieben. Nigel fühlte sich auf einmal ziemlich overdressed.

»Ich suche Jengo, ist er da?«

»Freddie hat dich nicht geschickt?«

»Nein, tut mir leid. Es geht um seine Familie. Ist wichtig.«

»Er ist nicht da.«

»Ist das Freddie?« rief eine männliche Stimme hinter ihr.

Undeutlich. Lethargisch.

»Kann ich vielleicht reinkommen?«, fragte Nigel.

Das Mädchen verzog den Mund. In ihrem vollgedröhnten Zustand hatte sie ganz offensichtlich

Probleme damit, zu verarbeiten, dass hier nicht Freddie vor ihr stand. Wer auch immer das war.

»Okay«, nickte sie schließlich, erleichtert darüber, eine Entscheidung getroffen zu haben.

Sie trat beiseite, um ihn hinein zu lassen, bevor sie die Tür hinter ihm wieder zumachte und sie damit in dieser Finsternis einschloss. Alle Vorhänge und Jalousien waren geschlossen, aber das machte Nigel nichts aus. Soweit er sehen konnte, kümmerte sich niemand allzu sehr um diese Wohnung. Er folgte ihr in ein Zimmer, das mal ein Schlafzimmer oder eine Lounge gewesen sein mochte. Jetzt stand dort ein kleiner, tragbarer Fernseher in einer Ecke und zwei Matratzen lagen an den Wänden auf dem Boden. Überall lagen leere Dosen und Drogen-Utensilien. Aufgerissene Kippenschachteln, Blättchen, Feuerzeuge – und, neben einem der behelfsmäßigen Betten/Sofas, ein paar rußgeschwärzte Crackpfeifen.

Zwei Männer in Jeans und Sweatshirts saßen im Schneidersitz auf einer der Matratzen. Einer von ihnen baute gerade einen Joint. Wenigstens waren sie nicht auf Crack. Denn dann würde er nie im Leben eine Information aus ihnen herausbekommen.

»Er sucht Jengo«, sagte das Mädchen, als sie sich auf eine der Matratzen fallen ließ.

Nigel setzte sich nicht. Die Fliegen draußen waren zwar schlimm, aber kein Schwein konnte wissen, was alles in diesen keimigen Betten hauste.

Er stand mit dem Rücken zu einem schmutzigen Fenster und betrachtete die Männer im schwindenden Tageslicht.

»Er ist nicht da«, sagte einer von ihnen.

Er zündete den Joint an und saugte kräftig daran. Die Nahrungsmittel gingen zur Neige, aber Drogen gab es immer noch reichlich. Unglaublich. Trotzdem spürte Nigel keinerlei Spannung in dem Raum. Sie waren bloß Konsumenten, keine Dealer.

»Ja, das hab ich verstanden«, sagte Nigel. »Aber ich muss mal mit ihm reden. Seine Familie ... sein Bruder ... er ist gestorben. Und ein Kind ist verschwunden.«

»Scheiße, Mann.«

»Alle sterben doch«, fügte der andere junge Mann hinzu, ein Weißer mit schlimmer Akne. Er schüttelte langsam den Kopf, als hätte er gerade etwas unglaublich Tiefschürfendes gesagt.

»Weißt du, wo er ist?«, fragte Nigel.

Er konzentrierte sich jetzt auf den Schwarzen mit dem Joint. Der schien am nüchternsten zu sein, auch wenn das hier nicht viel zu heißen hatte.

»Er ist schon 'ne Woche weg.« Er schaute rüber zu dem Mädchen. »Müsste doch hinkommen, oder?«

»Ja.« Sie nickte. »Ich glaube schon. Vielleicht ein bisschen länger. Seit sein letzter Scheck gekommen ist.«

Etwas mehr als eine Woche. Zehn Tage? Das war die Zeit, als der Junge verschwunden ist. Könnte

Jengo ihn mitgenommen haben? Vielleicht hatten sich die Eltern deswegen so schuldig gefühlt, als sie starben. Sie hatten ihr Kind jemandem anvertraut und damit einen Fehler gemacht.

Nigel versuchte, einen lockeren Tonfall beizubehalten. »Wisst ihr, wo er hin ist?«

Das Mädchen kicherte bei dieser Frage, während sie sich hinüberlehnte und den Joint entgegen nahm.

»Was ist so komisch?«

»Er ist durchgeknallt, oder Sam? Hat immer wieder gesagt, er könnte uns alle retten.«

»Hat den Verstand verloren«, sagte Sam, der Schwarze. »Komplett abgedreht. Hat nur noch von ›Mungu‹ und den ›alten Künsten‹ und so einer Scheiße gefaselt. Keine Ahnung, wo er hin ist.«

Der weiße Junge sagte: »Hat er nicht Glastonbury oder so was erwähnt?«

Das Mädchen kicherte wieder.

»Glastonbury? Im Traum nich'. Da is' dieses Jahr ganz sicher kein Festival.«

»Er wollte wiederkommen«, sagte Sam, »um uns zu retten.«

Jetzt war er dran mit Lachen.

»Hat er nicht gesagt, worum es ging?«

Sam zuckte mit den Schultern. »Ich hab nicht wirklich zugehört. Er war echt abgedriftet. Hat nur irre Scheiße gelabert.«

Nigel dachte wieder an das YouTube-Video und das sterbende Paar.

»Hat er jemals einen Zahran erwähnt? Kommt euch das Wort bekannt vor?«

»Nein Mann, sorry«, sagte Sam.

Der weiße Junge tauchte jetzt aus seiner Benommenheit auf. »Ja, doch, wart' mal! Ja, ich hab ihn das sagen gehört. Er hat immer solche Gebete runtergeleiert. Da kam das Wort drin vor!«

»Religiöse Gebete?«

Der Junge schaute ihn an, als ob er dämlich wäre. »Was gibt es denn sonst für Gebete?«

Da war was dran.

»Hat jemand ein Bild von ihm?«

»Im Traum nich'«, erwiderte das Mädchen. »Obwohl, wart mal!«

Sie zog ihr Handy aus der Tasche – ein älteres iPhone – und beackerte es eine ganze Weile mit ihrem Zeigefinger. Und schließlich ... »Hier.« Sie reichte Nigel das Gerät. »Gruppenfoto.«

Er sah vier Menschen, die grinsend um eine Bong herumsaßen. Der Vierte hatte ein sehr schwarzes Gesicht und einen sehr blonden Afro.

»Der mit den blondierten Haaren?«

»Ja«, sagte Sam, »er würde dir zwar erzählen, dass das seine echte Haarfarbe ist, aber klar. Sicher ist das gefärbt.«

Nigel reichte das Telefon zurück. Sie fingen an, eine neue Tüte zu bauen, um weiter auf den mysteriösen Freddie zu warten, und Nigel gab ihnen zwanzig Pfund. Er warf das Geld sicherheitshalber auf den Boden, statt einen von ihnen zu berühren.

Als er sich umdrehte, um die Wohnung zu verlassen, schaute er aus dem Fenster und sah jemanden, der eigentlich nur Rajiv Singh sein konnte. Er starrte vom im Schatten liegenden Gehweg zu ihm hinauf in den vierten Stock.

Nigel schoss zur Tür hinaus und raste die Treppe hinunter, wobei er vor Eile zweimal fast stürzte. Als er die Straße erreichte, war der Mann nicht mehr da. Verlor er den Verstand? Er glaubte nicht an Geister, also halluzinierte er entweder, oder er projizierte Singhs Gesicht auf andere Menschen. Dieser Typ hatte aber keine Handschuhe oder Maske getragen wie alle anderen – also musste es Einbildung gewesen sein.

Er schüttelte den Gedanken ab. *Vergiss Singh – nein, erinnere dich dein ganzes Leben an ihn, aber leg ihn für den Moment beiseite und konzentriere dich auf diesen kleinen Jungen.* Er konzentrierte sich auf die Quelle der Hoffnung in seinem Inneren.

Es waren zu viele Verbindungen für einen Zufall. Jengo hatte seine Kifferfreunde in etwa zu dem Zeitpunkt verlassen, als Bandora verschwunden war, und er war offensichtlich von diesem Zahran begeistert. Vielleicht litt Jengo an einer drogeninduzierten Psychose und dachte, der Junge wäre eine Art Messias. Jemand, der sie alle retten konnte? Das wäre nicht allzu weit entfernt von Abbys eindeutigem Fatalismus. Könnte Jengo den Jungen mitgenommen haben, um sich auf die Suche nach Zahran zu machen?

Plötzlich überkam Nigel der typische Energieschub, den er oft hatte, wenn die Indizien langsam ein Bild ergaben. Er würde diesen Jungen finden, und ihn vor seinem verrückten Onkel retten.

Abby

Der Nachmittag verging nur langsam, während Abby darauf wartete, dass Nigel nach Hause kam. Ein kleiner Knoten der Angst wuchs langsam in ihrer Magengrube. Nicht aus Angst um sich selbst – sie würde nicht mit dem Schicksal hadern, dass Gott für sie wählte – sondern weil sie wusste, dass Nigel sie trotz all der Probleme, die sie in letzter Zeit hatten, immer noch liebte.

Es würde ihm schrecklich weh tun, und das wollte sie nicht.

Draußen wurde die Luft langsam schwerer und feuchter, also ob der Geist des kommenden Sturmes schon jetzt durch die Wolken hinab stieg, und sein Druck war so hoch, dass man nichts tun konnte, außer einfach nur dazusitzen. Sie hatte stattdessen eine Weile ferngesehen. Livesendungen waren zur Seltenheit geworden. Wahrscheinlich waren zu viele Mitarbeiter erkrankt, sowohl von der technischen Crew hinter der Kamera als auch die Darsteller und Moderatoren. Stattdessen wiederholten sie alte Sitcoms, aber Abby konnte sich nicht konzentrieren und stellte das Gerät schließlich ab. Die folgende friedvolle Stille war angenehmer.

Sie überlegte, ein Glas Wein zu trinken, begnügte sich dann aber mit heißem Tee in der Küche und hörte der Uhr zu, wie sie die Minuten hinweg tickte, während der Himmel immer dunkler wurde. Ein Sturm würde heute Nacht kommen, das war genauso unausweichlich wie ein Streit mit Nigel, und sie wünschte, beides wäre schon vorbei.

Drei Tage. Sie konnte das stetige Pulsieren ihres sanften Herzschlags spüren. Komisch, sich vorzustellen, dass sie höchstwahrscheinlich nur noch drei Tage hatte. Zwei, eigentlich. Denn am dritten Tag waren die meisten Opfer schon nicht mehr bei Bewusstsein. Jedenfalls nicht, bevor das Ende dann kam. Sie erschauderte ein wenig durch ein Kribbeln der Vorfreude. Nicht, bevor sie das Licht sahen. Gott. Ihn.

War es falsch, dass sie sich darauf freute? Sie fühlte sich wie ein Schaf, das im Gebirge im eiskalten Winter abhanden gekommen war und nun endlich den Weg zurück zu seiner Herde gefunden hatte. Sie fragte sich, wann sie die ersten Symptome spüren würde, und nun flatterten ihr doch ein wenig die Nerven. Nicht, weil sie sich sicher war, dass der Tod sie heimsuchen würde, sondern weil sie hoffte, es würde nicht zu schmerzhaft sein. Sie hatte gehört, dass die Plage relativ sanft zu ihren Opfern war. Bald würde sie es wissen. Das Hörensagen wurde Realität. *Die* Plage wurde nun *ihre* Plage.

»Abby?«

Sie zuckte zusammen, als sich die Haustür schloss und Nigels Schritte sich schnell durch den Korridor näherten.

»Abby? Wo bist du?«

»Hier drin.«

»Zwei Sekunden, ich muss dringend aufs Klo.«

Er klang anders als sonst. Der resignierende Tonfall, den er normalerweise so sehr zu verschleiern versuchte, wenn er Zuhause ankam, war nicht mehr da. Nach der Tragödie mit den Singhs hatte sie erwartet, er würde deprimiert sein.

Was war passiert?

Sie stand auf und nahm zwei Weingläser aus dem Schrank. Scheiß auf den Tee. Für dieses Gespräch würde sie etwas Stärkeres brauchen.

Sie hatte bereits beschlossen, ihm von den Stichen zu erzählen. Aber wie? Sie musste es wohl einfach herausposaunen. Sie musste die gute Laune, die er gerade hatte, dafür missbrauchen. Sie wollte, dass er bei ihr blieb, während sie starb. Nicht nur zu ihrem eigenen Trost, auch wenn das ein Nebeneffekt wäre, aber vor allem damit er ihrem Zusammentreffen mit Gott beiwohnen konnte. Vielleicht würde er dann endlich einsehen, dass das alles sein Werk war, Teil seines Plans.

Vielleicht war ihre Aufgabe bei all dem, Nigel ins Licht zu führen? Ein gar nicht so abwegiger Gedanke. Wenn es jemals einen Mann gegeben hatte, der gerettet werden musste – wenn auch nur vor sich selbst – dann war das Nigel. Er hatte immer so schwer gegen die Welt gewettert. Vielleicht war es Zeit, dass er endlich seinen Frieden fand.

Die Toilettenspülung ging, und wenige Augenblicke später war er bei ihr und nahm das Glas an sich.

»Wir müssen reden«, sagte er.

Und wie!

»Da ist dieser Junge«, fuhr er nach einem langen Zug Wein fort. »Er ist verschwunden. Erst zwei Jahre alt. Teil von Mals erweitertem Familienkreis. Seine Eltern sind heute Morgen gestorben, aber ich glaube, ein Verwandter hat ihn entführt. Ich glaube, ich kann ihn finden. Es wird nicht leicht werden, aber ich weiß, nach allem was passiert ist – die Singhs, ihre kleine Tochter – kann ich diese eine kleine Sache wieder gutmachen. Etwas Echtes. Etwas, das wirklich was bedeutet.«

Seine Worte sprudelten nur so heraus, und Abby fand ihren Inhalt weniger wichtig, als die Energie, die hinter ihnen steckte. Sie hatte Nigel schon lange nicht mehr so motiviert gesehen, so *lebendig*. Vielleicht war sie nicht mehr die alte Abby, aber er klang auf jeden Fall wie der alte Nigel.

»Weißt du, wo sie hin sind?«, fragte sie. Ihre Fliegenbisse juckten, und drängten sie, mit der Wahrheit herauszurücken.

»In den Südwesten, glaube ich. Nach Glastonbury. Es gibt so eine Sekte, die umherzieht. Ihr nächster Halt soll dort sein. Ich muss noch ein paar Nachforschungen über den Mann anstellen, der den Jungen entführt hat, aber ich bin ziemlich sicher, dass er dahin unterwegs ist.«

»Du willst ihm hinterher?«, fragte sie und nippte an ihrem Wein. Ihr Mund war trocken.

»Das würde ich gerne tun.« Zum ersten Mal verlor seine Stimme etwas an Kraft. »Aber ehrlich gesagt, traue ich mich nicht, dich alleine zu lassen, nachdem ...«

Der Satz starb langsam ab und sie sah den Konflikt in seinem Gesicht. Er hatte auch nicht mehr Lust auf einen Streit, als sie. Auf einmal wurde ihr die Tragweite der Situation klar, und in diesem Moment begann der Regen draußen in dicken Tropfen zu fallen, die gegen das Fenster klopften.

»Oh, mach dir darüber keine Sorgen«, sagte sie. Während ihrer Lüge schaute sie ihm weiter in die Augen. »Ich habe darüber nachgedacht, aber im Endeffekt habe ich es nicht gemacht. Und ich werde es auch nicht mehr machen. Es tut mir wirklich leid, war ein dummer Gedanke.«

»Bist du sicher?«, fragte er, wobei seine Augen sich argwöhnisch zusammenzogen.

»Ganz sicher.«

Und das war nicht mal gelogen. Es wurde ihr auf einmal klar, dass Nigels und ihr Pfad nicht der gleiche waren. Wenn sie ihm jetzt sagen würde, dass sie gebissen wurde, würde er nicht gehen. Und wer sollte sich dann um diesen Jungen kümmern?

Denn eines war klar: Ein einziges, unschuldiges Leben inmitten all dieses Chaos zu retten, konnte nur eine Mission von Gott selbst sein, auch wenn Nigel das noch nicht bewusst war. Sie musste ihn ziehen lassen. Er musste seinen eigenen Weg ins Licht finden. Sie war überrascht, wie sehr sie das schmerzte. Die Vorstellung, dass er ging und sie ihn nie wieder sehen würde.

Jedenfalls nicht in diesem Leben.

»Meinst du, das Kind ist in Gefahr?«, fragte sie.

»Wir sind alle in Gefahr, aber davon abgesehen: Ja.« Er schaute sie an. »Es klingt wahrscheinlich verrückt, aber ich kann einfach nicht anders, als zu denken, dass wenn ich ihn finde und ihn zu Mal und seiner Familie zurückbringe … dass dann vielleicht etwas in dieser Welt wieder in Ordnung kommt.«

»Dann solltest du es machen.«

Sie lächelte sanft.

»Du musst es tun!«

Er sah sie nachdenklich an, als sie sich selbst ein Grinsen abzwang.

»Ich werde auf der anderen Seite der Telefonleitung sein. Auf die Art kommen wir doch sowieso besser miteinander zurecht.«

Er sah sie an. »Bist du sicher?«

Seine Entscheidung war längst gefallen, das war ihr klar, aber sie musste ihn von seinem schlechten Gewissen erlösen.

»Absolut.« Sie meinte es ernst. »Das, was du vorhast, ist eine gute Tat. Und wenn irgendjemand ihn finden kann, bist du das. Ich vertraue dir.«

»Ich liebe dich, Abby«, sagte er nach einer kurzen Pause, dann stand er auf und zog sie an sich.

Es war so lange her, dass er das so von ganzem Herzen getan hatte, dass sie an seiner Brust in Tränen hätte ausbrechen können.

»Ich liebe dich auch, Nigel.« Sie zog seinen Geruch tief in ihre Lunge und drückte ihn dann sanft von sich. »Du solltest am besten gleich packen gehen. Nachts kannst du schließlich viel sicherer reisen.« Sie blickte hinaus auf den dunkler werdenden Himmel. »Erst recht in einem Sturm.«

Er hatte bereits das Telefon am Ohr, wahrscheinlich um Mal anzurufen, und flitzte die Treppe hoch, als sie ihren Wein ausgetrunken hatte. Sobald er weg war, würde sie in die Kirche gehen. Um denen zu helfen, die Angst hatten. Und um für Nigel zu beten. Für sie beide, auf ihren individuellen, einsamen Wegen. Sie hoffte nur, dass ihn das ins Licht führen würde. Dann könnten sie dort zusammen sein.

KEINE PLAGE IN NORDKOREA

(Zur direkten Veröffentlichung freigegeben)

PJÖNGJANG – Das Gesundheitsministerium der demokratischen Volksrepublik Korea hat der Welt bekanntgegeben, dass Nordkorea noch keinen einzigen Fall der mysteriösen Plage verzeichnet hat, die die kapitalistischen Staaten befällt. Dies kann der überlegenen Schädlingsbekämpfung zugeschrieben werden, die von den Bürgern Nordkoreas betrieben wird – unter der

Anleitung ihres glorreichen Führers Kim Jong-Un, der infizierten Fliegen den Eintritt in den Nordkoreanischen Luftraum verboten hat. Dank seines glänzenden Einflusses bleibt das Arbeiterparadies der demokratischen Volksrepublik frei von der Plage.

Abby

Nigel zog die Haustür hinter sich zu, als der erste Blitzschlag durch den Himmel krachte. Sie ging nach oben und beobachtete ihn aus dem Schlafzimmerfenster, wobei sie das Licht nicht anmachte, damit er nicht zu ihr hochsah und möglicherweise sein Vorhaben neu überdachte.

Er zog wegen des Regens seinen Kopf ein, als er über die Straße eilte, und die Blinker des Audis leuchteten schon auf, bevor er auch nur den Gehweg erreicht hatte. In weniger als dreißig Sekunden war er hinter dem Lenkrad verschwunden und fuhr davon.

Soviel dazu.

Abby bewegte sich nicht. Sie wartete darauf, etwas zu spüren: die plötzliche Leere des Hauses um sie herum. Sie erwartete dieses Gefühl, denn jetzt, wo ihr Ehegatte fort war, würde es zu ihrer einsamen Gruft werden. Sie erwartete, dass irgendetwas in ihr von einem guten Gefühl auf ein schlechtes umschaltete.

Sie zog sich einen Stuhl heran und saß am Fenster. Den Sturm zu beobachten, wie er über die Stadt fegte, und die schweren Wasserwände zu sehen, die sich über die leere Straße unter ihr ergossen, hatte etwas Hypnotisches. Höchstwahrscheinlich war dies der letzte Sturm, den sie jemals sehen würde.

In den Häusern auf der anderen Straßenseite konnte sie nur ganz vereinzelt kleine gelbe Lichtstrahlen zwischen Vorhängen, Jalousien und Fliegengittern vortreten sehen.

Die meisten Leute hatten alle drei.

Sie musste fast darüber lachen.

Die Fliegen konnte man nicht so leicht aussperren. Genauso wenig wie Gott.

Ihre Gedanken schweiften ab, bis der Sturm etwa eine Stunde später weiterzog. Sein Wüten beruhigte sich, bis sie nur noch vereinzelte, schwache Donnerschläge in der Ferne wahrnehmen konnte. Das Wasser plätscherte draußen von den Dächern herunter. Sie öffnete das Fenster. Selbst nach dem Regen war die Luft immer noch heiß und klebrig, und sie streckte wie ein Kind die Hand aus, um nach ihr zu tasten. Sie fühlte sich gut an.

Abby nahm ihre Schlüssel, aber ließ das Portemonnaie liegen.

Um diese Uhrzeit war alles geschlossen, und es gab sowieso fast nichts mehr, das man kaufen konnte.

Sie hatte nach den Stichen einen unbewussten Countdown gestartet, der seitdem von 72 herunterzählte. Wenn er die 12 erreichen würde, wäre sie wahrscheinlich schon bewusstlos. Nach der Kirche wollte sie ins Krankenhaus gehen, um die Sterbenden zu trösten … bevor sie sich ihnen anschließen würde, darauf wartend, dass der Herr sie zu sich holte.

Sie vermisste Doktor Kumaran – es hieß, er hatte sich mit der Plage infiziert – aber das bedeutete auch, dass sie mehr als je zuvor gebraucht wurde.

Nigel

Die Fahrt aus London hinaus war ernüchternd. Die Straßen müssten eigentlich mit Feierabendverkehr verstopft sein und der Wolkenbruch müsste das Ganze auf ein Schneckentempo herunterdrosseln. Stattdessen fuhr er völlig ungehindert durch den Regen.

Die Stadt selbst war komplett stillgelegt, und obwohl die Radionachrichten behaupteten, alles wäre unter Kontrolle, war das ganz offensichtlich nicht der Fall. Die Fliegen hatten das Kommando.

Er fragte sich, wie es so schnell an diesen Punkt hatte kommen können. Wie viele andere waren über die Flughäfen gekommen wie dieser Mann, den er in Heathrow gesehen hatte? Manche von ihnen waren wahrscheinlich religiöse Fanatiker, andere einfach nur verbitterte Menschen, die nicht alleine abtreten wollten. Die Menschheit war ihr eigener schlimmster Feind – zu glauben, dass in dieses Chaos ein fürsorglicher Gott involviert wäre, war Wahnsinn höchsten Grades. Wenigstens war Abby einigermaßen sicher, solange sie im Haus blieb.

Als er die Schnellstraße erreichte, flaute der Sturm langsam ab, aber die Straßenbeleuchtung blieb aus, so dass lediglich die sporadisch entgegenkommenden Autoscheinwerfer etwas Licht brachten. Er drehte das Radio aus und driftete in der Stille in seine Gedankenwelt ab. Er ließ die Sekunden verstreichen, während er zwischen Erinnerungen aus *Früher* und *Jetzt* hin und her wechselte. Wie sehr die Welt sich doch verändert hatte. Er stellte fest, dass er sich fragte, wie das *Danach* aussehen würde – und ob er noch Teil dessen sein würde.

Schafe sprenkelten die Felder wie Wolken auf einem staubigen Himmel, und in der hereinbrechenden Dunkelheit riefen Kühe nacheinander, ein tragisch klingendes Geräusch. *Ungemolken,* dachte Nigel. *Ungemolken und unbescholten.*

Er schaltete probehalber noch einmal das Radio an und hörte eine grauenhafte Sammlung von 80er und 90er Jahre Hits, darunter REMs ›It's the End of the World‹.

Das Problem war nur, Nigel fühlte sich ganz und gar nicht ›fine‹.

Er war erleichtert, als er endlich auf die Zufahrt zum Meare Manor einbog. Vor seiner Abfahrt hatte er eine Internet-Suche durchgeführt und dieses zweistöckige Steinhotel als seine Operationsbasis auserkoren. Dieses kleine Anwesen, das an den Mooren etwa eine Meile nordwestlich des Ortes lag, hatte damals den Mönchen der Abtei Glastonbury als Sommerresidenz gedient.

Die Nacht war inzwischen hereingebrochen.

Nigel parkte so nah wie möglich am Eingang, zog seine Skimaske und die Handschuhe über und schnappte sich dann seine Tasche und den Laptop und rannte hinein, wobei er die Tür fest hinter sich zuzog. Das Einchecken dauerte nicht lange. Er war der einzige Gast, den sie hatten, und die Frau, die ihm die Zeiten für Frühstück und Abendessen nannte – Nahrungsmittel gab es hier auf dem Lande anscheinend noch ausreichend – und ihm ein Glas Wein mit aufs Zimmer gab, war über seien Ankunft offensichtlich geradezu außer sich vor Freude. Als ob die Tatsache, einen Gast zu haben, ein Schritt zurück zur Normalität wäre.

Nigel war froh, als er seine Zimmertür hinter sich zuziehen konnte und endlich Ruhe hatte. Das Zimmer war geräumig, mit einem Kingsize-Bett und einer kleinen Sitzecke mit Polstermöbeln. Ein Flatscreen-Fernseher hing an der Wand. Zu früheren Zeiten wäre er sicherlich begeistert gewesen, aber die Welt wurde viel zu schnell viel zu verrückt, und alles was er wollte, war eine Dusche und eine gute Mütze Schlaf, bevor er sich auf die Suche nach Bandora konzentrieren würde.

Sonntag

Nigel

Er schlief weitaus länger, als er vorgehabt hatte. Ein kurzer Anruf bei der Rezeption, und das Frühstück kam auf einem Tablett in sein Zimmer – gebracht von einem Teenager, wahrscheinlich dem Sohn der Eigentümerin.

Als er satt und geduscht war, machte er sich mit der Zeichnung von Bandora auf den Weg, um die Bewohner des Ortes zu fragen, ob sie den Jungen gesehen hatten.

Es war fast schon Mittag und die Sommerhitze wirkte unter seiner dicken Schutzkleidung geradezu erstickend.

Felsige Hügel thronten über dem Dorf, ihre grünen Flanken leuchteten im Sonnenlicht. An der Spitze konnte er den Turm sehen, das einzige Überbleibsel einer antiken Kirche. Er hatte fast vermutet, Zahran und seine Jünger dort vorzufinden, da der Ort einen Ruf als spirituelle Kultstätte hatte, aber dort oben schien nichts anderes als Leere zu sein. Er konzentrierte sich auf seine Suche. Nach dem Jungen zu schauen war alles, was ihm noch blieb, und er war fest entschlossen, ihn zu finden.

Drei Stunden später war seine feste Entschlossenheit einer heftigen Frustration gewichen.

»Gottverdammte Zeitverschwendung«, murmelte er, als er seine Handschuhe mit den Zähnen abzog und den Motor startete.

Nach fruchtlosen Versuchen, die Zeichnung von Bandora den wenigen Dorfbewohnern zu zeigen, die er finden konnte, gab er auf. Die meisten gingen nicht an die Tür, und der örtliche Pub war geschlossen. Diejenigen, die er für ein paar Minuten festnageln konnte, wollten ihn so schnell wie möglich loswerden und schauten sich das Bild fast gar nicht an.

Eine Menge Leute wären durch den Ort gekommen, sagten sie. Aber nein, den Jungen hätten sie nicht gesehen, und auch keinen Schwarzen mit blond gefärbten Haaren.

Der Ort war praktisch eine Geisterstadt. Ohne Touristen auf der Durchreise und ohne das Musikfestival waren alle Geschäfte geschlossen. Obwohl hier vor ein paar Monaten noch vielleicht acht- oder neuntausend Menschen gewohnt hatten, wäre er jetzt überrascht, wenn man noch Tausend zusammen bekommen würde. Hier war *nichts* los.

Auf der anderen Seite konnte es natürlich sein, dass Bandora nicht hier war. Was wiederum nicht heißen musste, dass er nicht hier sein *würde*. In dem Video hatte es zwar geheißen, dass Zahran nach

Glastonbury kommen würde, aber es wurde nicht gesagt, wann. Vielleicht waren sie einfach noch nicht angekommen.

Trotzdem schlug er frustriert auf das Lenkrad ein, als er wieder auf die Zufahrt zum Meare Manor einbog. Er wollte den Jungen so schnell wie möglich finden und wieder zurück zu Abby nach London fahren.

Er parkte das Auto hinter dem Haus und benutzte den Hintereingang. Auf dem Weg zum Treppenhaus warf er einen Blick in den Speisesaal, wo einem einsamen Mann, vielleicht einem neuen Gast des Hotels, der Nachmittagstee serviert wurde. Nigel erstarrte. Dieser Mann, der mit dem Rücken zu ihm saß, hatte leicht gewelltes schwarzes Haar und einen dunklen Hautton. Verdammt, wenn das nicht der Inder war, der ihm nachspürte! Tja, diesmal würde er ihm nicht entkommen.

Nigel näherte sich dem Mann mit langen Schritten und packte ihn an der Schulter.

»Was zur Hölle haben Sie …?«

Das alarmierte Gesicht, das ihn anstarrte, war zwar offensichtlich indisch, hatte allerdings einen dicken Schnauzbart und nicht die geringste Ähnlichkeit mit Rajiv Singh.

»Wie meinen?«, fragte er und blinzelte nervös.

»Oh, Jesus!« Peinlich berührt hob Nigel seine Hände und machte einen Schritt zurück. »Entschuldigung, sorry … ich dachte, Sie wären jemand anders. Mein Fehler!«

Kopfschüttelnd kehrte er ins Treppenhaus zurück und trottete die Stufen ins Obergeschoss hinauf. Er ließ sich in einen der Sessel fallen und zog sein Handy aus der Tasche. Abby ging beim zweiten Klingeln dran.

»Hallo?«

»Du klingst müde.«

»Die Dialyse macht mich immer fertig, weißt du doch.«

Ja, das wusste er. Sie machte es fünf Stunden lang, bis zu fünf Tage in der Woche, und hinterher war sie immer völlig geschafft.

»Wie läuft es bei dir?«, fragte sie.

»Beschissen.«

Er ließ einiges von seinem Frust ab, während sie verständnisvolle Geräusche machte, dann wandte er sich ihr zu – oder besser gesagt, ihnen beiden. Es stimmte, dass sie besser zurecht kamen, wenn sie räumlich getrennt waren, und ihre Abwesenheit ließ ihren Platz in seinem Herzen größer werden. Letzte Nacht, alleine in diesem großen Bett, wurde ihm klar, dass er nicht wirklich zu schätzen gewusst hatte, was er an ihr hatte, bis er mit der Möglichkeit ihres Todes konfrontiert wurde.

»Ich bin so froh, dass du für dich sorgst, Abby. Du … du bedeutest mir so viel.«

Er wusste zwar nicht, was für eine Reaktion er darauf erwartet hatte, aber bestimmt kein Schluchzen.

»Geht es dir gut?«

»*Ja*«, sagte sie mit zittriger Stimme.

»Was ist denn?«

»*Sei bitte nicht so nett zu mir.*«

Verdutzt erwiderte er: »Verstehe ich nicht.«

Ihr kleiner Lacher klang gezwungen. »*Ach, hör nicht auf mich. Es ist diese gewisse Zeit im Monat, und zusammen mit der Dialyse haut mich das voll aus der Spur. Ich brauche einfach eine Mütze Schlaf.*«

Nach ein wenig weiterem Smalltalk ließ Nigel es gut sein. Sie klang wirklich müde. Er hoffte, dass nicht mehr dahintersteckte. Zweifel nagten an ihm. Irgendwas war doch in ihrer Stimme gewesen ... wie schlimm konnte es in London über Nacht geworden sein?

Er machte zur Ablenkung den Fernseher an und stellte schockiert fest, dass die Hälfte der Sender ihren Betrieb eingestellt hatten. Da hatte er seine Antwort. Es fiel wirklich alles auseinander. Und er saß hier im ausgestorbenen, gottverlassenen Glastonbury auf der Suche nach einem Jungen, der wahrscheinlich irgendwo in London war.

»Scheiß drauf!«

Er schaltete den Fernseher aus und fuhr seinen Laptop hoch. Wenigstens das Internet funktionierte noch. Er tat das, was er in letzter Zeit immer machte, wenn er an einem Computer saß: Er googelte nach Zahran. Wie jedes Mal wurde er mit den gleichen, alten Links belohnt, die alle lila gefärbt waren, weil er sie schon angeklickt hatte.

Halt, Moment.

Da war ein Blauer – ein YouTube-Video, das erst heute veröffentlicht worden war – vor weniger als einer Stunde. Sein schrecklich aufgeregter Zeigefinger brauchte drei Versuche auf dem Touchpad, bevor der Pfeil endlich auf dem Link landete. Wenige Sekunden nach dem Klick erschien eine runzelige Figur auf dem Bildschirm. Nigel kannte diese grau gescheckten Haare und den noch graueren Bart durch wiederholtes Anschauen des ersten Videos. Gleiche Stimme, gleicher Suaheli-Akzent, und sogar die gleichen Worte, als er seine Arme erhob.

Ich bin ein Mungu, und ich spreche zu euch im Namen Gottes …

Nigel verspürte plötzlich große Enttäuschung, als ihm klar wurde, dass Zahran die gleiche braungelb-grüne Agbada wie zuvor trug und auf demselben Pritschenwagen stand. War das sein alter Auftritt in Stonehenge, nur aus einem anderen Winkel gefilmt? Nein … diesmal waren keine Megalithen hinter ihm. Es waren andere steinerne Ruinen.

»Jesus!«

Er sprang auf und rannte zur Tür. Die alte Kirche auf dem Berg Tor war nie ihr Ziel gewesen. Das Video wurde in den Ruinen der Abtei Glastonbury gedreht – nicht mal drei Meilen entfernt.

Abby

Sie war sich nicht sicher gewesen, ob sie es merken würde, wenn die ersten Symptome der Plage sie befielen.

Sie sah nicht mehr viel Sinn darin, weiter Dialyse zu machen, wenn sie sowieso bald sterben würde, und deswegen fühlte sie sich sowieso schon lausig.

Ihre Müdigkeit und das generelle Unwohlsein kamen nicht von der Krankheit; die brauchte eine Weile, um die Blutwerte signifikant zu verschlechtern. Abgesehen davon war sie trotz der gelegentlichen Injektionen, die das Knochenmark anregen sollten, durch das Nierenversagen schon ziemlich blutarm.

Aber die Plage verlief alles andere als unauffällig. Die Schmerzen kamen in der Nacht, und als sie sich mit grippeartiger Stärke bemerkbar machten, wusste Abby, dass es nun losging.

Sie hatte genügend Artikel in den Zeitungen und online gelesen und auch selbst mit Opfern über die ersten Symptome gesprochen.

Die weit verbreiteten Muskelschmerzen entstanden dadurch, dass die einreißenden roten Zellen ihr gesamtes Hämoglobin in den Blutkreislauf ausschütteten. Es war komisch, sich vorzustellen, dass gerade lauter kleine Explosionen in ihr gezündet wurden. Ihr Körper war ein eigenes, kleines Universum, doch bald würde sie seine Mysterien hinter sich lassen und Teil einer höheren Existenz werden. Ein neues Leben, in der Gegenwart des Herrn. Wenn sie doch nur Nigel nicht zurücklassen müsste. Andererseits, wenn man sich ansah, wie schnell die Welt um sie herum zerfiel, würde ihre Trennung wohl nur sehr kurzfristig sein.

Es war ihr sehr schwer gefallen, ihn anzulügen wegen der Dialyse, wegen ihrer Periode, aber was für eine Wahl hatte sie? Hätte sie ihm von der Plage berichtet, hätte er sofort seine Suche abgebrochen, um an ihre Seite zurückzukehren. Und er musste diesen Jungen finden. Vielleicht könnte er, wenn er in seinen eigenen Augen Vergebung erlangt hatte, auch die Vergebung des Herrn annehmen, wenn das Unausweichliche kommen würde.

Trotzdem wurde ihre Freude darüber, dass sie Gott immer näher kam, dadurch gedämpft, dass sie noch so viele Dinge hatte, die sie Nigel sagen wollte – ihrem Ehemann vor Gott und Liebe ihres Lebens – denn sie wusste genau, dass sie ihn in diesem Leben nicht mehr wiedersehen würde.

Moment … Nigels Fotoapparat nahm doch auch Videos auf. Sie konnte sich selbst filmen; sie konnte all die Dinge sagen, von denen sie wollte, dass er sie hörte. Sie konnte ihm erklären, warum sie sich für diesen Weg entschieden hatte, sie konnte ihm Lebewohl sagen und …

Ja. Eine aufbrausende Energie schoss durch ihre müden Knochen. Sie musste die Kamera suchen und das erledigen, solange sie noch die Kraft hatte. Morgen könnte es bereits zu spät sein.

Nigel

Was hatte Zahran vor? Das fragte sich Nigel, als er durch das Ortszentrum fuhr. Klapperte er alle spirituellen Stätten des Landes ab? Auf eine Art würde das Sinn machen. Wenn er sich selbst für den Retter der Menschheit hielt, wäre es nur natürlich, Plätze zu besuchen, denen man einen religiösen Wert zusprach. Vielleicht würde sich die Kunde von seiner Reise verbreiten, und immer mehr verzweifelte Jünger würden in der Hoffnung auftauchen, dem Tod doch noch entkommen zu können.

Nigel hoffte, dass er immer noch da sein würde. Er hatte die Abtei nicht früher aufgesucht, da er annahm, diese Ruinen wären erst recht menschenleer, wenn der Ort schon kurz vor dem Aussterben war.

Als einziges Auto auf der Straße kam er schnell voran, als er den Schildern nach Abbey Park folgte. Er fand den Parkplatz – dort herrschte kein Mangel an Freiflächen – und zog sich die Skimaske zurecht, bevor er sich in das Zwielicht begab. Er konnte einen Teil der Ruinen über den Baumspitzen ausmachen, also ging er in diese Richtung.

Er hatte vermutet, der Park der Abtei würde genauso verlassen sein wie der Rest des Örtchens, aber als er einen dicken Eichenstumpf passierte, eröffnete sich vor seinen Augen eine Art Zeltstadt. Er blieb stehen und beobachtete die zusammengewürfelte Mischung aus verschiedensten Zelten und sogar einigen Wohnmobilen. Es war wie ein Schatten des Glastonbury Musikfestivals – aber mit Bands wie *Grateful Dead* oder *Phish* – nur, dass keine Musik in der Luft lag und die Besucher alle eher unglücklich aussahen.

Ein Mann in Tarnkleidung stand vor einer Zeltbahn und saugte durch seine schwarze Sturmhaube an einem Joint, wodurch sich die Luft zwischen ihnen mit dem Geruch von Tabak und dem süßlichen Kraut mischte.

»Ist Zahran noch hier?« Nigel zog das Bild von dem Jungen aus der Tasche. Er hatte keine Zeit mit Spielchen zu verlieren. »Ich glaube, er kann mir helfen, dieses Kind zu finden.«

Der Typ starrte ihn an.

»Du bist es!«

»Ich bin was? Der Junge heißt Bandora. Er gilt als vermisst.«

»Nein, ich meine, sie suchen nach dir.« Der Mann drehte sich von ihm weg und lief nach rechts. »Hey, Rachard! Boynt! Der Typ, den ihr sucht – er is' hier!«

Sie suchen nach mir?, dachte Nigel mit einem Anflug von Unwohlsein. Niemand außer Abby wusste, dass er in Glastonbury war – noch nicht einmal Mal. Und selbst wenn jemand es wüsste, warum würden sie dann nach ihm suchen?

Oh, das Bild – natürlich. Es musste sich herumgesprochen haben, dass er nach dem Jungen suchte. Aber warum würde das jemanden großartig interessieren? Es sei denn …

Der Kiffer kam zurück, in seiner Begleitung hatte er einen dünnen Schwarzen mit dicken Dreadlocks und einen stämmigen weißen Glatzkopf. Beide trugen weder Hemd noch Maske.

»Er is' direkt auf mich zugekommen und hat mich nach dem Mungu gefragt. Hat mir auch das Bild gezeigt.«

»Ja, das ist er«, sagte der Schwarze mit einem leichten jamaikanischem Akzent. »Oder zumindest trägt er die gleiche Maske. Du hast Bilder von einem Kind herumgezeigt?«

Nigel nahm eine gute Dosis Anspannung wahr, die die beiden umgab. Warum? Er war doch in keiner Weise einschüchternd.

»Na ja, eigentlich keine Bilder«, sagte Nigel. »Nur diese Zeichnung …«

»Du bist der Gesuchte«, sagte der Schwarze und packte seinen Arm. »Alles klar. Du kommst mit uns.«

Nigel stemmte sich dagegen.

»Moment mal! Wohin denn?«

»Wolltest du nicht den Mungu sehen?«

»Ich wollte zu Zahran.«

»Eben. Er will dich auch sehen.«

»Dann wollen ja alle dasselbe.« Er befreite seinen Arm. »Aber ich kann alleine laufen, vielen Dank.«

»Wie du willst.« Er nickte dem Weißen zu. »Aber Boynt hier wird dich abtasten.«

»Wieso? Ich will niemanden verletzen.«

»Das glaube ich dir aufs Wort, Bruder. Aber die Seuche hat eine ganze Menge Leute durchdrehen lassen. Wir müssen vorsichtig sein.«

Nigel hob die Arme und Boynt durchsuchte ihn schnell aber effizient. Ein ehemaliger Cop vielleicht?

»Gehen wir«, sagte der Schwarze und übernahm die Führung.

»Ich bin Nigel.« Er schätzte, seinen Namen zu nennen, könnte nicht schaden. Dann blickte er über die Schulter. »Boynt?«

»Boynton.«

»Vorname?«

»Nachname.«

Ein gesprächiger Typ.

»Also musst du Rachard sein. Interessanter Name.«

»Wenn du meinst, Bruder.«

Er schaute sich nicht mal um, und Nigel näherte sich ihm ein wenig, als sie ihren Weg durch die wackelige Ansammlung aus Zelten und Wohnwagen und Campingbussen machten. Hier und da brannten große Kerzen und diverse Feuer knisterten in alten Öltonnen, so dass Licht und Schatten durch die behelfsmäßige Gemeinde flackerten.

»Wie lange campt ihr hier schon?«

»Eine Weile.«

Es würde schwer werden, irgendwelche Details aus diesen beiden heraus zu bekommen.

»Ich habe ein Video von eurem Mungu in Stonehenge gesehen …«

»Das ist schon 'ne Weile her. Von den Leuten is' fast keiner mehr da.«

»Die Seuche?«

Er nickte, ohne sich umzudrehen. »Ein paar. Und dann sind auch noch ein paar verrückte Heiden aufgekreuzt, die behauptet haben, Stonehenge würde ihnen gehören. Die meisten hat aber die Plage erwischt. Aber das ist alles Vergangenheit, jetzt haben wir ja das Heilmittel.«

Die Kiffer hatten erwähnt, dass Jengo von einem Gegenmittel gesprochen hatte. Nigel glaubte keinen Augenblick daran, aber er beschloss, mitzuspielen.

»Ein Heilmittel? Wirklich? Solltet ihr das nicht mit der Welt teilen?«

Rachard schüttelte den Kopf, aber Boynt sprach von hinten. »Is' nich genug für alle da.«

»Nur für Gläubige, mein Bruder«, fügte Rachard hinzu. »Nur Gläubige.«

Sie hielten vor einem größeren Zelt an, das im Schatten eines ehemaligen Tores der Abtei stand. Zwei kräftige Männer in Kampfanzügen standen neben dem Zelteingang und gaben sich auch keine Mühe, die Pistolen zu verbergen, die in ihren Gürteln steckten. Falls der Junge da drin sein sollte, würde Nigel nicht in der Lage sein, ihn einfach zu packen und wegzurennen. Einer von ihnen öffnete die Zeltplane und Rachard sagte etwas hinein, bevor er Nigel zunickte.

»Du darfst eintreten.«

Nigel betrat das Zelt – und musste sich anstrengen, nicht vor dem Gestank zurückzuweichen. Schweiß – ja, das hatte er erwartet, ohne Möglichkeiten zum Duschen – aber da war noch ein anderer Geruch … etwas Verrottetes. Er schaute sich kurz um: Da waren eine kleine Petroleumlampe, ein kleiner Tisch, ein paar Koffer und ein Schlafsack. Nichts, wo man einen kleinen Jungen verstecken konnte. Der Mann selbst saß im Schneidersitz neben dem Tisch und sah exakt so aus, wie in den Videos – obwohl er von Nahem und in dem schummrigen Licht durch die Furchen in seinem Gesicht aussah, als wäre er tausend Jahre alt, ledrig und mumifiziert.

»Setz dich. Nimm Maske ab«, sagte er mit seinem starken Akzent. »Zahran will sehen dein Gesicht.«

Tja, die Sonne war untergegangen und die Fliegen hatten somit Feierabend, also warum nicht. Er zog die Maske ab. Die Luft fühlte sich gut auf seiner Haut an. Er ließ sich zu Boden sinken und nahm eine ähnliche Sitzhaltung ein wie Zahran.

Zahran starrte ihn einen Moment an, dann verzog er das Gesicht. »Ich höre, Mann sucht kleinen afrikanischen Jungen. Dieser Mann bist du?«

Nigel nickte.

»Du bist Polizei?«

»Nein.«

Zahran lächelte und zeigte dabei überraschend weiße Zähne. Nigel konnte nicht anders als sich in einen surrealen Film hineinversetzt zu fühlen, wo er einem indianischen Häuptling gegenüber saß.

»Warum sucht weißer Engländer afrikanischen Jungen?«

»Ich fürchte, das ist eine lange Geschichte.«

»Erzähle mir. Wir haben Zeit.«

Nigel atmete tief durch und seufzte. »Sein Name ist Bandora Hakizimana und er lebte mit seinen Eltern in London, als sein Onkel, ein junger Mann namens Jengo, vor etwa zehn Tagen mit ihm abgehauen ist.«

Nigel erwähnte nicht, dass er nur *annahm*, dass Jengo den Jungen hatte.

»Bist du ein Schnüffler?«, fragte Boynt. Die beiden Handlanger waren ihm ins Zelt gefolgt, hielten sich aber an der Tür auf. »Ein Privatdetektiv? Hat die Familie dich angeheuert?«

Nigel fragte sich, ob Boynt damit nun all seine Worte für diese Nacht aufgebraucht hatte. Er fragte sich auch, wie viel er ihnen erzählen sollte. *Scheiß drauf, hau rein.*

»Ich bin ein Journalist und seine Eltern sind an der Plage gestorben.«

»Er ist Waise«, sagte Zahran. Er klang nicht überrascht.

Aber warum sollte er?

»Genau.«

»Du bist Freund von Eltern?«

»Nein, ich habe sie nur einmal kurz getroffen.«

Sehr kurz.

»Du kennst den Jungen?«

Nigel schüttelte den Kopf.

»Hab ihn nie kennengelernt. Nie gesehen.«

»Wie kannst du ihn dann finden?«

Nigel zog die Zeichnung aus der Tasche und überreichte sie Zahran. Die knorrigen Finger des Mungu falteten das Papier auseinander und er studierte das Bild genau.

»Das ist alles was du hast? Kein Foto?«

»Das ist alles.«

»Gibt's ne Belohnung?«, fragte Rachard.

Nigel schüttelte den Kopf. »Keinen Penny.«

Zahrans Mundwinkel zogen sich weiter nach unten. »Ich verstehe nicht. Noch mal frage ich: Warum sucht weißer Engländer nach afrikanischem Jungen? In Mitte von …« Er gestikulierte grazil mit einer Hand. »…das alles hier.«

Würde er es wagen, *Vergebung* zu sagen? Nein.

»Seine Eltern waren Freunde eines Freundes. Er wurde ohne Erlaubnis mitgenommen. Wir machen uns alle Sorgen.«

Zahrans Augen bohrten sich in die seinen.

»Du bist ein interessanter Mann.«

»Können Sie mir helfen? Haben Sie Bandora gefunden?«

»Vielleicht hat er mich gefunden.«

Seine dunklen Augen waren nicht zu durchschauen, aber Nigel spürte einen Anflug von Triumph. Es war kein Nein. Das war der Erfolg, den er sich ersehnt hatte.

»Wo ist er? Kann ich ihn sehen? Der junge Mann, Jengo, hat blonde Haare. Vielleicht erinnern Sie sich an ihn?«

»Du wirst Jungen finden, wenn du bereit bist.«

Scheiße. Er hatte keine Zeit für diesen Hokuspokus.

»Ich bin *jetzt* bereit. Wie Sie schon sagten, es passieren gerade eine Menge schlimme Sachen. Ich möchte ihn zurück nach London bringen.«

»Der Junge wird dich finden, wenn er ist bereit. Alles ist ein Test von Glauben.«

»Ich bin nicht wirklich ein gläubiger Mensch.« Nigel versuchte, seine Genervtheit nicht anklingen zu lassen. Es war klar, dass Zahran etwas wusste – warum sonst der ganze Stress, ihn hierher zu bringen? Aber was genau wusste er?

Zahran zuckte mit den Schultern. »Vielleicht noch nicht. Aber du bist guter Mann, ich fühle das.« Er sah Nigel für ein paar lange Sekunden an und atmete dann kurz ein, als ob eine Entscheidung gefallen wäre. »Ich habe etwas für dich.«

Endlich. Vielleicht eine hilfreiche Information.

Zahran griff unter den Tisch und zog Mörser und Stößel hervor. Die Schüssel – Nigel war nie in der Lage gewesen, sich zu merken, was der Mörser und was der Stößel war – war zur Hälfte mit einem körnigen beigen Puder gefüllt. Vielleicht war das der Grund, warum Zahran in Rätseln sprach. Vielleicht war er einfach tierisch auf irgendwelchen Drogen.

Zahran deutete auf das Pulver. »Ein Wunder wartet.«

»Was ist das?«

»Medizin.«

»Gegen die Plage?«

»Gegen die Plage und alle Krankheiten.«

Nigel fühlte erneut, wie die Hoffnung ihn verließ. Jengo hatte etwas erwähnt, das seine Freunde ›retten‹ würde. Rachard hatte vor ein paar Minuten das gleiche gesagt. Aber ein Allheilmittel?

Loooogisch.

Zahran zog eine Plastikflasche hervor und nahm eine leere Gelatinekapsel heraus. Er trennte die Hälften, tauchte sie in das Puder und fügte sie anschließend wieder zusammen.

Während dieses Vorgangs konnte Nigel einen genauen Blick auf die Hände des Mungus werfen. Sie hatten vorher schon knorrig gewirkt, aber aus der Nähe waren sie eindeutig deformiert, mit knolligen Fingern, die sich kaum bewegen konnten. Die Tatsache, dass er die Kapsel überhaupt füllen konnte, war an sich schon fast ein Wunder.

Irgendwie schaffte er es, sie zwischen seinem verdrehten Daumen und einem verbogenen Finger einzuklemmen und sie Nigel zu reichen.

»Für dich.«

»Was ist da drin?«

»Leben.«

Ist klar.

Er erinnerte sich an Rachards Kommentar: *Nur Gläubige, Bruder.*

»Warum ich?«

»Nur guter Mann setzt sich Fliegen aus, um kleinen Jungen zu suchen, den er nicht kennt. Nach Plage, die Welt braucht gute Männer.«

Er reichte Nigel eine verbeulte Flasche Evian, die offensichtlich schon öfter nachgefüllt worden war – aber womit?

Obwohl er ganz eindeutig nicht alle Tassen im Schrank hatte, schien der Mungu aufrichtig in seinem Wunsch zu sein, helfen zu wollen. Aber Nigel würde auf keinen Fall diese Pille nehmen und sie mit *diesem* Wasser runterspülen.

Es erinnerte ihn an den Jungen auf dem Schulhof, der ihm immer unbeschriftete Tabletten angeboten hatte. Was ist das? Gutes Zeug, nimm es einfach. Nigel hatte einmal nachgegeben und wurde so krank, dass er dachte, er müsse sterben.

»Ist es in Ordnung, wenn ich sie für später aufhebe? Wenn ich meinen Glauben finde?« Nachdem er Bandora gefunden hatte, würde er sie wegwerfen. »Ich möchte Ihre Jünger nicht beleidigen, indem ich sie einfach so nehme.«

»Weise ebenso wie gut«, sagte Zahran grinsend. »Du musst nur an Gottes Gnade glauben, und er wird dich schützen.«

Glauben? Du weißt gar nicht, was du da verlangst, Kumpel.

Nigel ließ die Kapsel in seine Tasche gleiten.

Während er noch an all die sinnlosen Streitgespräche mit Abby dachte, biss er die Zähne zusammen und versuchte, dankbar zu lächeln. Es wirkte nicht gerade natürlich.

»Danke. Aber ich muss immer noch Bandora finden. Können Sie mir wirklich nicht helfen? Gar nicht?«

Zahran begann, seinen Kopf langsam und traurig zu schütteln. »Das kann ich nicht. Du wirst ihn finden, wenn du bist bereit.« Mit unerwarteter Beweglichkeit sprang Zahran jetzt auf, ging auf die Tür des Zeltes zu und zog sie auf. »Geh mit Gott.«

»Aber …« Nigel fühlte, wie eine Hand seinen Arm packte. Boynt zog ihn nach oben. »Hey …«

»Wenn der Mungu sagt, geh«, erklärte Rachard, »dann gehst du.«

Sie eskortierten ihn zurück zum Parkplatz und verließen ihn an seinem Auto. Er saß dort im Dunkeln, ohne den Motor zu starten.

Sie logen doch. Alle. Besonders Zahran.

Er wusste genau, wo Bandora war, aber sagte es ihm nicht. Aber warum spielte er diese Spielchen? Warum hatte er das Bild nicht einfach ignoriert und gesagt, er hätte den Jungen nie gesehen? Warum fühlte sich Nigel wie eine Maus, die von einer Katze als Spielzeug benutzt wird, bevor sie sie tötet?

Ein viel größeres Mysterium war die Frage, warum sie sich überhaupt für den Jungen interessierten. Seine Nachforschungen hatten keine Hinweise darauf gegeben, dass die Hakizimanas irgendwie besonders waren. Wie konnte dann ihr Sohn so besonders sein?

Doch offensichtlich war er es – besonders genug, dass sein Onkel ihn kidnappte und Zahran und seine Anhänger wegen ihm logen.

Montag

Nigel

Und wieder schlief Nigel länger als üblich.

Letzte Nacht war er ins Bett gekrabbelt, sicher, dass er gleich wegdösen würde. Aber der Schlaf war nicht gekommen. Fragen über den kleinen Jungen, wo er war und wer auf ihn aufpasste und wie gut sie für ihn sorgten, schwirrten bis in die frühen Morgenstunden in seinem Kopf umher.

Schließlich weckte ihn das Sonnenlicht, als es durch die Fenster fiel. Er kickte seine Decken weg und setzte sich auf die Bettkante, wo er sich Gedanken über seine nächsten Schritte machte.

Was zur Hölle könnte er jetzt noch tun?

Da er darauf keine Antwort wusste, schnappte er sich das Telefon und rief Zuhause an.

»Geht es dir gut?«, fragte er nach ihrem heiseren Hallo.

Abby sagte: *»Ich glaube, ich hab jetzt auch noch eine Erkältung zusätzlich zu dem ganzen anderen Mist. Wie läuft es bei dir?«*

»Ich komme nicht weiter.«

Er erzählte ihr von seinem Treffen mit Zahran und seinen Vermutungen.

»Was wollen sie bloß von so einem kleinen Jungen?«

»Das ist die Millionen-Dollar-Frage.«

»Aber du meinst nicht, dass sie … Perverse sind, oder so was?«

»Ehrlich gesagt, nein. Wenn etwas dahinter steckt – und ich könnte mich total in ihnen täuschen – dann muss es etwas religiöses sein.«

Er hatte keine Lust mehr, über Bandora zu reden.

»Was ist mit dir? Du klingst geschwächt.«

»Diese Erkältung und meine Periode machen mich halt schlapp.«

»Irgendwelche Pläne für den Tag?«

»Ja. Herumvegetieren.«

»Gut, mach das. Erhol dich. Und bleib drinnen! Ich rufe später noch mal an.«

»Vielleicht schlafe ich dann.«

»Kein Problem. Schlaf, so viel du kannst. Bis hoffentlich bald.«

Er beendete das Gespräch und schaute sich im Zimmer um. Der Fernseher war Zeitverschwendung, aber sein Laptop schlummerte auf dem Schreibtisch. Er tippte das Touchpad an. Die Festplatte begann zu surren und der Bildschirm zeigte wieder das Video von Glastonbury Abbey, an der Stelle, wo er auf Pause gedrückt hatte. Er ließ es weiter laufen und lehnte sich zurück. Die Kamera – von der schlechten Qualität zu schließen, war es wahrscheinlich ein Handy – schwenkte über die

Zuschauer, eine Mischung aus weißen und schwarzen Gesichtern. Als der Schwenk die vorderen Reihen bei dem Pritschenwagen erreichte, verlangsamte er sich – und zeigte einen schwarzen Kerl mit einem blondgefärbten Afro.

Nigel schoss nach vorne und klickte auf Pause. Das Bild war unscharf, aber wie viele schwarze Männer mit weißem Afro konnten wohl Fans von Zahran sein? Es stand außer Frage: Er hatte Jengo gefunden. Der Kerl stand an dem Tag direkt vor Zahran. Wie konnte der Mungu nur behaupten, er würde ihn nicht kennen? Okay, Jengo könnte natürlich nur ein weiteres, namenloses Gesicht in der Masse sein, aber das konnte sich Nigel nicht vorstellen.

Er sprang unter die Dusche. Es war Zeit für einen weiteren Ausflug nach Abbey Park. Selbst wenn die Leute dort den Jungen nicht gesehen hatten, könnten sie sich vielleicht an Jengo erinnern.

BBC:

Aus den Vereinigten Staaten erreicht uns die Nachricht, dass der Präsident eine Pressekonferenz abgesagt hat, die für heute Nachmittag angesetzt war. Die Sorge um seine Gesundheit wächst. Der US Senat rief derweil eine Parlamentspause aus, da sich keine beschlussfähige Anzahl von Mitgliedern aufbringen lässt. Viele sind bereits nach Hause zurückgekehrt oder beantworten keine Anrufe. Die Repräsentantenversammlung hatte erst vor zwei Tagen eine ähnliche Unterbrechung ausgerufen.

Nigel

Bevor er wieder die Abtei ansteuerte, fuhr Nigel durch den Ort und suchte nach einem offenen Laden. Nicht gerade viel Auswahl. Als er auf den Marktplatz einbog, sah er einen Mann aus einem kleinen Co-Op kommen. Okay, da hatte etwas geöffnet. Er hielt an und flitzte hinein. Wie so ziemlich jeder Laden in so ziemlich jedem Touristennest verkauften sie hier neben Postkarten und Sonnenbrillen und Routenplänen auch Skimasken und Sturmhauben.

Offensichtlich war sein rotes Modell mit den blauen Streifen bereits zu bekannt unter den Mungu-Freaks, also brauchte er etwas Neues zum Anziehen. Er kaufte eine brandneue, schwarze Sturmhaube. Er zog sie über und betrachtete sich in dem Spiegel am Sonnenbrillen-Ständer. Perfekt. Er sah wie ein IRA-Anwärter aus, genau wie alle anderen. Die Sonne schien, also kaufte er auch noch eine Sonnenbrille, um seine Augen zu verstecken. Jetzt wurde er richtig optimistisch, Bandora finden zu können. Was danach passieren würde, müsste sich zeigen.

Er wollte sich noch eine Cola kaufen, aber die Kühltruhe war leer.

In Abbey Park stellte er das Auto auf seinen alten Platz und fing an, durch die Zeltstadt zu laufen. Er schätzte, dass es vielleicht hundert Zelte waren, die allerdings keinerlei Ordnung folgend aufgebaut waren. Jeder hatte seins einfach irgendwo hingestellt.

Zunächst versuchte er, einfach unauffällig auszusehen, so als ob er ein bisschen Sport machte, aber das passte nicht so ganz zu der Sucherei, die er zu verrichten hatte. Also änderte er seine Tarnung und wurde zu einem Mann, der seinen Hund verloren hatte.

So hielt er an diversen Zelten an und fragte nach: *Der Hund von meiner Freundin ist weggerannt. Ja, ein kleiner Terrier, hört auf den Namen ›Buttons‹. Er ist total nervig aber meine Freundin liebt ihn, also werde ich keinen Augenblick Ruhe haben, bis er wieder da ist.*

Die meisten Menschen, mit denen er sprach, waren jung, Pärchen und Gruppen von Freunden um die zwanzig bis dreißig, bekleidet mit Jeans und gammeligen Shirts, überwiegend Hippies und Raver. Hier und da traf er auch ältere Leute an, die bis vor kurzem sicher noch verantwortungsvollen Angestelltenjobs nachgegangen waren. Es schien, dass der Bedarf an Hoffnung sich nicht nur auf junge Leute beschränkte, die auch normalerweise hier in der Gegend campten, um ihren Lieblingsbands zuzuhören, bevor sie dann zur Uni oder einer anderen Form von nüchterner Zukunft zurückkehren mussten.

Sie waren alle sehr höflich. Niemand hatte seinen Hund gesehen.

Er benutzte die beiden hohen Steinsäulen, die wahrscheinlich Überbleibsel des Eingangs zur Abtei oder einer Kathedrale gewesen waren, als Orientierungspunkte, um sich systematisch von Ost nach West durchzuarbeiten.

Er war gerade auf halber Strecke in einer verwinkelten Gasse inmitten der Zelte und lief auf besagte Ruinen zu. Dort sah er einen Mann ohne Kopfbedeckung, der quasi am Mittelschiff entlang lief, wenn die Kirche noch ein Dach gehabt hätte. Er trug einen Pullover und eine lange Hose, aber selbst auf diese Entfernung erkannte Nigel das Gesicht. Er konnte es nicht glauben. Nicht schon wieder.

Singh!

Nigel rannte los. Diesmal würde er nicht entkommen. Aber es gab leider keinen direkten Weg. Immer wieder kamen ihm Menschen in die Quere, er wich aus, kam ins Stocken und musste einmal sogar komplett stehen bleiben. Als er endlich die Ruine erreichte, war Singh nirgends mehr zu sehen.

Nigel konnte es sich nicht verkneifen, wie ein wütendes Rumpelstilzchen auf und ab zu springen. Dann riss er sich zusammen und lief wieder auf die Zeltstadt zu. Innerlich fröstelte es ihn. Er glaubte nicht an Gespenster, aber entweder hatte er gerade den gottverdammten Rajiv Singh durch diese Ruine laufen sehen, oder das Schuldgefühl trieb ihn in den Wahnsinn, oder jemand führte ihn an der Nase herum und machte dabei einen sehr guten Job.

Abgesehen von der Haut. Jetzt hatte er die – wie sollte er es nennen? Erscheinung? – zum ersten Mal in hellem Tageslicht gesehen, und die Haut im Gesicht sah komisch aus. Gespannt und glänzend, fast wie eine Maske.

Tja, Singh war aber tot, und Nigel konnte sich niemanden vorstellen, der solche Strapazen auf sich nehmen würde, nur um ihm Angst einzujagen. Also musste er sich das Ganze einbilden. Er halluzinierte. Obwohl ihm das gar nicht ähnlich sah. Er war nicht neurotisch und dachte auch kaum noch über die Singhs nach.

War das vielleicht der Grund? Er hatte die Singhs durch Bandora ersetzt, aber sein Unterbewusstsein machte das nicht mit? Das gefiel ihm kein bisschen, aber es war die einzige Erklärung, die Sinn machte.

Er kam wieder bei den Zelten an und setzte seine Suche fort. Seine Sonnenbrille verhinderte, dass die Leute in seiner Nähe sahen, wo er genau hinschaute. Er behielt seinen *Komm-Buttons-Buttons-Buttons*-Singsang bei, als er in alle Zelte hineinschaute, die offenstanden, und steckte seinen Kopf auch in jedes, was geschlossen war. Die wenigen Male, bei denen er drinnen jemanden überraschte, schlug ihm zwar Feindseligkeit entgegen, doch die Hunde-Geschichte glättete die Wogen schnell.

Er hatte schon etwa dreiviertel der Zelte überprüft, als er seinen Kopf in ein kleines, geschlossenes Zelt steckte – eigentlich kaum mehr als eine Zeltbahn – und einen blonden Afro aus einem Schlafsack luken sah. Jawoll! Das musste Jengo sein. Sein Herz klopfte bis zum Hals. Es war auch gottverdammt höchste Zeit!

Er schaute sich kurz in der engen Umgebung um – keine Spur von Bandora, aber in einer Ecke lagen ein kleiner, abgenutzter Kuschelhase und ein buntes Bilderbuch in einer offenen Tasche. Das reichte Nigel, um sicher zu sein, dass Bandora hier gewesen war. Aber wo war er jetzt? Als er sich weiter in das Zelt lehnte, zuckte er zusammen. Es stank hier drin noch schlimmer als in Zahrans Zelt. Erinnerte ihn an …

Zur Hölle! Das Haus der Hakizimanas.

Als er auf allen Vieren in das Zelt kroch und sich neben dem Schlafsack hinkniete, fiel ihm auf, dass dieser in Schweiß, Pisse und noch unangenehmeren Flüssigkeiten getränkt war. Jengo lag auf seiner linken Seite, mit dem Gesicht weg von ihm. Nigel rollte ihn auf den Rücken und grunzte, als er die stumpfen Augen und die eingefallenen Wangen sah.

Endstadium der Seuche.

Er packte ihn an der Schulter. »Jengo!«, sagte er mit gesenkter Stimme. »Jengo!«

Aus dieser Nähe konnte Nigel keinen dunklen Haaransatz an dem blonden Afro erkennen. Waren seine Haare wirklich weiß? Er schüttelte ihn weiter, bis er endlich wahrgenommen wurde – zumindest halbwegs.

»Was?« Seine Stimme klang wie ein Reibeisen.

»Wo ist Bandora?« Er verstand nicht. »Bandora! Dein Neffe, verdammt! Bandora!«

Sein Gesicht verzerrte sich und er schluchzte.

»Ban... Mungu...« Er murmelte etwas in einer Sprache, die Nigel nicht verstand.

»Englisch, verdammt! Sprich Englisch!«

Irgendwie musste das zu ihm durchgedrungen sein, denn nun murmelte er: »Alte Künste ... alte Künste ...«

Das hatten die Kiffer doch auch erwähnt.

»Was für alte Künste?« Er schüttelte ihn noch stärker. »Jengo! Was für alte Künste?«

Statt einer Antwort sagte Jengo: »Er kommt! Gott kommt!«

Nigel hätte ihn am liebsten erwürgt. Er erinnerte sich, wie die Hakizimanas gerufen hatten, dass sie es nicht verdient hätten, Gott zu sehen. Warum? Weil sie ihren Sohn seinem Onkel anvertraut hatten?

»Echt oder nicht, du verdienst das nicht, du Hurensohn! Was sind die alten Künste, sag's mir, verdammt! Wo ist Bandora?«

Jengo öffnete seinen Mund, um etwas zu sagen, doch stattdessen versteifte er sich, als die Luft mit einem scharfen Klicken in seiner Kehle steckenblieb. Dann sackte er in sich zusammen.

Nigel versuchte es weiter mit Schütteln, aber es war zwecklos. Jengo Hakizimana, der beschissene Ficker, der seinen Neffen aus unbekannten Gründen entführt hatte, war tot. Nigel richtete sich auf und blieb in geduckter Haltung über ihm stehen, wobei er den dringenden Wunsch unterdrücken musste, den toten Wichser zu treten.

Okay. Jetzt war es wohl an der Zeit, ein bisschen Aufmerksamkeit zu erregen und ein bis zwei schlafende Hunde zu wecken. Er verließ das Zelt – Jesus, die frische Luft roch gut – und begann zu schreien.

»Hey, hier liegt ein Toter! An der Seuche gestorben! Toter Mann hier!«

Henry

Er näherte sich der Tower Bridge aus dem Süden. Als er sie erreichte, stellte er fest, dass er den gesamten westlichen Fußgängerweg für sich alleine hatte. Der Ostteil war ebenso ausgestorben. Tja, aber was für ein Idiot musste man auch sein, um mittags draußen spazieren zu gehen? Die wenigen Autos, die über die Brücke fuhren, wurden langsamer, um zu glotzen, als sie ihn passierten.

Ich muss wohl ein ziemlich hübscher Anblick sein, dachte er.

Komplett nackt zu sein – abgesehen von einer Schwimmbrille – war für sich genommen schon ein Hingucker, aber als er vor ungefähr einer Meile losgegangen war, hatte er sich mit einer Maurerkelle von Kopf bis Fuß mit einer Mischung aus Superkleber und seinem eigenen Blut eingeschmiert. Den ganzen Körper, bis auf seine Augenlider. Denn er musste doch etwas sehen, und die Schwimmbrille schützte sein Sichtfeld. Dann war er losgelaufen, wobei er einen Kinderwagen vor sich herschob, der mit 15-Kilo-Hanteln und zwei Handschellen beladen war.

Er hatte Jamie krank Zuhause zurückgelassen. Alex war tot. Und auf dem Weg hierher war Henry klar geworden, wie schnell London zusammenbrach.

Auf fast jeder Straße, an der er vorbei kam, lagen ein bis zwei verwesende Leichen – Menschen mit der Plage, die dachten, sie würden noch eine weitere Runde nach Nahrungsmitteln suchen können, aber es nicht mehr zurück geschafft hatten. Statt, dass sie dann weggeschafft wurden, um begraben oder verbrannt zu werden, blieben sie exakt da liegen, wo sie umgekippt waren, um zu vergammeln und neue Fliegen zu gebären.

Ach ja, die Fliegen. Der Blut-Klebstoff-Mix hatte genau das getan, was Henry gehofft hatte: Die kleinen Biester nahmen Witterung auf und kamen angeflogen. Millionen von ihnen, so schien es zumindest, schwärmten um ihn herum, um ihn zu beißen. Aber sobald sie landeten, klebten sie fest – konnten nicht stechen, konnten nicht mehr wegfliegen. Ihr wütendes, frustriertes Summen war die reinste Musik in Henrys Ohren, eine Symphonie.

Schon bald war er komplett bedeckt mit den kleinen Scheißviechern, von Kopf bis Fuß. Sogar sein Schwanz. Sie wollten Blut aus seinem Schwanz saugen. Machte sie das zu Schwanzlutschern? Auf jeden Fall! Er stieß einen Lacher aus. Das Gegacker eines Irren.

Ja, er musste wirklich einen unvergesslichen Anblick bieten. Ein nackter Mann voller Fliegen, der inmitten einer Fliegenwolke einen Kinderwagen schob.

Aber keine Sorge, Leute. In dem Wagen ist kein Baby. Ich werde nie wieder einem Kind etwas antun. Ich werde in diesem Leben nichts mehr verletzen, außer Fliegen.

Er hielt in der Mitte der Brücke an und lehnte sich gegen die hölzerne Schiene oben auf der Sicherheitsabsperrung. Sie reichte ihm nur bis zur Brust, und durch das Dagegenlehnen zerquetschte er ein paar hundert Fliegen. Keine Sorge. Es gab noch genug andere, wo die herkamen. Sozusagen reichlich.

Das schiefe Glas-Ei des Rathauses lag zu seiner Linken, während der Gherkin-Tower das Nordufer zu seiner Rechten überragte. Er hatte Menschen über beide Gebäude schimpfen hören, aber das Gherkin gefiel ihm. Erinnerte ihn an ein schnittiges Raumschiff, das bereit war, zu den Sternen abzuheben. Direkt unter ihm floss die Themse wie sie es immer getan hatte, völlig unbeeindruckt von der Plage. Henry atmete tief durch. Die Zeit war gekommen.

Er nahm eine der Handschellen aus dem Kinderwagen und schloss einen der Armreifen um sein linkes Handgelenk. Das andere Paar befestigte er an seiner Rechten. Als nächstes ließ er die jeweils ungenutzten Schellen um den Schaft einer Hantel zuschnappen. Dann packte er mit jeder Hand ein Gewicht und setzte sich oben auf das Geländer. Er zerquetschte noch ein paar tausend Fliegen mit seinem Hintern, als er sich hinsetzte und die Beine über dem Wasser baumeln ließ.

Ein Auto hinter ihm begann zu hupen. Wollten sie ihn umstimmen oder ihn anfeuern? Henry wusste es nicht, und es war ihm auch egal. Niemand würde aussteigen und versuchen, einen Mann aufzuhalten, der komplett von Fliegen bedeckt war. Vielleicht wollten sie ihm etwas zurufen, aber dazu hätte man ja ein Fenster öffnen müssen. Auf keinen Fall. Damit könnte man den Tod ins Auto lassen.

Er war jetzt auf sich alleine gestellt. Aber eigentlich war das doch schon so, seit Maggie und Livvy gestorben waren, nicht wahr?

Er schaute hinab auf das graue Wasser, das gar nicht so weit unter ihm entlang floss. Er hatte schon befürchtet, dass er den Aufprall möglicherweise überleben könnte, und traute sich zu, dass er in einem Anfall von Panik dann doch versuchen würde, ans Ufer zu schwimmen. Deswegen die dreißig Kilo Blei, die an seine Handgelenke gekettet waren. Er würde untergehen und unten bleiben.

»Kleines Singh-Mädchen!«, schrie er. Oh Gott, er wusste nicht mal ihren Namen. »Es tut mir so leid!« Dann: »Maggie! Livvy! Ich komme!«

Er rutschte über den Vorsprung und raste dem Wasser entgegen. *Und ich nehme eine Million von diesen Scheißviechern mit ins Grab.*

Nigel

Es kam ihm vor, als wäre er in der Zeit zurückgereist; als Fahrer eines Leichenkarrens im vierzehnten Jahrhundert. Nur, dass der Karren Zahrans Pritschenwagen war, und Rachard nicht »bringt eure Toten heraus« schrie. Aber die Parallelen zur Pest waren unübersehbar.

Rachard war nur in T-Shirt und Jeans bekleidet an Jengos Zelt aufgetaucht und war anscheinend überraschter, Nigel dort zu finden, als dass Jengo tot war.

»Du bist zurück, Bruder?«

Nigel kommentierte die Offensichtlichkeit erst gar nicht.

»Das ist der Typ, den ich gesucht habe.«

Rachard zuckte mit den Schultern.

»Manche sterben. Jahs Wille, Bruder.«

Er hatte den Pritschenwagen geholt und Nigel half ihm, Jengos Leiche auf die Ladefläche zu hieven. Da er die Gelegenheit nutzen wollte, Rachard noch ein bisschen weiter zu befragen, setzte er sich ans Steuer und fuhr ihn um die Zeltstadt herum. Rachard rief dabei: »Wir fahren Richtung Moor!«, bis jemand winkte. Dann hielten sie und luden einen weiteren Körper auf. Als sie ein halbes Dutzend beisammen hatten, rutschte Rachard auf den Beifahrersitz und deutete nach Westen.

»Da lang.«

»Wo fahren wir hin?«

Er zeigte noch mal in die gleiche Richtung.

»Ihre letzte Ruhestätte, Bruder.«

Bald hatten sie Glastonbury hinter sich gelassen und befuhren schmale Landstraßen. Nigel wurde klar, dass dies die Moore waren, die er aus dem Fenster des Meare Manor sehen konnte. Zur Linken und zur Rechten – tendenziell eher rechts – konnte er Flecken dunklen Nebels in der Luft sehen, die etwa hundert Meter von der Straße entfernt waren.

»Was ist das denn?«

Rachard musste nicht einmal nachschauen, wovon Nigel redete.

»Ruhestätten.«

Nigel verstand das zwar nicht, aber er hatte das Gefühl, dass weiteres Nachfragen auch nichts bringen würde. Es wurde langsam heiß in der Fahrerkabine, also kurbelte Rachard sein Fenster herunter und zog sein T-Shirt aus.

»Machst du dir keine Sorgen wegen der Fliegen?«

Rachards Rastalocken wedelten wie Tentakel durch die Luft, als er seinen Kopf schüttelte.

»Nee, Bruder. Ich hab' das Heilmittel genommen.«

Das Heilmittel … schon klar.

Nigel zeigte mit dem Daumen in Richtung der Toten auf der Lagefläche. »Warum haben die es nicht bekommen?«

»Haben sie doch. Alle Jünger von Zahran kriegen es.«

Nigel schüttelte den Kopf. Hatte er irgendwas nicht mitbekommen?

»Für mich sehen die aber nicht besonders geheilt aus.«

»Sie hatten nicht genug Vertrauen, Bruder. Du musst an den Mungu glauben, damit das Heilmittel wirkt. Wenn du das nicht tust, endest du so wie sie.«

»Dann ist es aber doch nicht wirklich ein Heilmittel.«

Noch mehr religiöser Scheiß. Er war einfach überall und wurde immer stärker, je mehr die Plage um sich griff.

Rachard lächelte. »Natürlich ist es das, Bruder! Jah wirft nur ein großes Netz aus, er sammelt die Guten und die Bösen – und sortiert sie, wenn sie zu ihm kommen. Der Mungu bringt Jahs Wort zu den Menschen. Wenn du glaubst, spricht Jah durch den Mungu, dann wirkt das Mittel und du lebst weiter, um den Mungu zu hören.«

Nigel verstand, das ›Jah‹ Gott bedeutete. Aber was das Heilmittel anging …

»So viel zum Thema Panazee.«

Rachard verzog das Gesicht. »Was?«

»Allheilmittel.«

»Aber ich bin geheilt. Ich hatte Kopfschmerzen und Rückenschmerzen, das ist jetzt alles weg.« Er breitete seine nackten Arme aus. »*All fruits ripe.* Alles in Ordnung, Bruder!«

Höchstwahrscheinlich psychosomatisch, dachte Nigel. *Ein Placebo-Effekt.*

»Glückwunsch!«

»Und du?«, fragte Rachard, »Der Mungu hat dir das Mittel gegeben. Hast du es schon genommen?«

»Vielleicht später. Ich muss erst den Jungen finden. Vielleicht gibt mir das Vertrauen, an irgendwas zu glauben. Machst du diesen Job eigentlich oft? Hast du schon Kinder eingesammelt, die an der Seuche gestorben sind?«

»Nee. Keine Kinder.«

Sie näherten sich einer Kreuzung, etwa acht Kilometer westlich des Ortes.

Rachard sagte: »Hier rechts abbiegen.«

Nigel tat, wie ihm geheißen, und schluckte seinen Frust herunter. Vielleicht war das hier Zeitverschwendung. Rachard war nicht sehr gesprächig, soviel war klar. Sie folgten einem holprigen Feldweg bis er angewiesen wurde, noch einmal rechts abzubiegen, auf einen kleinen Weg der gerade mal aus zwei Spurrinnen bestand.

»Wo zur Hölle fahren wir hin?«, fragte Nigel während sie ordentlich durchgeschüttelt wurden.

»Sind fast da.«

Etwa hundert Meter später hob Rachard die Hand. »Hier ist gut. Laden wir ab.«

Er sprang aus dem Fahrerhäuschen.

Als Nigel sich nicht rührte, rief er: »Komm schon, Bruder. Du musst helfen!«

Zusammen ließen sie die Heckklappe herunter und fingen an, die Leichen einzeln abzuladen. Rachard nahm die Füße, so dass Nigel sich die Arme schnappen musste. Sie brachten die Körper auf eine kleine Grasfläche, etwa zehn Meter abseits der Straße. Rachard war sehr penibel, was die Ausrichtung anging: Sie sollten genau einen Meter auseinander liegen, das Gesicht nach oben, der Kopf in Richtung Norden und die Füße gen Süden.

Als alle sechs – vier Frauen und zwei Männer – ordentlich platziert waren, trat Nigel einen Schritt zurück. »Und jetzt? Sorry, aber ich bin kein Leichengräber.«

Er wollte sich wirklich nicht länger als es sein musste im Freien aufhalten.

Rachards Dreadlocks schwangen wieder, als er den Kopf schüttelte. »Keine Sorge, Bruder.«

Er ging kurz zum Wagen und kam mit einer Machete zurück.

Oh, Scheiße, dachte Nigel, und zuckte beim Anblick der geschliffenen, schwarzen Klinge zusammen. »Was ...?«

Ohne ein Wort zu sagen stellte sich Rachard neben einen der Körper und schlitzte ihn auf; den ganzen Bauch vom Brustbein bis zum Schritt.

Nigel stolperte zurück, fast wäre er vor Schreck und Ekel gestürzt. »Um Himmels willen!«

»Genau«, sagte Rachard. Anschließend benutzte er die Spitze der Machete, um den Einschnitt zu weiten, sodass feucht glitzernde Eingeweide heraustraten.

Dann ging er weiter, zu Jengos leblosem Körper, und machte das Gleiche. Nigel schaute in fassungslosem Entsetzen zu, bis Rachard den Vorgang an allen sechs Leichen wiederholt hatte.

»Heilige Scheiße!« war alles, was er sagen konnte – wieder und wieder.

»Sie haben dem Glauben kein Heim geboten, als sie noch lebten«, sagte Rachard, als er die Klinge im Gras säuberte, »nun bieten sie wenigstens Jahs Fliegen ein neues Heim.«

Jetzt wurde Nigel auch klar, was die dunklen Flecken im Moor gewesen waren: Wolken von Fliegen über den Ruhestätten ausgeweideter ehemaliger Anhänger von Zahran, die einen Glaubenskonflikt hatten.

Eine Fliege summte heran und landete auf den Eingeweiden einer Leiche. Dann eine Zweite.

»Lass uns abhauen!«

Rachard lächelte ihn an. »Keine Eile, Bruder.«

Nigel lief auf den Pritschenwagen zu. »Du hast leicht reden!«

»Schau her!«

Er blickte zurück und sah, wie Rachard seinen Unterarm vorstreckte und auf die Fliege zeigte, die darauf gelandet war. Nigel hob unwillkürlich seine behandschuhte Hand, um sie wegzuschlagen.

»Nein, mach nicht!«, sagte Rachard. »Ich nahm an der Heilung teil. Und ich glaube!«

Während ihm Schweiß aus jeder Pore lief, schaute Nigel zu, wie Rachard zuckte, als die Fliege ihn stach. Nur Sekunden später flog sie wieder von dannen. Rachard grinste, als er Nigel den winzigen Blutstropfen hinhielt; die Stelle, wo er gebissen worden war.

»Siehst du? Kein Problem.«

Kopfschüttelnd kletterte Nigel in den Wagen und ließ den Motor an.

Die Irren leiteten das Irrenhaus.

Abby

Nachdem Abby den Anruf beendet hatte, sackte sie im Sessel zusammen. Es war Nigels zweiter heute. Sie konnte sich nicht erinnern, wann er zuletzt zweimal an einem Tag angerufen hatte. Und sie hatte es geschafft, fröhlich genug zu klingen. Zumindest hoffte sie das.

Er, auf der anderen Seite, hatte so enttäuscht geklungen, als hätte er bereits alle Hoffnung verloren, den kleinen Jungen zu finden. Sie musste gegen den Drang ankämpfen, ihm zu sagen, dass er schnell nach Hause kommen sollte, damit sie ihn halten und ihm sagen könnte, dass alles gut wäre.

Aber dann würde er gleich merken, dass nichts gut wäre, oder? Sobald er durch die Tür kommen würde, wüsste er, dass sie sterben würde.

Die Bisse waren nun 48 Stunden her und sie fühlte sich unglaublich erschöpft. Heute Morgen, bevor ihre Kraft komplett abhandengekommen war, hatte sie den bequemsten Sessel nah an die Badezimmertür geschoben und daneben Wasserflaschen gestapelt. Das einzige Essen, was sie noch hatten, war in Dosen, aber das war kein Problem. Durch die Harnvergiftung, die sie sich durch das Auslassen der Dialyse zugezogen hatte, verspürte sie überhaupt keinen Appetit. Aber sie wusste, dass sie Durst bekommen würde.

Morgen würde sie vielleicht nicht mehr in der Lage sein, ans Telefon zu gehen, also hatte sie Nigel gesagt, dass sie sich für eine freiwillige Schicht im Krankenhaus gemeldet hatte. Er wollte nicht, dass sie aus dem Haus ginge, aber sie hatte gesagt, der Entschluss stünde fest.

Mache ich das Richtige?, fragte sie sich zum tausendsten Mal, seit Nigel aufgebrochen war.

Sie hatte keinerlei Zweifel an ihrer Entscheidung, sich stechen zu lassen und die Dialyse zu beenden. Aber alleine zu sterben, ohne Nigel … ohne dass er es überhaupt wusste … war das richtig? Würde er sich hintergangen fühlen?

Sie schüttelte den Kopf. Wem machte sie etwas vor? Natürlich würde er sich betrogen fühlen. Sie hatte ihn angelogen. Sie hoffte nur, dass das Abschiedsvideo, dass sie gestern aufgenommen hatte, seine Schmerzen lindern würde.

Aber es wäre auch unmöglich gewesen, ihn hier zu haben. Er hätte sie ins Krankenhaus gezerrt und sie wäre zu schwach gewesen, sich zu wehren. Nicht, dass es etwas gebracht hätte. Die Plage hatte sie inzwischen fest im Griff. Das sah sie schon an ihrer Blässe im Spiegel. Ihre roten Zellen lösten sich auf, sie schmolzen dahin wie Schneeflocken in der Sonne.

Sie fühlte keinen Schmerz, nur dieses kranke Gefühl in ihrem Magen und Erschöpfung jenseits jeder Vorstellungskraft. Sie konnte sich noch zwingen, aufzustehen und zur Toilette zu schlurfen. Aber schon bald würde sie das nicht mehr schaffen. Und dann würde es unappetitlich werden. Sie fand den Gedanken furchtbar, dass sie so gefunden werden würde, vor allem von Nigel.

Nein, sie würde zu ihrem Herrn und Retter alleine gehen. Um diese Zeit morgen würde sie schon von seinem Licht beschienen werden und auf Nigel warten.

Nigel

Er hatte Hunger, also ging er hinunter in den Speisesaal, den er allerdings ausgestorben vorfand – da waren weder Gäste noch Angestellte. Also ging er an die Rezeption und läutete die Glocke, bis die Frau aus einem Hinterzimmer auftauchte.

»Servieren Sie heute gar kein Abendessen?«

Die Frau hinter dem Tresen schüttelte den Kopf. »Sie sind der einzige Gast, Sir. Keiner meiner Angestellten ist heute zur Arbeit erschienen.«

»Keiner? Aber mein Bett wurde doch gemacht.«

Sie lächelte traurig. »Darum habe ich mich selbst gekümmert.« Ihr schossen Tränen in die Augen.

»Es geht alles zugrunde, oder?«

Es war nicht als Frage gemeint.

Was konnte er darauf erwidern? Er hatte keine stimmungshebenden Plattitüden im Angebot. Und was würden die auch jetzt noch bringen?

»Ich fürchte, das tut es. Hätten Sie vielleicht was dagegen, wenn ich mich in der Küche nach etwas Essbarem umsehe? Ich bin am Verhungern.«

»Natürlich, bitte. Bedienen Sie sich.«

»Soll ich Ihnen was mitbringen?«

»Nein«, sagte sie, »ich habe keinen Hunger.«

Jetzt fiel ihm ihr blasser Teint auf.

»Wurden Sie …?«

»Gebissen?« Ihr Lächeln wirkte gequält. »Nicht, dass ich wüsste. Aber man kann nie sicher sein, oder?«

»Es ist bestimmt bloß der Stress. Den spüren wir doch alle.«

Mehr wusste er nicht zu sagen und ergriff die Flucht.

In der Küche gab es große Öfen. Anscheinend backten sie ihr eigenes Brot. Er fand ein paar Scheiben Schinken und etwas Brot, das noch nicht komplett vertrocknet war – wenn auch auf dem Weg dahin. Dazu ein Glas Senf. Er machte sich also ein paar Sandwiches, schnappte sich ein paar Flaschen Bier aus der Bar und setzte sich an einen Tisch in der Nähe.

Merkwürdig, als einziger in dem Speisesaal zu sitzen. Er fühlte sich wie der letzte Mann auf der *Titanic*. Alle Rettungsboote waren fort und für ihn gab es keinen Fluchtweg mehr. Also, was zur Hölle … schnappte er sich eben ein Sandwich und ein Bier. Die Metaphorik seiner Situation blieb ihm dabei nicht verborgen. Ein einzelnes Kind zu finden, während die ganze Welt um ihn herum starb, war ebenso lächerlich, wenn man mal darüber nachdachte.

Es war aber auch nicht so, dass er komplett mit dem Leben abgeschlossen hatte. Zahrans Heilmittel war vielleicht nur schwachsinniger Hokuspokus, aber mit Sicherheit würden Wissenschaftler auf der ganzen Welt an einer echten Medizin arbeiten. Er musste nur so lange durchhalten, bis sie sie gefunden hatten.

Nachdem er alles aufgegessen hatte, brachte er Teller und Flaschen zurück in die Küche. Dann genoss er seinen kleinen Schwips, indem er zum Hintereingang hinausging und ein wenig frische Luft einatmete. Die Sonne war längst untergegangen, also musste er sich um seine Schutzkleidung keine Gedanken machen. Sein Auto und noch ein anderes – vermutlich das der Empfangsdame – hatten den ganzen Parkplatz für sich alleine. Ihm fiel auf, dass seine Innenbeleuchtung brannte.

Wie war das denn passiert? Das fragte er sich, als er auf das Auto zulief. Er war sich eigentlich sicher, dass niemand eingebrochen hatte. Erstens war hier niemand, und zweitens waren auch keine Wertgegenstände im Inneren zu finden. Meistens schloss er deswegen nicht mal ab.

Er stellte fest, dass die Fahrertür halboffen stand. Hatte er sie nicht zugemacht? Er wusste es nicht mehr. Als er zurückkam, war er ziemlich aufgebracht gewesen … Die Bilder von Rachard, wie er die Bäuche aufschlitzte, spielten in seinem Kopf Fangen mit Nahaufnahmen von dem Fliegenbiss an seinem Arm.

Vielleicht hatte er die Tür nicht richtig zugemacht. Vielleicht hatte er ihr einen Schubs gegeben, aber sie war nicht eingerastet. Aber was auch immer der Grund war, es war gut, dass er hier raus gekommen war, denn sonst wäre die Batterie morgen leer gewesen. Und die Chance, hier draußen jemanden mit einem Starthilfekabel zu finden, war nicht gerade groß.

Als er die Tür weiter aufzog, um sie ordentlich zuschlagen zu können, summte etwas aus dem Innenraum heraus und landete auf seinem Nacken. Er spürte einen Stich und schlug darauf.

»Oh nein!«

Er zerquetschte die Fliege auf seiner Haut, griff sie zwischen Daumen und Zeigefinger, trat die Autotür zu und rannte zum Hotel. Im Türrahmen inspizierte er sie im Licht. Sie war halb zerquetscht, ein Bein zuckte noch, aber es bestand kein Zweifel: Es war eine von den afrikanischen Fliegen. Ohne Frage.

»Scheiße!«

Seine Beine wurden zu Gummi und sein Magen zu Eis. Er wollte die Zeit zurückdrehen. Das Abendessen auslassen. Er hätte in seinem Zimmer bleiben sollen. Er warf die Fliege auf den Boden und zermalmte sie unter seinem Schuh.

»Kacke-kacke-kacke!«

Nein. Das durfte nicht wahr sein. Er war immer so vorsichtig gewesen, und dann beißt ihn so eine kleine Mistfliege, die in seinem Auto gefangen war? Unmöglich. Es konnte nicht sein.

Er rannte in sein Zimmer und hechtete zum Badezimmerspiegel, wo er eine Punktierung feststellte.

Nein! Scheiße, nein!

Panisch schnappte er sich Seife und einen Waschlappen und schrubbte die Stelle, bis seine Haut sich wund anfühlte. Er durfte nicht aufgeben. Was konnte er noch tun. Hochprozentigen Alkohol hatte er nicht. Wie wäre es mit …?

Der Pille – dem Heilmittel. Zahrans Kapsel. Wo hatte er die hingetan? Er knallte die Schiebetür des Kleiderschrankes zur Seite und fand seine Hose auf dem Regalbrett über der Kleiderstange. Hektisch durchsuchte er die Hosentaschen. *Bitte Gott, mach, dass sie mir nicht irgendwo rausgefallen ist. Bitte.*

»Sie muss hier irgendwo sein, sie muss hier irgendwo …«

Da. Eine Gelatinekapsel, gefüllt mit beigem Puder. Er hetzte zum Waschbecken, füllte ein Glas mit Leitungswasser und spülte die Arznei ohne die leiseste Hoffnung hinunter, dass sie helfen würde.

Du musst an den Mungu glauben, damit es funktioniert. Wenn du das nicht tust, endest du so wie sie …

Tja, an den Mungu glauben … er hatte definitiv kein Vertrauen in diesen verrückten Afrikaner. Trotzdem hatte Nigel gesehen, wie er von Fliegen gebissen wurde – von Tausenden – und er lief immer noch herum. Und Rachard … eine von diesen afrikanischen Fliegen hatte ihn heute gestochen. Nigel wünschte, er hätte ihn gefragt, wie oft er schon gebissen wurde.

Vielleicht wirkte das Heilmittel nur bei einer Minderheit unter denen, die sie nahmen – eine individuelle Reaktion, die die Reaktion des Immunsystems auf den Fliegenspeichel verhinderte.

Vielleicht war Nigel ja einer dieser Glücklichen.

Klar. Bestimmt.

Ihm war zum Heulen zumute. Seine Haut kribbelte vor Panik.

»Scheiße-Scheiße-*Scheiße!*«

Dienstag

Nigel

Er wusste nicht, wie er es geschafft hatte, einzuschlafen, aber irgendwie war es ihm gelungen, und als er aufwachte, fühlte er sich ziemlich gut.

Wie war das möglich? Noch zu früh für die Symptome? Doch nach all seiner Forschung sah es so aus, als ob die Infizierten schon Stunden nach einem Biss erste Anzeichen der Krankheit erlebten.

Zahrans Pille?

Nein. Das konnte er nicht glauben. Und doch …

Er fühlte sich nicht nur gut, er hatte *Hunger*. Das musste doch ein gutes Zeichen sein. Eine Welle der Erleichterung strömte durch seinen Körper und er wollte vor Freude am liebsten lachen. Vielleicht würde doch alles in Ordnung kommen.

Er hatte in seinen Klamotten geschlafen, also zog er nur sein Hemd zurecht und steckte es sich in die Hose. Doch bevor er runterging, rief er Abby an. Er würde ihr aber nichts von dem Fliegenbiss sagen. Obwohl er in Ordnung war, würde sie sich nur Sorgen machen.

Sie ging nicht dran … wahrscheinlich war sie im Krankenhaus bei ihrem Freiwilligendienst. Dort musste man sein Telefon ja ausschalten. Er würde es später noch mal probieren.

Er lief die Treppe hinunter und fand den Speisesaal immer noch verlassen vor. Aber an der Rezeption war auch niemand. War er ganz alleine hier?

Nachdem er ungefähr fünf Minuten herumgelaufen war und »Hallo« gerufen hatte, gab er auf und ging in die Küche.

Da nirgends Eier oder Orangensaft zu finden waren, machte er sich noch ein Schinkensandwich und Kaffee.

Alleine im Speisesaal zu sitzen, während das ganze Gebäude ausgestorben war, schien ihm zu gruselig, also nahm er sein Frühstück mit hoch aufs Zimmer. Der Fernseher zeigte fast ausschließlich Schnee auf allen Kanälen, aber statt einfach nur in Stille dazusitzen, entschied Nigel sich dazu, nach dem Essen bei Mal anzurufen, und ihm über seine bisherigen (Miss-)Erfolge zu berichten.

Als Mal das Telefon abnahm, wusste Nigel aber gleich, dass etwas nicht stimmte. Sein Atmen klang angestrengt und es dauerte eine ganze Weile, bis er eine Begrüßung formulieren konnte.

»Nigel. Schön, von dir zu hören.«

»Bist du in Ordnung?«

»Nein. Ich hab es. Amelia auch. Ein paar Fliegen sind ins Haus reingekommen, und … nun ja.«

»Jesus, Mal! Wann ist das passiert?«

Er hätte ihm fast von seinem eigenen Biss erzählt, aber hielt sich zurück. Er war nicht sicher, ob er das aus Sorge um seinen Freund tat, oder ob es eine Art Verdrängung war, jedenfalls schien es ihm auf einmal wichtig, dass einer von ihnen gesund war.

»Wenn du wissen willst, wie viel Zeit ich noch habe, keine Ahnung. Mir geht's jedenfalls nicht gut. Aber die ganze Zeitung hat sich angesteckt. Auch Toulson.«

Tja, es gab also auch gute Nachrichten.

Nein, Nigel, sei nicht so!

»Gibt er mir auch dafür die Schuld?«

»Das würde er bestimmt gerne tun, aber die Fliegen hier sind einfach unglaublich. Die ganze Stadt ist voll. Ich fürchte, wir haben unsere letzte Ausgabe herausgebracht.«

Typisch Mal – selbst auf dem Sterbebett machte er sich noch Sorgen um die Zeitung.

»Das *Light* ist also ausgeschaltet?«

»Ich fürchte, ja. Hast du Bandora gefunden?«

Ein Hauch von Dringlichkeit hatte sich Mals geschwächter Stimme beigemengt.

»Ich habe ihn noch nicht, aber ich glaube, ich weiß wo er ist.« Die Lüge fiel ihm nicht schwer.

»Wirklich? Du weißt ja gar nicht, wie froh ich bin, das zu hören. Ich denke immer wieder darüber nach. Ich wüsste gerne … bevor ich … du weißt schon.«

Bevor er starb. Scheiße. Das war surreal. Mal starb. Scheiße, und Nigel selbst würde ihm vielleicht bald folgen.

»Ich werde ihn finden, Mal. Vertrau mir.«

»Rufst du später noch mal durch?«

»Klar. Ruh dich aus.«

Ausruhen. Aber sicher. Als ob jemand mit der Plage die Wahl hatte. Als ob Ausruhen einem von ihnen helfen würde.

Er trank seinen Kaffee aus und versuchte, nicht an Mals unmittelbar bevorstehenden Tod zu denken. Oder an seinen eigenen Biss. Stattdessen konzentrierte er sich auf Zahran und seine Rätsel. Der Wichser wusste etwas, und es war an der Zeit herauszufinden, was. Er würde wieder zu ihm fahren und sich diesmal nicht mit Gelaber abspeisen lassen.

Er trug bereits Jeans und einen Rollkragenpullover, also zog er seine Skimaske über und ging zum Parkplatz. Vielleicht hatte er mit dem Fliegenbiss letzte Nacht Glück gehabt, aber er wollte das Schicksal nicht herausfordern.

Auf dem inzwischen leeren Parkplatz angekommen stellte er sicher, dass keine weiteren Fliegen mehr im Auto waren, und fuhr los. Als er durch Glastonbury fuhr, das heute noch ausgestorbener erschien als gestern, hielt er die Augen nach vereinzelten Fußgängern offen, vor allem nach solchen indischer Herkunft. Aber es war diesmal kein Doktor Singh zu sehen. Es war *niemand* zu sehen.

Er befand sich auf halber Strecke zur Zeltstadt, als er die ersten Symptome bemerkte: Muskelschmerzen und Schwindel.

Oh, nein. Sein Gesicht wurde durch die plötzlich aufkommende Panik ganz heiß, und er krallte sich am Lenkrad fest. Vielleicht lag es nur am Essen. Der Schinken könnte schon schlecht gewesen sein. Vielleicht. Aber wie standen die Chancen? Er biss die Zähne zusammen. Fakten waren sein Metier. Der Schweiß unter seiner Maske sagte ihm, dass es die Seuche war. *Das* war ein Fakt.

Die Sonne schien hell und klar durch die Windschutzscheibe und auf die ländliche Natur, und er hätte am liebsten geweint.

Drei Tage nach dem Biss. Er hatte Zeit bis Donnerstag.

Okay. Sorge dafür, dass diese drei Tage etwas bedeuten. Dieser Gedanke war wie Balsam für die rasende Angst, die ihn ausfüllte. Er wollte zu Abby zurück, aber erst den Job fertig machen. Für die Singhs, für Mal, und für seine eigene arme Seele. Er war so nah dran ... fast am Ziel.

Er riss sich die Skimaske herunter und warf sie wütend zur Seite. Was konnten die Fliegen ihm jetzt noch tun?

An der Abtei stellte er fest, dass die Bewohner am Packen waren, sie falteten ihre Zelte zusammen und ließen ihren Müll überall liegen.

»Wir ziehen weiter«, sagte eine Stimme hinter ihm. Boynt.

»Wohin denn?«

»London. Westminster.«

»Nimmt Zahran den Jungen mit? Bandora?«

Ein weiterer Anflug von Schwindel brach über ihn herein, eine kleine Erinnerung, dass er keine Zeit mehr hatte, herumzueiern.

»Vergiss den Jungen.«

»Wo ist denn die andere Hälfte von eurem lustigen Duo?«

»Da drin.« Boynt deutete auf ein Zelt, das nicht abgebaut wurde, und ging dann auf einen Campingbus zu, der mit laufendem Motor wartete.

Nigel lehnte sich an die geschlossene Zelttür.

»Rachard? Bist du da drin?«

»Wer is' da?«, fragte eine dünne Stimme aus dem Inneren.

Nigels Magen sank in die Kniekehlen. Er hob die Plane an und schaute ins Zelt. Rachard lag auf dem Rücken und sah ... nun ja, krank aus. Er würde Nigel nicht den Weg zu Zahran ebnen, soviel war klar.

»Oh, Jesus ... Du hast die Seuche!« Auch, hätte er fast hinzugefügt. Aber seine eigene Infektion war immer noch surreal.

»Nein, Bruder!«, erwiderte er und schüttelte hektisch seine Hände. »Ich hab nur 'ne Grippe. Das geht vorbei, nur 'ne Grippe.«

»Ich will wissen, wo der Junge ist. Du sagst es mir jetzt, oder muss ich deinen irren Boss fragen? Ich will den Jungen nur abholen und nach Hause fahren.«

Rachards Augen verdunkelten sich.

»Frag' den Mungu.«

»Sag es mir doch einfach!«

Rachard drehte sich auf die Seite, weg von Nigel.

»Geh jetzt.«

»Sag's mir, gottverdammt! Hat er die Seuche gekriegt, ist es das? Ist er tot? Oder versteckt Zahran ihn irgendwo? Warum?«

»Hau ab. Ich muss mich ausruhen, damit ich dem Mungu morgen folgen kann.«

Nigel riss der Geduldsfaden. »Du folgst ihm nirgendwohin, du lügender Hurensohn. Du bist ein toter Mann, und das weißt du ganz genau!«

Er widerstand dem Verlangen, das Zelt einfach umzureißen und trat wieder hinaus ins Sonnenlicht. Als er die Plane fallen ließ, hörte er hinter sich ein herzzerreißendes Schluchzen und fühlte sich wie der letzte Arsch.

Aber er musste diesen kleinen Jungen finden, und es gab nur eine Person, die dabei helfen konnte. Er ging auf das Zentrum des Camps zu und hoffte, dass Zahran noch da wäre.

Und das war er.

Seine Handlanger luden sein Zelt und seine mageren Besitztümer in einen weißen Van – ein ziemlich weltliches Fortbewegungsmittel für einen selbsternannten Sprecher Gottes – und der Mann selbst starrte hinauf in den Himmel, offensichtlich genoss er die Sonne auf seinem Gesicht. Die gleiche Sonne schien auf Nigel, aber das hielt in nicht davon ab, den Typen erwürgen zu wollen, weil er alle Freiheit der Welt hatte. Weil er noch mehr Tage hatte, als die nächsten drei. Seine Beine fühlten sich weich an.

»Zahran!«

Der schrumpelige Kopf drehte sich in seine Richtung, und als er Nigels entblößtes Gesicht sah, lächelte er.

»Du hast Glauben gefunden, wie ich sehe.«

Nigel trat dicht an ihn heran. »Ich fürchte, die Maske ist nicht länger notwendig.«

»Ah.« Es dämmerte ihm. »Ein Biss.« Er zuckte mit den Schultern. »Du hast das Heilmittel.«

»Darin setze ich nicht allzu viel Hoffnung.«

»Aber du hast genommen?« Er lächelte wieder.

Natürlich hatte Nigel es genommen. Wer würde das nicht tun?

»Ich will doch nur wissen, was aus dem Jungen geworden ist. Ob er noch lebt. Ich bin nun wirklich keine Gefahr mehr für Sie.«

Das Wissen darum, dass die Plage in diesem Moment in seinem Blutkreislauf wütete, machte ihn viel direkter.

»Ach, Bandora. Ein besonderer Junge. Das heilige Kind.«

»Also kennen Sie ihn?« Die Müdigkeit, die eben noch an seinen Knochen hing, war wie weggespült. Endlich ging es voran. »Warum heilig? Er kommt doch aus einer ganz normalen Familie.«

»Jengo wusste. Er brachte ihn zu mir.«

»Was wusste er?« Am liebsten hätte er den alten Mann geschüttelt, bis er auseinanderfiel.

»Die alte Kunst.« Er starrte Nigel an. »Schau dir noch mal das Bild an.«

Genervt faltete Nigel die Zeichnung auseinander und betrachtete sie erneut.

»Und?«

»Du siehst, aber du siehst nicht.« Seine Worte hatten fast eine Melodie. Dadurch bildeten sie einen starken Kontrast zu dem Startgeräusch des Dieselmotors. »Das ist nicht Fotografie. Nur Zeichnung. Kein Licht.« Pause. »Keine Farbe.«

Nigel schaute auf das Bild. Keine Farbe.

Er dachte an Jengos blonde Haare. Er erinnerte sich daran, wie Bandoras Eltern ihn versteckt hielten. Die Puzzleteile passten endlich zusammen.

»Er ist ein Albino?«

»Ein heiliges Kind. Geschenk von Gott!«

Jemand im Inneren des Vans pfiff. Sie waren bereit zum Aufbruch.

»Bitte. Wo ist er? Lebt er noch? Ich *muss* es wissen!«

»Er lebt«, sagte Zahran. »Er lebt in *dir*.«

Er wischte mit dem Arm in Richtung der Zeltstadt.

»Er lebt in ihnen.«

»Was zur Hölle soll das bedeuten?« Es klang wie eine von Abbys religiösen Tiraden.

»Ich habe dir gesagt, der Junge und du, ihr findet euch, wenn bereit. Die Fliege beißt dich. Du nimmst das Heilmittel. Du und der Junge sind vereint.«

Das Heilmittel. Bandora war das Heilmittel. Das zermahlene Pulver in der Schale. Das waren die Knochen des kleinen Jungen.

Während Nigel ins Taumeln geriet, stieg Zahran in den Wagen.

»Gott schütze dich.«

Die Räder drehten sich im Schlamm. Nigel konnte sie kaum hören, so laut war das Hämmern in seinem Kopf. Sein Magen drehte sich um und er musste brechen, wobei er fast auf den Knien landete. Als er nach Atem japste und die verkrampften Muskeln sich langsam wieder entspannten, wurde ihm die grauenhafte Wahrheit klar.

Er hatte solche Geschichten auf seinen Reisen gehört, Berichte in den Londoner Zeitungen vor ein paar Jahren. Albinomorde in Tansania, die Opfer wurden zerhackt und ihre Knochen zermahlen, damit Schamanen sie für ihre Mittelchen verwenden konnten.

Scheiße, Scheiße! Er wollte schon wieder nur weinen. Er hatte die Kapsel genommen. Er war gekommen, um den Jungen zu retten, stattdessen war er nun Teil seiner Zerstörung, und noch dazu durch die Plage am Sterben.

Er wischte sich Rotz aus dem Gesicht und schleppte sich zum Wagen. Mal erwartete seinen Anruf. Was zur Hölle sollte er ihm jetzt sagen?

Das Auto eierte in Schlangenlinien zurück zum Hotel. Ein Glück, dass er die ganze Straße für sich allein hatte. Seine Hände zitterten und sein Kopf dröhnte, und er war dankbar, als er das Fahrzeug auf dem Parkplatz abstellen konnte. Er torkelte durch den leeren Rezeptionsbereich. Das Kotzen hatte ihn geschwächt, und er kam regelrecht ins Schwitzen, als er die Treppe ins Obergeschoss hinaufstieg. Er ließ sich auf das zerwühlte Bett fallen, um für ein paar Minuten Kraft zu sammeln.

Es blieben ihm weniger als drei Tage, wenn überhaupt. Die letzte Chance auf irgendeine Form der Wiedergutmachung hatte er verspielt, als er diese Kapsel geschluckt hatte.

Er wusste nicht, ob er lieber schreien oder weinen wollte.

Er musste mit Abby reden. Das mit dem Biss würde er ihr erst erzählen, wenn er Zuhause war – er musste direkt los, bevor die Symptome noch schlimmer wurden – aber erst musste er ihre Stimme hören.

Sie nahm nicht ab.

Langsam machte er sich Sorgen. Wo war sie? Im Krankenhaus? Das schien ihm doch etwas lang zu sein. War sie vielleicht in die Kirche gegangen? Er wollte doch, dass sie drinnen blieb. Wo sie sicher war. Seine Augenlider wurden schwer, aber er behielt das Telefon in der Hand. Er musste noch einen anderen Anruf machen, und dann würde er es noch einmal bei Abby probieren.

Er wählte Mals Nummer. Es klingelte über eine Minute, bis er dranging. Sein Atem rasselte. Wie lange war sein Biss her?

»Mal?«

»Hast du ihn gefunden? Ist er okay?«

Jedes Wort klang, als würde es ihn große Mühen kosten.

»Ja. Ja, ich hab' ihn gefunden.«

»Und ist er …?«

Der Schmerz in dieser nicht zu Ende gebrachten Frage traf Nigel ins Herz. Wie konnte er Mal nur sagen, was mit dem Neffen seiner Frau geschehen war? Wie lange hatte er noch zu leben? Einen Tag? Weniger? Er dachte an das einzige Geschenk, was er noch zu geben hatte, und die darin liegende Ironie: Unehrlichkeit.

»Es geht ihm gut. Er schläft gerade. Jengo ist tot, aber dieser Zahran hat ihn quasi adoptiert.«

»Er ist nicht gebissen worden?«

»Nein, und ich habe ihn dick eingepackt. Ich nehme in nachher mit nach Hause, zu Abby.«

Er blinzelte die Tränen weg, die sich hinter seinen Augen sammelten. Ein echtes Happy End gibt es eben nur im Film.

»Gut. Gut. Werdet ihr … ich weiß, es ist eine große Bitte, aber …«

Es knackte in der Leitung.

»Wir werden uns um ihn kümmern, Mal. Das verspreche ich dir.«

»Danke, Nigel. Du weißt gar nicht, was uns das bedeutet. Wir können jetzt … wir können uns jetzt ausruhen. Danke.«

»Bis bald, Mal.«

Die Leitung war tot. Nach einer kurzen Atempause rannte er ins Bad und übergab sich noch einmal.

BBC:
<keine Übertragung>

Nigel

Das Kotzen schien alle seine Symptome um ein Vielfaches zu verstärken. Er brach auf dem Bett zusammen und lag einfach dort, starrte an die Decke. Endlich quälte er sich hoch und versuchte erneut, Abby zu erreichen, aber nichts passierte. Er schaute auf das Display seines Telefons und las: KEIN NETZ.

Fantastisch. Also waren die Funkmasten hier ausgefallen?

Er musste nach Hause. Er setzte sich auf und fühlte, wie sich das ganze Zimmer drehte. Er wartete eine Weile, und es balancierte sich aus. Aber als er versuchte, aufzustehen, wurde ihm wieder schwindelig und seine Knie gaben nach. Er wartete einen Moment, dann kroch er wieder aufs Bett. Er brauchte Ruhe. Er würde seine Augen zumachen, nur für ein paar Minuten. Dann würde er es noch einmal versuchen …

Abby

An irgendeinem Punkt hatte Abby sich ins Erdgeschoss geschleppt, um sich aufs Sofa zu legen.

Wasser oder Durst waren ihr längst egal, ihr Körper war bereits über den Punkt hinaus, wo das noch eine Rolle spielte. Warum sie sich nicht ins Bett gelegt hatte, wusste sie auch nicht. Das wäre doch bequemer gewesen – und natürlicher. Im Bett zu sterben, das war es doch, was jeder wollte. Oder? Friedlich einzuschlafen. Vielleicht nicht ganz so jung. Und vielleicht nicht auf diese Art. Wie auch immer, jetzt lag sie halt auf dem Sofa, ausgestreckt und schwitzend. Die Kissen unter ihr waren bereits vom Wasserlassen vollgesogen und kühlten ihre Haut durch die nasse Kleidung.

Ihr nutzloses Telefon hatte sie auf den Teppich geworfen. Der Akku war irgendwann leer gewesen, und auch, als sie es zum letzten Mal probiert hatte – ein kurzer Moment, in dem sie noch ein letztes Mal Nigels Stimme hören wollte – war kein Netz mehr da gewesen.

Die Nacht war hereingebrochen, während sie vor sich hindämmerte, aber das machte ihr nichts aus. Im Dunkeln würde sie Gottes Licht noch besser sehen können, wenn er dann käme. Das musste mit

Sicherheit bald passieren. Die Zeit war ihr abhanden gekommen. Sie war sich ziemlich sicher, dass dies der dritte Tag war, auch wenn die letzten 24 Stunden ihr endlos vorgekommen waren. Sie stand an der Schwelle des Todes, das wusste sie, ihr ganzer Körper schrie es heraus – oder vielleicht wimmerte er es eher, so wenig Energie hatte sie nur noch übrig – also wo blieb Gott?

Hatte sie auch richtig gehandelt? Sie war sich so sicher gewesen, doch nun krochen die Zweifel heran. Was, wenn sie Gott gekränkt hatte, indem sie sich selbst hatte beißen lassen? Würde er deswegen vielleicht nicht kommen?

Nein. Glaube. Habe Vertrauen.

Darum ging es doch bei der ganzen Sache.

Sie konnte nichts anderes tun als warten. Ihre Glieder waren zu schwer, um sich zu bewegen, so als würde ihr Körper schon für die Ruhe im Grab üben. Ihre Augen sehnten sich danach, sich für immer zu schließen, aber sie zwang sich zu blinzeln, wach zu bleiben. Sie wollte ihn sehen, wenn er kam, um sie abzuholen. Das war das Einzige, was sie noch hatte.

Sie träumte weiter vor sich hin, und dann plötzlich … Licht.

Ein verschwommener, tanzender Strahl. Ihr Puls hämmerte, als der letzte Rest ihrer physischen Kraft der spirituellen Hoffnung zur Seite sprang. War es soweit? War ER endlich gekommen, sie zu holen?

Sie konnte nicht viel erkennen, die ganze Welt war durch die Krankheit unscharf geworden, aber das Licht kam immer näher, bis es so hell war, dass sie die Augen zusammenkneifen musste. Sie schnappte nach Luft, lächelte, und jauchzte vor Freude. Gott. Endlich würde sie ihn treffen. Alles andere war egal.

»Mrs. Thompson?«

Das Licht wanderte. Sie hatte nicht erwartet, dass Gott sprechen würde. Und dieser Akzent – was war das? Indisch? Pakistanisch?

Er wiederholte ihren Namen, und sie versuchte, eine Antwort zu murmeln. Sie versuchte, sich zu konzentrieren. Warum benutzte Gott ihren Ehenamen? Das ergab doch keinen Sinn. Es machte …

Plötzlich ging das Deckenlicht an und sie stöhnte auf, als die Welt viel klarer wurde. Es war gar nicht Gott. Ein Inder mit einer Taschenlampe stand über ihr. Sie wollte am liebsten weinen.

Der Mann warf die Leuchte zu Boden und zog eine Flasche Wasser aus seiner Jackentasche. Vorsichtig benetzte er damit ihre Lippen. Sie war sehr schwach, konnte aber gerade noch schlucken.

»Ich will Ihnen helfen«, sagte er, »Sie werden nicht sterben.«

»Wer sind Sie?«, flüsterte sie endlich.

»Ein Arzt. Mein Name ist Singh.« Er hielt inne und schob ihr vorsichtig die schwitzigen Haarsträhnen aus dem Gesicht. »Ich habe Ihren Mann verfolgt.«

»Doktor Singh?«, fragte sie.

Der Dämmerzustand befiel sie erneut.

Aber das war doch … war er nicht tot? Wie konnte er …?

Und dann kam die Dunkelheit, ganz ohne Gottes Licht, ohne irgendein Licht – sie glitt hinab in die absolute Leere.

Mittwoch

Abby

Das Licht, das sie weckte, war kristallklarer Sonnenschein. Sie lag im Bett und eine warme Brise wehte durch das offene Fenster ins Zimmer.

Irgendwo summte eine Fliege. Ein perfekter Sommertag. Für einen Moment schienen das Fieber, die Krankheit, die gesamte Plage nur das Echo eines schlimmen Traumes zu sein. Dann spürte sie den Schmerz, der in ihrer ausgedörrten Kehle und ihrem Kopf dröhnte.

Dieser Mann. Sie richtete sich in eine halb sitzende Position auf. Ihre Arme zitterten vor Anstrengung, aber eines wurde ihr sofort klar: Auch wenn sie sich total beschissen fühlte, hatte sie das Schlimmste auf jeden Fall überstanden. Sie müsste doch eigentlich tot sein. Das war sicher. Sie hatte im Sterben gelegen. Sie hatte die Plage. Also was zur Hölle war passiert? Das war der vierte Tag. Sie sollte längst bei Gott sein.

Sie hörte Schritte auf der Treppe. Das Klappern von Geschirr. Ihr Herz machte einen Satz, als sich ein Schatten über die Tür legte. Nigel? War er Zuhause?

»Ich dachte, Sie haben bestimmt Hunger«, sagte eine Stimme, die ihr nicht vertraut war. »Sie sollten versuchen, etwas zu essen.«

Ein Fremder. Dieser Mann. Singh. Der Fiebertraum der letzten Nacht war wieder da. Ein Doktor Singh, aber offensichtlich nicht derjenige, den Nigels fehlerhafte Recherche als Verursacher der Plage ausgemacht hatte. Das konnte nicht sein. Er sah so ähnlich aus, aber das Gesicht des Mannes machte den Eindruck, er sei ein Verbrennungsopfer. Die Haut wirkte gespannt und glänzend, fast wie glasiert, und erinnerte sie an Fotos von Filmstars, deren Schönheitsoperationen daneben gegangen waren.

Er stellte das Tablett ab – darauf befand sich ein Teller Reis mit Bohnen, gekrönt von Dosenthunfisch und dazu eine Tasse Tee – und zog sich dann in einen angemessenen Höflichkeitsabstand zurück.

»Bitte. Essen Sie etwas. Ich weiß, es ist ein ungewöhnliches Frühstück, aber ich konnte in Ihrem Schrank nur Dosen finden und …«

»Wer sind Sie und warum sind Sie hier?«

Ihre Stimme war stärker geworden. Ein weiterer Betrug ihres Körpers an ihrer Seele. Ihr Magen knurrte, aber sie weigerte sich zu essen, bevor er ihr nicht erzählte, was er in ihrem Haus zu suchen hatte.

»Wie sind Sie hier reingekommen? Was wollen Sie?«

»Ich bin Ganek Singh. Mein Bruder war Rajiv Singh und ...«

Sie zuckte zusammen, rutschte zurück ans Kopfbrett und kippte dabei fast das Tablett um.

»Oh Gott!«

»Ich will Ihnen nichts tun.«

Angst überkam sie.

»Wo ist mein Mann? Wo ist Nigel?«

»Er ist in Glastonbury. Ich bin ihm dorthin gefolgt.«

»Warum? Geht es ihm gut? Haben Sie ...«

»Ich habe ihm nichts getan.«

Das war erleichternd. Aber ...

»Aber warum ...?«

»Ich bin hierher zurückgekommen, um Sie zu holen. Ich habe durchs Fenster sehen können, dass Sie krank sind, und die Tür ließ sich leicht öffnen. Es gibt auch keine Polizei mehr, um Einbrecher zu jagen.«

»So schlimm ist es schon?«

»Alle sind krank.« Er schaute sie an und zuckte dann mit den Schultern. »Fast alle. Essen Sie.«

Sein glattes, glänzendes Gesicht wirkte völlig leidenschaftslos, und wenn sie nicht so verdammt müde gewesen wäre, hätte sie ihm gerne eine reingehauen. Sie sollte doch tot sein.

Wie hatte er sie geheilt?

Er hatte kein Recht dazu.

Selbst wenn sie irgendwie die Plage überlebt haben sollte, müsste sie doch die Auswirkungen ihrer fehlenden Dialyse spüren.

»Was haben Sie mit mir gemacht?«

»Das erkläre ich Ihnen unterwegs.« Er trat zurück zur Zimmertür. »Aber Sie brauchen Kraft.«

»Unterwegs wohin?«, rief sie ihm hinterher, aber er war schon wieder auf dem Weg nach unten.

Wenige Augenblicke später hörte sie die Rohre gurgeln, als er in der Küche das Wasser andrehte. Er spülte ab. Etwas Normalität inmitten der Katastrophe. Sie starrte mit tränengefüllten Augen auf das Essen, denn ihr Körper konterte ihre Enttäuschung darüber, dass sie noch lebte, mit unbändigem Hunger. Sekunden später schaufelte sie Reis und Bohnen in sich hinein. Was sollte sie auch sonst tun?

Zwei Stunden später, nachdem sie es geschafft hatte, zu duschen und sich anzuziehen, stieg sie in den Range Rover, der draußen geparkt war, und ließ sich in den Beifahrersitz fallen.

Das Essen hatte sie mit Energie versorgt und sie musste zugeben, dass sie sich viel besser fühlte. Physisch zumindest. Emotional und mental gesehen war sie am Ende. Sie war so *bereit* gewesen. Das war ihr genommen worden. Der einzige Grund, warum sie das Haus verließ, war, weil Singh – der schwor, dass er ihr nur Wasser gegeben und sie nach oben ins Bett getragen hatte – ihr sagte, dass er sie zu Nigel bringen und ihr dabei erklären würde, was mit ihr passiert war.

Sie fuhren mit offenen Fenstern durch die stille Stadt. Leichen lagen in den Straßen und Fliegen – verschiedenster Arten – schwärmten um sie herum. Die meisten Häuser hatten geschlossene Vorhänge. London war zu einem Friedhof geworden; einem, der Abby damit ärgerte, sie ausgesperrt zu haben.

Sie schloss die Augen und lehnte sich gegen die Kopfstütze, wobei sie verzweifelt versuchte, nicht die Wärme der Sonne auf ihrem Gesicht zu genießen. Sie hatte die Frage schon einmal gestellt, aber sie musste sie wiederholen.

»Sie haben Nigel nichts angetan, oder?«

»Mein Bruder und seine Familie sind wegen ihm gestorben. Ich muss zugeben, als ich anfing, ihm zu folgen, hatte ich Rache im Sinn. Ich wollte ihm Schmerzen zufügen, weil er solchen Schmerz über meine Familie gebracht hatte.« Er seufzte und atmete anschließend tief durch. »Aber ich bin kein Mensch, der zu solchen Gedanken neigt. Und als ich seine Suche nach dem Jungen verfolgte, wurde mein Herz weich. Er ist kein schlechter Mensch.«

»Nein«, sagte sie. »Dickköpfig, stur, und manchmal dumm – aber niemals schlecht.« Sie öffnete ihre Augen, eine Welle von Liebe für ihren Ehemann – Vorfreude, ihn zu sehen – überraschte sie.

»Wissen Sie, es war nicht seine Schuld. Er selbst wird das nie akzeptieren, aber es war nicht seine Schuld.«

Der Rand der Schnellstraße war mit verlassenen Autos gesäumt, die in verrückten Winkeln dort stehengeblieben waren, wo ihre Fahrer angehalten hatten, wo sie ihre Reise und damit den Kampf gegen die Plage aufgegeben hatten. Die Luft um sie herum waberte. Überall Fliegen. Sie hatten England so schnell in ihre Gewalt gebracht.

»Er wurde gebissen, oder?«

Sie schaute Singh nicht an. Welchen anderen Grund konnte es geben, warum er sie zu Nigel brachte, statt mit Nigel nach Hause zu kommen? Diese Worte laut auszusprechen, ließ sie noch surrealer erscheinen. Nigel sollte doch nicht die Plage kriegen – sondern sie.

»Ich glaube schon, ja.«

Die Räder drehten sich endlos unter ihnen und der Motor summte.

»Ich wurde dreimal gebissen«, sagte sie und schaute dabei auf ihren unbedeckten Arm. »Also warum zur Hölle bin ich nicht tot?« Sie spuckte die Worte aus – giftig, vorwurfsvoll. »Ich sollte längst bei Gott sein. Ich sollte dort auf meinen Ehemann warten.«

»Ich bin auch gebissen worden. Und ich habe es auch überlebt.«

»Wie? Sie sind der Arzt. Erklären Sie es mir? Einfach nur Zufall?«

Blöder Zufall.

»Sind wir Zwei unter Millionen?«

»Sehen Sie meine Haut?«

Er drehte ihr den Kopf zu und das Sonnenlicht strich über diese seltsam glatt gespannte Oberfläche. »Vor der Plage hatte ich Scleroderma. Dann wurde ich gebissen. Als einer der Ersten in England. Genau wie Sie, wurde ich krank. Ich dachte, ich würde sterben. Da ich Chirurg bin, wusste ich, dass das Krankenhaus nichts für mich tun könnte, also blieb ich zum Sterben Zuhause. Aber nach dem dritten Tag ging es mir langsam besser. Scleroderma ist eine Autoimmunkrankheit, genau wie systematischer Lupus. Die hämolytische Anämie der Plage ist auch eine Autoimmunkrankheit. Meine Theorie ist, dass sich beides gegenseitig in die Quere kommt. Mein Aussehen hat sich vor der Plage verändert, aber dieser Status ist seitdem geblieben – es ist nicht mehr schlimmer geworden.«

»Aber abgesehen vom Lupus ist meine Dialyse längst überfällig!«

Abby war fest entschlossen, den Tod noch nicht so schnell aus den Augen zu verlieren. Vielleicht erlebte sie nur eine kleine Atempause. Vielleicht war ihr Wohlbefinden nur eine zeitlich begrenzte Illusion.

»Ich glaube, die zweite Reaktion des Autoimmunsystems kehrt die erste teilweise um. Ich habe wieder Speichel, und auch Tränen – letzteres entdeckte ich, als Rajiv starb. Ohne jetzt Ihr Blut getestet zu haben, würde ich darauf tippen, dass Ihre Nieren wieder funktionieren. Nicht hundertprozentig – dieses Niveau werden Sie wahrscheinlich auch nie wieder erreichen – aber immerhin gut genug, dass Sie ohne Dialyse überleben können.«

»Wollen Sie damit sagen, dass sie sich regenerieren?«

»Ich sage nur, dass sie sich *verbessern*.«

Abby starrte ihn an. Vor vierundzwanzig Stunden hatte sie noch auf den Tod gewartet. Und jetzt erzählte er ihr, dass sie nicht nur die Plage überlebt hatte, sondern auch noch ihr Lupus aufgehalten wurde.

»Das ist lächerlich. Sie sind verrückt!«

»Nein, nein, das ist reine Wissenschaft. Wir sind nicht die einzigen. Der Mann, dem ihr Gatte nach Glastonbury gefolgt ist – dieser Zahran, der glaubt, dass er von seinem Gott auserwählt wurde – den habe ich gesehen. Seine Hände. Es ist ganz klar, dass er rheumatische Arthritis hatte. Eine weitere Autoimmunkrankheit.«

»Jetzt spucken Sie einfach aus, was Sie mir sagen wollen. Mit einfachen Worten.«

»Die Ironie der Plage scheint zu sein, dass Menschen, die chronisch krank waren – so wie Sie und ich und Zahran – durch die Stiche gesünder werden, aber die Gesunden müssen sterben. So viele von ihnen. Alle eigentlich.« Er starrte sie gespannt an. »Für diejenigen von uns, die übrig bleiben, wird es so sein wie für die ersten Menschen, als sie aus Afrika kamen.«

Übrig bleiben. Abby Herz hämmerte gegen ihren Brustkorb und sie schaute traurig auf die vorbeiziehenden Felder, während sie versuchte, irgendeinen Sinn in dem Ganzen zu finden.

»Warum sollte er nicht die Gesunden auswählen?«, murmelte sie. »Warum so eine saubere Trennung? Das ergibt doch keinen Sinn.«

Hier und da brannten Feuer in den Feldern, ein fernes Echo der Verbrennung von Rindern auf dem Höhepunkt der Maul- und Klauen-Seuche. Nur, dass es diesmal menschliche Körper waren, die dort loderten. Ein schwacher Versuch der Überlebenden, sich selbst zu schützen, indem sie Scheiterhaufen aus den Toten machten.

»Er?«

»Gott. Sie alle sehen Gott, wenn sie sterben. Er kommt, um sie abzuholen. Er *erlöst* sie.«

»Vishnu kommt zu ihnen?«

»Nein … Gott. Der eine, wahre Gott.«

Singh lächelte ein wenig. »Ach, Sie meinen Shiva! Oder meinen Sie Brahma?«

»Den *christlichen* Gott!«

»Die Menschen haben viele Götter erfunden. Warum ist Ihrer derjenige, der jetzt die gesamte Aufmerksamkeit bekommt?«

»Weil meiner *uns* erfunden hat.« Sie hatte eigentlich keine Lust auf diese Diskussion. Nicht schon wieder. «Und jetzt richtet er über uns. Deswegen bekommen die Auserwählten diese Visionen.«

»Sie meinen die Halluzinationen vor dem Tod? Das Licht? Das ist nicht Gott. Das liegt nur am Sauerstoffmangel im visuellen Zentrum des Gehirns.

Ihre Gestalt erhält diese ›Vision‹ durch das absterbende Bewusstsein. Wenn Sie denken, dass Sie Gott sehen werden, dann sehen Sie ihn auch. Es ist einfach die letzte Hoffnung der Sterbenden. Eine geteilte Halluzination.«

»Denken Sie doch, was Sie wollen.« Abby drehte sich weg und nahm einen Schluck aus ihrer Wasserflasche. »Ich weiß, was ich glaube.«

Sie erwartete, dass er weiter gegen sie ankämpfen würde, dass er versuchen würde, seine vermeintliche Logik als Totschlagargument einzusetzen, so wie Nigel es tun würde. Aber er war nicht Nigel. Stattdessen schwieg er ein paar Minuten, bevor er wieder das Wort ergriff. Seine Stimme klang weich.

»Ich werde Ihren Glauben respektieren. Aber Sie sollten nicht traurig sein, dass Sie noch leben. Wenn Sie an einen allmächtigen Gott glauben, dann zweifeln Sie damit doch seinen Willen an. Vielleicht sehen Sie das Ganze falsch. Vielleicht richtet er nicht, vielleicht möchte er nur einen Neuanfang. Und vielleicht vertraut er diese Aufgabe nur den Starken an. Denjenigen, die es bereits kennen, zu leiden.«

Jetzt war Abby damit an der Reihe, zu schweigen. Vielleicht war an seinen Worten etwas dran.

Nigel

Mal musste inzwischen tot sein. Und er würde ihm bald folgen. Ihm und so ziemlich jedem anderen auf diesem armseligen Planeten. Wer würde noch übrig sein? Zahran würde seinen Wahnsinn in Westminster doch nur einer Kirche voller Leichen vorbeten können. Was würde er tun, wenn sein letzter Gefolgsmann starb? Sich selbst töten, hoffte Nigel. Diesen ganzen traurigen Schlamassel beenden.

Es war nicht gerade so, dass sein Leben an ihm vorbeizog, aber seine Gedanken drifteten zurück durch die Jahre, er besuchte kleine Momente und Situationen, die ihm durch den ganzen Trubel des Lebens abhanden gekommen waren.

Sein erster Tag bei der Zeitung. Sein Hochzeitstag. Wie er mit Abby für zwanzig Minuten von dem Empfang verschwunden war; wie sie kichernd auf der Toilette bumsten, wobei er ihr langes Hochzeitskleid bis zur Hüfte hochgeschoben hatte. Seine Blinddarmentzündung, die er mit zehn direkt nach einem Fußballspiel bekam, und die seine Mutter erst für normale Bauchschmerzen gehalten hatte. Die Angst auf ihrem Gesicht nach der Operation.

All diese Erinnerungen verschmolzen in seinem Kopf, als sein Bewusstsein wegdriftete. Er wusste, dass er etwas essen oder trinken musste, aber allein die Idee, sich selbst aus dem Bett zu erheben, war viel zu anstrengend, als auch nur darüber nachzudenken. Es war auch niemand gekommen, um zu schauen, ob es ihm gut ging, oder ihm mitzuteilen, dass er längst hätte auschecken müssen. Waren sie alle schon weg? Er konnte sich nicht erinnern, ein Auto gehört zu haben, aber das war natürlich keine Garantie. Vielleicht lagen die Mutter und ihr Sohn auch irgendwo im Hotel und starrten an die Decke, zu schwach um sich zu bewegen.

Mit unglaublicher Mühe gelang es ihm, seinen Kopf zu drehen und aus dem Fenster zu schauen. Der Himmel hatte ein perfektes, kräftiges Blau und die kleinen Wolkenstreifen sahen aus wie Schaumkronen auf dem Meer. Abby. Dorset. Ein Wochenende im Juli. Noch mehr Erinnerungen. Er ließ sie verschwimmen und schloss die Augen. Ein bisschen Schlafen. Schlafen würde ihm gut tun.

»Nigel? Nigel? Oh Gott.«

»Lassen Sie mich mal sehen.«

Eine Hand an seinem Kopf. Ein Fühlen des Pulses. Augenlider, die aufgezerrt wurden.

»Wie schlimm ist es? Oh Gott. Können Sie denn gar nichts tun?«

Weinen.

Wer weinte?

»Oh Gott.«

»Er ist sehr krank. Es tut mir leid. Vielleicht noch ein Tag, fürchte ich … mehr nicht.«

Nigels Bewusstsein kam endlich wieder durch.

»Oh, Mann«, krächzte er. »Das hätte ich euch auch selbst sagen können.«

Und dann war Abby über ihm, ihre Haare auf seinem Gesicht und ihre warmen Tränen bildeten einen Kontrast zu dem kalten Schweiß, in dem sein Hemd getränkt war. Abby. Abby war hier. Mit all seiner Kraft hob er einen Arm und legte ihn um sie. Sie trug nur ein dünnes Baumwollhemd, keine Sturmhaube, keine Jacke, keine Handschuhe. Sie war mit dem Mann gekommen, der ihn verfolgt hatte. Er war auch nicht geschützt. Für einen kurzen Moment versuchte sein Journalistenhirn, das alles zu hinterfragen, doch dann wurde ihm klar, dass es egal war.

»Das Meer, Abby«, flüsterte er in ihre süßen, weichen Haare. »Ich will das Meer sehen.«

Nigel konnte das Sonnenlicht spüren. Er konnte das Salzwasser in der Luft schmecken und das Meer dort irgendwo vor sich hören, nur sehen konnte er es nicht. Er hatte in dem Moment einen herrlichen Blick erhaschen können, als sie seine Bahre auf das leichte Gefälle einer Düne abgelegt hatten und er seine Augen für eine Sekunde aufstemmen konnte. Für einen weiteren Versuch fehlte ihm nun aber die Kraft.

Obwohl er über den Tag verteilt immer wieder das Bewusstsein verloren hatte, wusste er, dass Rajiv Singhs Bruder losgezogen war, um sich einen Krankenwagen auszuleihen. Warum auch nicht? Sonst benutzte ihn sowieso niemand mehr. Und dann hatten er und Abby – *seine fantastische, gesunde Abby* – ihn in das Fahrzeug geladen und waren gen Westen gefahren, bis sie das Meer erreicht hatten. Dann trugen sie ihn in einer Bahre zum Strand.

Ich sterbe, dachte er. *Das sind meine letzten Stunden. Wo bleibt die Panik?*

Sterben. Tod. Das Nichts. Das war alles, was auf ihn wartete.

Sein gesamtes bisheriges Leben hatte zu diesem Punkt geführt, und jetzt kam es ihm vor, als wären es alles nur Irrlichter eines Traums, nur dazu da, durch diese letzten Momente zu flattern. Die letzten Stunden. Kein Morgen mehr.

Vielleicht war er einfach zu schwach für Panik. Er fühlte sich merkwürdig versöhnt mit der Welt, da war ein Frieden, den er nie gekannt hatte, als er noch gesund unterwegs war, und der Tod nur etwas war, das anderen Menschen passierte. Er würde fortgehen, und das, was von der Welt übrig war, würde einfach ohne ihn weiter laufen. Und zwar genauso gut.

Er war sehr, sehr müde.

Abby saß zu seiner Rechten und hielt seine Hand. Ihre Handfläche war warm und weich und fühlte sich so an, als wäre sie eine Million Meilen entfernt. Singh saß zu seiner Linken und hielt nicht seine Hand, vielen Dank. *Die kleinen Freuden.*

»Im Krankenwagen habe ich Infusionsbeutel gesehen«, sagte Abby sanft. »Könnten wir nicht ...?«

Ihr Gespräch zog an ihm vorbei wie ein Windhauch. Ihm gefiel die Trauer in ihrer Stimme nicht.

Es ist schon in Ordnung, Abs. Ich bin ein Arsch. Der war ich sehr lange. Dieser Abgang könnte für jemanden wie mich ein ganzes Stück beschissener sein.

Rajiv Singh war verbrannt. Seine Frau und seine kleine Tochter waren verbrannt. Sie sind schreiend und in Panik gestorben. Ja, Nigel verdiente wirklich Schlimmeres, als sanft zum Tod hinausgetragen zu werden, so wie Treibholz auf dem Meer.

Bandora. Er wollte nicht an Bandora denken.

»Ihn anstöpseln? Keine gute Idee.«

Singh diesmal. Ruhig. Sicher. Ein Arzt. Selbst in all diesem Wahn hatte er es geschafft, einen Doktor an seinem Sterbebett zu haben.

»Aber er muss doch dehydriert sein.«

»Ein bisschen. Aber das ist in diesem Fall nichts Schlechtes. Konzentriert die wenigen roten Blutkörperchen, die er noch hat. Wenn wir jetzt einen oder zwei Liter in ihn hineinpumpen, macht die Verdünnung den Sauerstoffmangel nur schlimmer. Und der Sauerstoffmangel ist das, was ihn ... wegtragen wird. Nicht die Austrocknung.«

Abbys Stimme war kaum wahrnehmbar.

»Ihn wegtragen ...«

In der folgenden Stille wunderte Nigel sich erneut, dass er ganz ruhig akzeptierte »weggetragen zu werden«.

Die Sonne ging unter, die Luft kühlte sich ab, und er hörte, wie sie beratschlagten, ob sie ihn zum Schutz in den Krankenwagen bringen sollten. Er schaffte es, die Energie zum Sprechen aufzubringen.

»Nein. Bitte. Hier bleiben.«

Sie diskutierten nicht. Er hörte, wie sie ein Feuer aus Treibholz machten, und er spürte die Wärme, als sie es anzündeten. Das Licht der Flammen flackerte durch seine geschlossenen Lider. Er fühlte sich, als würde er im Dunklen ein Stereo-Hörbuch hören. Das Klingen einer Flasche. Wein? Er konnte es ihr nicht verübeln.

»Eigentlich ist es fast ein bisschen lustig«, sagte Abby, immer noch zu seiner Rechten, seine Hand haltend. »Du wirst Gott sehen, und ich nicht. Noch nicht.«

Verwette da mal nicht die Ersparnisse drauf, Abs. Da ist nur Leere. Ein Nichts.

Eine traurige Gewissheit überkam ihn, während sein Körper in den letzten Zügen lag: Er würde sie nie wieder halten können. Sie nie wieder sehen.

Donnerstag

Nigel

»Schläft er?«

»Ich glaube schon.«

Nigel ließ sie in dem Glauben. Das war leichter, als die Kraft aufzubringen, ihre Hand wieder zu halten. Eine weitere, lange Pause. Das Knacken des Feuers. Das Flüstern des Meeres und des Sandes. Die letzten Menschen auf der Welt. Und bald würde es einer weniger sein.

»Vor einer Weile sprachen Sie mit ihm darüber, Gott zu sehen. Glauben Sie wirklich, diese armen Menschen sehen den Schöpfer des Universums in ihren letzten Sekunden?«

Oh-oh. Pass auf was du sagst, Singh.

»Wie können Sie das bestreiten? Es wurde überall davon berichtet. Und jetzt erzählen Sie mir keinen Quatsch über zufällig angesteuerte Neuronen im visuellen Cortex.«

»Könnten Sie vielleicht nur für eine Minute eine neutrale Haltung annehmen?«

Ganz sicher. »Das kann ich.«

Ist klar.

»Okay. Die sterbende Person hat gesündigt.«

»Woher wissen Sie das?«

»Korrigieren Sie mich, wenn ich irre, aber sind wir in Gottes Augen nicht alle Sünder?«

»Ja, schon …«

Dafür brauche ich Gott nicht, dachte Nigel. *Ich bin in meinen eigenen Augen ein Sünder. Dein Bruder und seine Familie, Singh… Wenn ich doch nur besser auf diese Daten aufgepasst hätte!*

Er zog sich weiter in sich zurück, während sie sprachen.

»Es steht doch direkt in eurem Neuen Testament. Als Jesus sagte: Wer ohne Sünde ist, werfe den ersten Stein, erwartete er nicht, irgendwelche Steine fliegen zu sehen. Montaigne sagte etwas in der Richtung, dass kein Mensch so edel ist, dass eine genaue Untersuchung all seiner Taten es nicht rechtfertigen würde, ihn zehnfach zu hängen.«

»Da ziehe ich doch Jesus vor.«

»Und ich bevorzuge Montaigne.«

Abby gab seiner Hand einen leichten Drücker.

»Das würde Nigel sicher auch.«

So sieht es aus, Traumfrau.

»Wie auch immer man es betrachtet, die sterbenden Plage-Opfer brauchen eine Art Vergebung und haben gesagt bekommen, dass sie etwas Göttliches zu erwarten hätten. Der Sauerstoffmangel erzeugt dann eine selbsterfüllende Prophezeiung: Sie sehen die Quelle ihrer Vergebung.«

»Ja. Gott. Er ist die einzige Quelle der Vergebung, und deswegen sehen sie ihn auch – deswegen ist er *da*. Ansonsten würde doch nichts einen Sinn haben.«

Nigel fragte sich, was er sehen würde. *Nur leeren Raum, richtig? Das ist die Vergebung, die ich erwarte.*

Singh seufzte. »Ich habe ein Zitat von Mark Twain über meinem Schreibtisch: Es ist kein Wunder, dass die Wahrheit merkwürdiger ist, als jede Fiktion. Fiktion muss Sinn ergeben. Twain sprach hier über das Schreiben, aber es trifft auf alles zu. Die Realität folgt keiner Verpflichtung, für uns einen Sinn zu ergeben. Sie ist, was sie ist. Einen Sinn darin zu finden ist unsere Aufgabe … wenn wir das denn wollen. Oft genug wollen wir das auch *nicht*. Anstatt wir der Wahrheit auf den Grund gehen, brauen wir uns eigene Erklärungen zusammen. Ich nenne das ›Erklärung ohne Untersuchung‹.«

»Die Wissenschaft hat Millionen unbeantworteter Fragen.«

Ich wusste, dass das kommen würde.

»Natürlich. Das hält uns aber nicht davon ab, diese Fragen zu stellen. Aber wissen Sie, unbeantwortete Fragen bereiten den Menschen Unbehagen. Unsere Gehirne wünschen sich Ordnung und Symmetrie. Und das bedeutet, wenn Dinge passieren – egal ob gut oder schlecht – dann sollen sie nicht einfach *passieren*, sie sollen einen *Grund* haben … Einen *Sinn*. Darin finden wir Trost. Wir suchen den Sinn, und wenn wir keinen finden, sagen wir dann einfach: Sorry, ich weiß es nicht? Das wäre die ehrliche Antwort. Aber nein, wir füllen die Lücken mit dem aus, was am besten unserer Weltsicht entspricht. Und damit fängt der ganze Ärger an.«

»Mit Ärger meinen Sie Gott?«

Nigel konnte das Gift in ihrer Stimme hören.

»Nun ja, welche größere Quelle von Ordnung und Symmetrie könnte man sich vorstellen, als ein höheres Wesen? Aber abgesehen davon füllen wir die Lücken auch mit Satan, Dämonen, Außerirdischen … suchen Sie sich etwas aus.«

Abbys kurzes Lachen enthielt eine spöttische Note. »Außerirdische … ernsthaft?«

»Dann nehmen wir eben Dämonen. Eine Mutter im Mittelalter sagt: Meine Tochter würde sich so niemals benehmen! Das sieht ihr gar nicht ähnlich. Sie muss besessen sein! Sobald die Worte ›sie muss besessen sein‹ ihren Mund verlassen, fühlt sie ein wenig Trost in ihrem Entsetzen. Das ergibt für sie Sinn. Und nicht nur das, es beinhaltet auch eine Lösung: Ruf den Priester!«

»Die Kirche hat schon viele erfolgreiche Exorzismen durchgeführt.«

»Ist das so? Da muss ich Ihrem Wort vertrauen. Aber die gleiche Grundhaltung setzt sich bei dieser Seuche fort. Die Menschheit wird ausgelöscht, oder zumindest fast. Jeder fragt sich: Warum? Niemand will hören, dass das im Verlauf der Weltgeschichte schon Unmengen von Spezies passiert ist. Menschen denken vielleicht mal an Dinosaurier oder Dodos, aber es sterben in jeder Stunde an jedem Tag drei Arten aus. Also, warum nicht auch *Homo Sapiens*? Dinge passieren eben einfach. Aber niemand will das hören, und damit meine ich niemand – weder die rationalen noch die irrationalen Menschen. *Jemand* oder *Etwas* hat das Ganze ausgelöst. Wenn es nicht Gottes Wille ist, dann ist es ein außerirdischer Virus oder menschliche Anmaßung.«

»Gott hat uns nach seinem Bild geschaffen, und wir haben ihn enttäuscht. Jetzt macht er klar Schiff, genau wie er es damals mit der Sintflut gemacht hat.«

Sie ist 'ne harte Nuss, Singh. Liebreizend aber in ihrem Glauben nicht zu erschüttern. Hör auf, solang du noch die Oberhand hast – solang du überhaupt noch eine Hand hast!

»Sehen Sie, was Sie da gemacht haben?«, lachte Singh mit ehrlicher Freude. »Sie haben die ganze Situation in ein nettes, kleines Paket zusammengeschnürt. Gott hat uns gemacht, wir gehören ihm, und er trennt einfach mal wieder die Spreu vom Weizen. Damit ist alles gesagt. Ich kann jetzt aufhören, darüber nachzudenken.«

»Auf jeden Fall besser als: Dinge passieren halt. Wenn Sie mich fragen.«

Abby war immer schlagfertig gewesen. Aber hinter all dem spürte Nigel ein wachsendes Verständnis zwischen den Beiden. Kein Eingeständnis, aber eine Verbindung. Singh schien ein feiner Kerl zu sein. Immerhin hatte er einen Krankenwagen organisiert, um sie hierher zu bringen.

Unter anderen Umständen wäre Nigel sicher neidisch gewesen, aber er war froh, dass Abby nicht alleine sein würde, wenn er … ging. Und Singh machte immerhin einen guten Job sie davon abzuhalten, den absoluten Bibel-Terror loszulassen. Er tat ihr gut.

Ich habe ihr auch gut getan, oder? Ich muss doch zu irgendwas anderem gut gewesen sein, als dem Elend anderer Leute nachzuspüren, um Nachrichten daraus zu machen.

»Aber Dinge *passieren* nun mal einfach so«, sagte Sing. »Nehmen wir mal Lungenkrebs. Neunzig Prozent der Fälle werden durch Rauchen verursacht. Das ist ein beruhigendes Gleichmaß für Nichtraucher. ›Oh na ja, er hat geraucht; das wird mir nicht passieren.‹ Die meisten der übrigen zehn Prozent sind Folge von Asbest, Strahlung oder irgendwelchen Umweltgiften. Aber was ist mit der kleinen alten Frau, die immer friedlich und rein auf dem Land gelebt hat und trotzdem einen primären Lungenkrebs entwickelt? Dinge passieren halt – in diesem Fall sind diese Dinge eine spontane Mutation nicht reparierter Zellteilungsfehler oder zufälliger molekularer Prozesse. Die erste Seuchenfliege war eine spontane Mutation: Dinge sind passiert.«

»Woher wissen Sie das?«

Gute Frage.

»Mein Bruder hat mir das gesagt. Er war Experte für Insektenmutationen.«

»Vielleicht war es ja gar nicht so spontan und zufällig. Vielleicht hat Gott diese Mutation hervorgerufen und …«

Nigel hörte sich selbst halb stöhnen, halb seufzen, als er eine Stufe weiterrutschte – auf die vorletzte Stufe.

Abbys Griff um seine Hand wurde enger. Er konnte ihren warmen Atem auf seinem Gesicht spüren, als sie sich zu ihm herüber lehnte.

»Nigel! Nigel, was ist los?«

Du machst Witze, oder? Du weißt ganz genau, was los ist. Es ist soweit. Der letzte Ritt. Das große Abenteuer.

Ich habe Angst, Abby.

Ich habe Angst. Mach, dass es aufhört.

Und dann Licht, blassgelb, diffus, als ob man es durch Milchglas sehen würde. Es breitete sich in seinem Blickfeld aus.

»Geht die Sonne auf?«

Er konnte seine eigene Stimme kaum hören.

»Bald, Liebling. Bald, aber noch nicht jetzt.«

»Ich sehe Licht.«

»Das Licht!« Ihre Hand zerquetschte seine Finger. Es machte ihm nichts aus. »Was noch, Nigel? Was noch?«

Da bewegte sich etwas im Licht … Eine halbdurchsichtige Figur näherte sich durch das Leuchten – klein, mit unsicherem Gang. Je näher sie kam, desto schärfer wurden die Konturen, bis Nigel erkannte, wer es war … Bandora.

Nigel hätte vielleicht gelacht, wenn der Kleine nicht eine beige Kapsel in der Hand gehalten hätte. Er hörte die Stimme eines gesichtslosen Priesters durch seinen Körper hallen, eine Erinnerung aus seiner katholischen Jugend: *Nimm und iss, denn dies ist mein Leib.*

Diese unheilige Verbindung spukte immer noch in seinem Kopf herum.

Und dann erinnerte er sich an die Worte, die Singh vor einigen Minuten (oder Stunden?) gesagt hatte: *Sie sehen die Quelle ihrer Vergebung …*

Ist es das, was hier mit mir passiert?

»Nigel?«

Abbys Stimme hallte aus weiter Ferne, während Bandora begann, eins mit dem Licht zu werden.

»Was siehst du?«

Bandora löste sich in Rauch auf. Es war unwirklich. Einbildung. Sauerstoffmangel …

Jetzt war da nur noch formloses Grau. Das war der Übergang ins Nichts, als in ihm alles zusammenbrach.

Kein Gott.

Einfach nur nichts.

Arme Abby …

Armer Nigel.

Ich habe Angst. Ich will nicht gehen.

»Ich sehe …«

Nichts.

Nein. Sei nicht wieder so. Nicht in diesem letzten Moment. Dem einzigen Moment, der übrig ist. Lass sie denken, dass du erlöst wirst. Eine kleine Notlüge …

Er nahm alle seine verbleibende Kraft zusammen, atmete so tief ein, wie er konnte, und verzerrte sein Gesicht zu einem Lächeln.

»Ich sehe ihn, Abs … hier ist weißes Licht und so viel Glanz … zu hell, um etwas zu sehen … ich komme heim …«

Und dann war da nur noch Grau.

Abby

»Nigel?« Abby schüttelte ihn sanft. »Nigel, geh nicht. Bitte geh nicht!«

Er durfte nicht gehen, das konnte nicht sein. Nicht Nigel. Sie wusste, dass er sterben würde, aber sie hatte nie akzeptiert, dass er *tot sein würde*. Sie dachte, sie hätte sich vorbereitet, aber offensichtlich war dem nicht so. Sie schaute hoch, ihre Augen getrübt von Tränen, die bis in ihr Herz hinein brannten. Jenseits der Dünen färbte sich der Himmel rot, ein neuer Tag brach an – aber Nigel war tot. Und wozu sollte ein neuer Tag ohne ihn gut sein?

Sie schluchzte und fühlte sich bereit, zu zerfallen. Sie wollte ins Meer laufen und darin untergehen. So sollte es nicht sein.

Er kommt heim. Das hatte er gesagt. Sie schaute in den roten Himmel. Er hatte Gott gesehen. Trotz aller seiner Sünden und seinen Wutreden gegen ihren Glauben war Gott ihn holen gekommen. Gott hatte entschieden, Nigel mitzunehmen, und sie zu hinterlassen. Sie konnte weinen. Sie konnte trauern. Aber sie konnte die Taten ihres Herrn nicht in Frage stellen.

Nigel war erlöst.

Sie schloss ihre Augen, und in den ersten warmen Strahlen der Sonne lehnte sie den Kopf zurück und sprach ein stilles Gebet von Dank und Liebe.

Als sie die Augen schließlich wieder öffnete, sah sie Singh neben Nigel knien, sein Gesicht feucht von Tränen.

»Nach allem was Sie mir über ihn erzählt haben«, sagte er sanft, »muss er Sie sehr geliebt haben.«

»Wir haben uns gegenseitig mehr geliebt, als wir es wussten, glaube ich. Mit Sicherheit mehr, als wir gezeigt haben.« Die schreckliche Wahrheit, die in diesen Worten steckte, schmerzte sie. »Aber Sie kannten ihn doch kaum.«

»Ich habe über ihn recherchiert, ich bin ihm gefolgt. Ich kannte ihn gut genug, um seine letzten Worte zu schätzen.«

Abby hatte gerade ein viel zu großes Loch in ihrem Leben, um sich darüber Gedanken zu machen, wovon er redete. Nigel … ihr Nigel war tot.

Sie begruben Nigel an dem Strand, den er so gemocht hatte.

Gan – er hatte sie gebeten, ihn Gan zu nennen – hatte in dem Krankenwagen eine Faltschaufel gefunden und das Grab ausgehoben. Nachdem sie Nigel hineingelegt, ihn mit Sand bedeckt und das Grab mit Steinen markiert hatten, betete Abby über ihm, während Gan stumm daneben stand. Als sie damit fertig war, musste sie sich regelrecht losreißen. Sie drehte sich weg und begann, die Düne hinauf zu steigen. Oben angekommen warf sie einen Blick zurück und sah, wie Gan neben dem Grab kniete. Er drückte eine Hand in den Sand und hinterließ einen kräftigen Abdruck.

»Warum haben Sie das gemacht?«

Hatte es eine Bedeutung?

Ein Hindu-Brauch vielleicht?

»Er war ein guter Mann.«

»Warum sagen Sie das? Ich könnte verstehen, wenn Sie … nachdem Ihre Familie …«

»Es wurde mir mit seinen letzten Atemzügen klar.«

»Das verstehe ich nicht …?«

»Ich weiß.«

Als sie sich wegdrehte um weiter zu gehen, glaubte sie ihn Flüstern zu hören: »Und wahrscheinlich werden Sie es nie verstehen.«

Abby

Witzig, dachte sie, obwohl ihr gleich einfiel, dass es gar nicht witzig war. Aber Nigel und sie hatten immer davon geträumt, in einem Haus in Sandbanks zu leben.

Ihre Urlaube in Poole hatten sie immer in Bed-and-Breakfasts oder kleinen Hotels verbracht, aber sie fuhren jedes Mal an den Strandhäusern vorbei und scherzten – damals, als sie noch viel scherzten – darüber, in welches sie wohl einziehen würden, welches zu spießig wäre, und wie das Leben sein würde, wenn sie Mitglieder im Club dieser exklusiven Eigenheime wären.

Natürlich würde es nie dazu kommen. Die Häuser in Sandbanks kosteten oberhalb von sieben oder acht Millionen Pfund. Selbst wenn Nigel den Roman geschrieben hätte, von dem er nicht mal den Anfang geschafft hatte, hätten sie das größte Glück der Welt haben müssen, um damit genug für so ein Haus zu verdienen. Aber das war egal, der Traum allein hatte immer gereicht. Ein kleiner Wunschtraum. Die Fahrt und die gemeinsamen Pläne, und dann zurück nach Poole für Abendessen und Sex, während die Seeluft noch in ihren Haaren hing.

Jetzt waren sie auf eine Art ein Paar aus Sandbanks geworden. Wenn auch nicht ganz so wie erhofft, aber immerhin …

Sie hatte ein Haus ausgesucht – eigentlich mehr eine Villa – die riesige Fenster hatte, vom Boden bis zur Decke, durch die sie den Strand sehen konnte, wo er begraben lag. Das tat sie, wann immer sie wollte, sogar in dem Winter, der irgendwann anbrach.

Die ursprünglichen Bewohner waren weit und breit nirgends zu sehen – den Fotos, die herumstanden, nach zu urteilen, waren sie ein smartes, stilsicheres Paar in den frühen Vierzigern – und Abby war sich ziemlich sicher, dass sie auch niemals wieder aufkreuzen würden, trotz der Segelklamotten in den Schränken.

Die meisten dieser Häuser waren leer. Dieses hier würde aber bewohnt bleiben. Es würde ihr Heim sein. Die Luft war sauber, keine Leichen lagen auf der Straße, und Nigel war in ihrer Nähe. Warum sollte sie irgendwo anders sein wollen?

Nachdem sie Nigel begraben hatten, fühlte sie Gan gegenüber eine gewisse Verlegenheit, da das dünne Band, welches die beiden verbunden hatte, nun fort war. Sie waren Fremde, die nur von einer einstürzenden Welt zusammengeführt worden waren, und nun, da Nigel tot war, fühlte es sich wie der Morgen nach einem One-Night-Stand an, wo etwas so Intimes geteilt wurde, aber man sich anschließend trotzdem nichts zu sagen hatte.

Sie hatte ihm gesagt, dass sie hier bleiben würde – nah bei ihrem Ehemann. Er hatte genickt und gesagt, dass er wahrscheinlich weiterziehen würde. Er hatte auch vor der Plage keine Frau gehabt, zu der er zurückkehren konnte – sein Leben war sehr ruhig gewesen; seine Arbeit, seine Patienten und hin und wieder Besuche bei der Familie seines Bruders. So hatte es ihm gefallen. Abby hatte damals genickt und war die sandigen Stufen zu der etwa eine Meile langen Ansammlung von Häusern hinaufgestiegen, von denen sie sich eines aussuchen wollte.

»Verschwinde von hier!« kam aus einem – ein kränklicher Schrei, aber wer auch immer da drinnen war, schaffte es noch, eine Flasche aus dem Fenster zu werfen. Abby hatte gar nicht gemerkt, dass Gan ihr gefolgt war, doch in diesem Moment packte er sie und zog sie aus der Flugbahn des Wurfgeschosses.

Erst hatte er gesagt, er würde nur so lange bleiben, bis sie sich eingelebt hatte. Er fuhr mehrmals mit dem Krankenwagen nach Poole und lud ihn voll mit Vorräten. Wo er die Sachen her hatte, wollte er nicht so genau sagen. Wahrscheinlich waren es Hinterlassenschaften von toten Hamsterkäufern, schätzte sie.

Er fand auch einen Stromgenerator. Benzin. Nahrung. Medizin. Massenhaft Getränkekästen. Auch Wein. Das Haus war groß genug, um alles zu lagern. Er brachte sogar zwei Schrotflinten und eine

Schachtel voller Munition mit. Sie fragte sich, warum es zwei waren. Sie konnte doch nur eine abfeuern, und er bestand immer noch darauf, dass er bald gehen würde.

Drei Tage später war er immer noch da.

Sie saßen auf der wunderschönen Veranda und schauten aufs Meer. Abby hatte ihnen leckere Spaghetti gekocht und sie teilten sich eine Flasche guten Rotweins. Die Luft war immer noch warm und das Meer sang ihnen mit flüsternder Stimme etwas vor.

»Darf ich bleiben?«, fragte Gan schließlich. »Ich möchte nicht alleine leben.«

»Aber Sie sagten doch, Sie hätten immer alleine gelebt.«

»Als ich noch von einer Stadt voller Menschen umgeben war, da war es mir lieber, alleine zu sein. Aber jetzt, wo alle fort sind …« Er zuckte mit den Schultern.

Irgendwie verstand sie das.

»Klar. An Zimmern herrscht jedenfalls kein Mangel, soviel steht schon mal fest.«

Sie schaute nicht ihn an, sondern den Strand hinunter, wo der Wind die Sandkörner vor sich her wehte. Die Steine, die Nigels Grab markierten, blieben fest stehen. Sie war froh, Gan um sich zu haben. Abby war keine Einzelgängerin und die Welt war jetzt viel zu leer, als dass Menschen, die sich kannten, in verschiedene Richtungen wandern sollten. Sie nippte an ihrem Wein und betrauerte im Stillen ihren Mann. Der Himmel dunkelte sich schließlich in ein Mitternachtsblau ab, und Gan erhob wieder das Wort.

»Haben Sie je von der Toba-Katastrophe gehört?«

Sanft. Melodisch. Er hatte eine schöne Stimme, das fiel ihr immer mehr auf.

»Nein. Was ist das?«

»Vor 75.000 Jahre war in Indonesien ein Vulkan ausgebrochen.«

Sie lächelte ihn an. »Was meinen Sie denn, wie alt ich bin?«

Der Wein kribbelte in ihrer Blutbahn. Trotz allem, was geschehen war, fühlte sie sich in Ordnung. Vielleicht nicht wirklich gut – vielleicht würde es ihr noch eine ganze Weile nicht gut gehen – aber wirklich in Ordnung.

»Sehr witzig. Aber es ist von Bedeutung.« Er legte seine Füße auf das schicke Stahlgeländer der Veranda und lehnte sich in seinem Stuhl zurück. »Wissen Sie, der Vulkan ist nicht einfach nur ausgebrochen, es war eine Supereruption. Es wurde so viel Schutt in die Luft geschleudert, dass ein vulkanischer Winter folgte, der die letzte Eiszeit ausgelöst hat. Wissen Sie, wie lange diese Eiszeit dauerte?«

Abby schüttelte den Kopf, sie hörte gespannt zu.

»Zehntausend Jahre. Und der Ascheregen brachte einem Großteil der Menschheit den Tod. Nach dem Abebben der Sterbewelle, die durch den vulkanischen Winter und die Asche ausgelöst wurde, war die Anzahl der menschlichen Überlebenden gerade einmal so groß wie die Einwohnerzahl von Glastonbury vor der Plage. Weniger als zehntausend Pärchen.

»Guter Gott!«

Abby drehte sich vom Strand weg – von Nigel – und starrte ihn an.

»Bei dem Teil mit ›gut‹ bin ich mir nicht so sicher, aber der Vorfall sorgte auf jeden Fall für einen genetischen Flaschenhals, der die Menschheit für immer verändert hat. Wir waren vor dieser Katastrophe eine deutlich vielfältigere Spezies.«

»Und Sie meinen, das Gleiche passiert jetzt auch?«

Sie hatte ihn zwar nicht nach den Einwohnern von Poole gefragt, als er die Besorgungstouren machte, aber da er nie davon berichtet hatte, Leute getroffen zu haben, hatte sie eine gute Vorstellung von der Lage. Die Plage hatte England und den Rest der Welt fest im Griff, und sie ließ nicht locker. Das Fernsehen versuchte nicht einmal mehr, noch einen Sendebetrieb vorzutäuschen, und das einzige im Radio war eine aufgezeichnete Nachricht, die besagte, dass man drinnen bleiben und sich vor den Fliegen schützen solle.

»Ich habe keine Zweifel daran. Völker wie die Inuit werden wahrscheinlich davon unberührt bleiben, weil die Fliegen nicht in den arktischen Bereich vordringen werden. Ich schätze, einige

Flüchtlinge werden es auch in den hohen Norden geschafft haben, aber der Rest der Menschheit … wir werden Zeuge einer Art Zerstreuung der Spezies, des Urknalls einer anderen menschlichen Rasse. Ein genetischer Einschnitt, der so tiefgreifend ist, dass ich es niemandem verübeln kann, das als einen Akt Gottes zu interpretieren.«

»Natürlich mussten Sie ›interpretieren‹ sagen, nicht wahr?«

Er lächelte. »Natürlich.«

Er erinnerte sie an Nigel. Sicher nicht äußerlich, aber sie waren definitiv intellektuell gesehen Zwillinge, obwohl Gan in seinem Umgang mit ihrem Glauben eindeutig sanfter war. Ähnlich, aber doch anders. Falls nur noch zwei Menschen in dieser Ecke der untergehenden Welt übrig geblieben sein sollten, hätte es weitaus schlechtere Paarungen geben können.

Paarungen … sie wurde fast etwas rot, als ihr bewusst wurde, dass ihre Gedanken seine Worte aufgegriffen hatten.

Pärchen.

Er wollte doch wohl damit nicht sagen, dass sie … nein, das konnte sie sich nicht vorstellen.

Aber Gesellschaft … Gesellschaft wäre schon schön.

ENDE

THE END

G. Michael Hopf

Endzeit-Thriller

ISBN: 9783943408218

als broschiertes Taschenbuch und E-Book erhältlich

Der internationale Bestseller jetzt erstmals in deutscher Sprache!

»Eine Geschichte mit Wendungen, wie sie überraschender nicht sein können. Ein tiefer Blick in die wahre - die düstere - Seele einer selbstverliebten Nation am Abgrund ihres Seins.«

Für Gordon Van Zandt waren Treue und Pflicht gegenüber dem Vaterland so selbstverständlich, dass er direkt nach 9/11 das College hinschmiss und ins Marine Corps eintrat. Doch diesen jugendlichen Idealismus ließ er bald in einer kriegsgeschändeten Stadt im Irak zurück. Zehn Jahre später kämpft er noch immer mit den Geistern seiner Vergangenheit, als er und seine Familie plötzlich einer neuen Realität gegenüber stehen. Nordamerika, Europa und der ferne Osten erlitten einen verheerenden Super-EMP-Angriff, der vernichtende Auswirkungen auf die Stromnetze und alle elektrischen Geräte zur Folge hat. Nach dem totalen Zusammenbruch jeglicher wirtschaftlicher Infrastruktur - ohne Auto und Telefon - weiß Gordon, dass er um begrenzte und schwindende Ressourcen kämpfen muss. Gemeinsam mit befreundeten Nachbarn beschließt er, alle erforderlichen Maßnahmen zu ergreifen - und Rücksicht gegenüber anderen Menschen gehört nicht dazu.

Jeden Tag muss er Entscheidungen treffen, die in der "alten Welt" extrem und äußerst brutal erschienen wären, nun aber überlebensnotwendig sind.

THE DEATH-
Quarantäne
John W. Vance
postapokalyptischer Thriller

ISBN: 9783958350342

ab März 2015
als broschiertes Taschenbuch
und E-Book erhältlich

"Der Tod" wird dich finden ...

Devin Chase ging bloß seinem Alltag nach, als die Welt schlagartig aus den Angeln gehoben wurde. Binnen einer Woche suchte ein fatales Virus, dem man den Namen ›Der Tod‹ gab, die Erde heim und streckte 90 Prozent aller Infizierten nieder.
Nach sechs Monaten in selbst auferlegter Quarantäne tritt Devin hinaus in eine neue Welt. Unterwegs trifft er andere Menschen, die immun sind wie er, entdeckt aber auch, dass die Welt, wie er sie kannte, nicht mehr existiert. An ihre Stelle ist eine brutale, grausame Welt getreten, in der nur die Regel ›Töten oder getötet werden‹ gilt.
Auch die Welt von Lori Roberts, einer Mutter, Ehe- und Geschäftsfrau, steht im Zuge ›des Todes‹ ebenfalls Kopf. Sie und die Überreste ihrer Familie wenden sich hilfesuchend an ein Camp der Katastrophenschutzbehörde, doch was hoffnungsvoll beginnt, wird zu einem Albtraum, sobald sie erfährt, was wirklich vor sich geht.
Tausende Meilen voneinander entfernt - und dennoch verbunden im gleichen Verlangen - versuchen Devin und Lori "irgendwie" zu überleben.

WILDER FLUSS

Cheryl Kaye Tardif

Thriller

ISBN: 9783958350069

als broschiertes Taschenbuch
und E-Book erhältlich

Stammzellenforschung, Klontechnik und Weltherrschaftspläne - eine explosive Mischung!

Del dachte, dass ihr Vater schon lange tot war. Doch jemand aus ihrer Vergangenheit behauptet etwas anderes. Jetzt ist sie mit einer Gruppe ihr nahezu fremder Menschen auf einer lebensgefährlichen Mission ...

Vor sieben Jahren verschwanden Del Hawthornes Vater und drei seiner Freunde in der Nähe des Nahanni River und wurden für tot erklärt. Der South Nahanni River in den kanadischen Northwest Territories ist bekannt für seine Geschichten um mysteriöse Todesfälle, kopflose Leichen und Entführungen. Del ist schockiert, als ihr einer der vermissten Männer an der Universität begegnet; gealtert zwar und kaum wiederzuerkennen, aber äußerst lebendig. Was der Mann ihr sagt, scheint undenkbar: Auch ihr Vater ist noch am Leben!

Mit einer Gruppe von Freiwilligen fährt Del zum Nahanni River, um ihren Vater zu retten. Dort deckt sie eine Verschwörung unvorstellbaren Grauens auf, die uns alle zu vernichten droht. Wird die Menschheit für die Suche nach dem ewigen Leben geopfert werden?

Ab welchem Punkt werden wir zu ... Gott?

JET

Russell Blake

Thriller

ISBN: 9783943408379

als broschiertes Taschenbuch und E-Book erhältlich

Thriller-Bestseller von einem der populärsten US-Autoren! USA Today and NY Times Bestselling Author Russell Blake!

Codename: Jet. Alter: 28 Jahre.
Jet war einst des Mossads tödlichste menschliche Waffe, bis sie ihren eigenen Tod vortäuschte, um diese Identität für immer zu begraben. Aber die Geheimnisse der Vergangenheit lassen sich nicht einfach abschütteln. Als ihr neues Leben auf einer ruhigen Insel von einem brutalen Angriff bedroht wird, muss Jet zu ihrer geheimen Existenz zurückkehren, um die zu retten, die sie liebt. Eine wilde Achterbahnfahrt voller schockierender Wendungen beginnt …

Fans von Lizbeth Salander, SALT und der Bourne-Trilogie werden ihre helle Freude an diesem unkonventionellen Thriller haben, der mit Höchstgeschwindigkeit auf ein erschütterndes Finale zusteuert.